古事記の想像力

神から人への113のものがたり

井上辰雄　著

はしがき

この書は神話を中心とした『古事記のことば』に続き、神武天皇から、推古朝の聖徳太子に至る物語を順をおって述べたものである。

御存知のように、継体天皇から推古天皇に至る箇所は、天皇の皇后、皇子、皇女の系譜を羅列する記事で埋められ、物語に当る部分はほとんど、記されていない。『古事記』の用語でいえば、『帝紀《ていき》』だけが述べられて、『旧辞《くじ》』は書かれていないのである。

このことは、『古事記』の原型となった『原古事記』が、六世紀頃の初め、つまり、継体天皇の時代頃に、一応まとめられていたことを示している。

『古事記』は、『日本書紀』とならんで、古代史の記録を伝える貴重な史書と考えられているが、この二つの書物は、性格を全く異にしていると、わたくしは考えている。

『日本書紀』(『日本紀』)は、「日本」という国名を冠するように、外国、とくに中国に対して、日本国の成立の由来を説く国家の正式の書であったが、『古事記』は、むしろ国内向けの書、ないしは天皇家個人の書であるといってよい。

『古事記』は、よく、天皇家の成立の由来を語る歴史書といわれているが、厳密にいえば、歴史書というより、物語、伝承の書といった方が、よりその書の性格を示している。

それ故、『古事記』を歴史書と見れば、確かに歴史的な信憑性に問題があろう。だが、昔のひとびとが過去の出来事をどのようにとらえ、感じたかを記したものとして、わたくしたちに色々な事を教えてくれる貴重な書と考えている。

つまり、政治的な事件をどのようにえらび出し、その事件を、当時のひとびとは、どのように解釈したかを知ることが肝要なのである。

わたくしたちは、『古事記』を繙《ひもと》くとき、その立場から古代のひとびととのものの考え方や感性を、その文章を通じて素直に感じとるべきだと考えている。

『古事記』は「古典」の一つにあげられるが、それを難しく考えて読むより、むしろ、その物語の内容を堪能したり、楽しむ書だと、わたくしは思っている。

そこに、必ず、わたくしたちのものの考え方や思考と、全く共通する古代のひとびとを発見されるだろう。『古事記』を読書する上で、最大の嬉びは、古代のひとびとと、わたくしたちの〝共感〟にあるといってよい。

また『古事記』の「ことば」は、『万葉集』のそれとならんで、日本人の思惟の源泉をなしていると、わたくしは、かねてから思っている。「ことば」は、もともと、ものの見方や感じ方、つまり、認識を端的に現したものであるから、その「ことば」に興味を持つことは、わたくしたち、日本人の豊かな感受性の発見に導くことになる。

『古事記』は、『万葉集』とならんで、わたくしたち日本人の無尽の宝庫であり、生命の泉であると信じている。

そのような『古事記』の世界を、みなさんと御一緒に散策出来たら幸いであると思っている。

井上　辰雄

目次

【第1話】**丹塗りの矢**〈にぬりのや〉……20
【第2話】**一目の神**〈ひとつめのかみ〉……22
【第3話】**黥ける利目**〈さけるとめ〉……24
【第4話】**山百合の祭**〈やまゆりのまつり〉……26
【第5話】**御阿礼**〈みあれ〉……28
【第6話】**歌の予兆**〈うたのよちょう〉……30
【第7話】**忌人**〈いわいびと〉……32
【第8話】**義母を娶る話**〈ぎぼをめとるはなし〉……34
【第9話】**初国知らす天皇**〈はつくにしらすすめらみこと〉……36
【第10話】**三輪の神**〈みわのかみ〉……38
【第11話】**白羽の矢**〈しらはのや〉……40
【第12話】**天皇家の神**〈てんのうけのかみ〉……42
【第13話】**神酒の神**〈みわのかみ〉……44
【第14話】**伊勢の宮**〈いせのみや〉……46
【第15話】**斎宮**〈いつきのみや〉……48

【第16話】阿倍氏〈あへし〉……50
【第17話】丹波の国〈たんばのくに〉……52
【第18話】忌瓮〈いわいべ〉……54
【第19話】泉河〈いずみかわ〉……56
【第20話】「弓端の調」「手末の調」〈ゆはずのみつぎもの・たなすえのみつぎもの〉……58
【第21話】玉作り〈たまつくり〉……60
【第22話】瑞井と産湯〈みずいとうぶゆ〉……62
【第23話】鳥取部〈ととりべ〉……64
【第24話】逃げだす神〈にげだすかみ〉……66
【第25話】唖の皇子〈おしのみこ〉……68
【第26話】帰された妻〈かえされたつま〉……70
【第27話】田道間守〈たじまもり〉……72
【第28話】印南の別嬢〈いなみのわきいらつめ〉……74
【第29話】「祢宜」ること〈ねぎること〉……76
【第30話】熊襲〈くまそ〉……78
【第31話】ヤマトタケル〈やまとたける〉……80
【第32話】出雲建〈いずもたける〉……82

【第33話】和布刈りの神事〈めかりのしんじ〉……84
【第34話】出雲振根〈いずものふるね〉……86
【第35話】ヤマトタケルの歎き〈やまとたけるのなげき〉……88
【第36話】焼津〈やいず〉……90
【第37話】走水の渡り〈はしりみずのわたり〉……92
【第38話】火中に立てる恋人〈ほなかにたてるこいびと〉……94
【第39話】夷という言葉〈えみしということば〉……96
【第40話】足柄の関〈あしがらのせき〉……98
【第41話】悲劇のヒロイン〈ひげきのひろいん〉……100
【第42話】酒折の宮の連歌〈さかおりのみやのれんが〉……102
【第43話】待酒〈まちざけ〉……104
【第44話】三種の神器の由来〈さんしゅのじんきのゆらい〉……106
【第45話】伊吹山の神〈いぶきやまのかみ〉……108
【第46話】尾津の一ツ松〈おづのひとつまつ〉……110
【第47話】あり衣の三重〈ありぎぬのみえ〉……112
【第48話】国のまほろば〈くにのまほろば〉……114
【第49話】かざし……116

【第50話】早馬の使〈はゆまのつかい〉……118
【第51話】葬りの歌〈はふりのうた〉……120
【第52話】白鳥陵〈しらとりのみささぎ〉……122
【第53話】白鳥伝承〈しらとりでんしょう〉……124
【第54話】白鳥の貢進〈しらとりのこうしん〉……126
【第55話】武内宿弥〈たけのうちのすくね〉……128
【第56話】不信者への神罰〈ふしんしゃへのしんばつ〉……130
【第57話】罪の払い〈つみのはらい〉……132
【第58話】神功皇后伝承〈じんぐうこうごうでんしょう〉……134
【第59話】神を祭る皇后〈かみをまつるこうごう〉……136
【第60話】馬飼い〈うまかい〉……138
【第61話】鎮懐石〈しずめのいし〉……140
【第62話】忍熊王の乱〈おしくまのみこのらん〉……142
【第63話】角鹿〈つぬが〉……144
【第64話】クスシの酒〈くすしのさけ〉……146
【第65話】息長帯日比売〈おきながたらひひめ〉……148
【第66話】豊明の宮〈とよあかりのみや〉……150

【第67話】宇治の姫〈うじのひめ〉……152
【第68話】角鹿の蟹〈つぬがのかに〉……154
【第69話】枕詞の多様性〈まくらことばのたようせい〉……156
【第70話】髪長媛〈かみながひめ〉……158
【第71話】こはだ嬢女〈こはだおとめ〉……160
【第72話】吉野の国栖〈よしののくず〉……162
【第73話】王仁〈わに〉……164
【第74話】ウジノワキノイラツコ〈うじのわきのいらつこ〉……166
【第75話】比礼の呪具〈ひれのじゅぐ〉……168
【第76話】春山の霞壮夫〈はるやまのかすみおとこ〉……170
【第77話】聖の帝〈ひじりのみかど〉……172
【第78話】葛城の高宮〈かつらぎのたかみや〉……174
【第79話】志都歌〈しずうた〉……176
【第80話】名代部〈なしろべ〉……178
【第81話】倉橋山の歌垣〈くらはしやまのうたがき〉……180
【第82話】枯野の船〈かれののふね〉……182
【第83話】伊耶本和気（履中天皇）〈いざほわけ〉……184

【第84話】曽婆加理〈そばかり〉……186
【第85話】若桜の宮〈わかざくらのみや〉……188
【第86話】兄弟継承〈きょうだいけいしょう〉……190
【第87話】衣通姫〈そとおりひめ〉……192
【第88話】恋の願い〈こいのねがい〉……194
【第89話】軽太子〈かるのみこ〉……196
【第90話】皇位をすてる恋〈こういをすてるこい〉……198
【第91話】眉輪王の変〈まゆわのきみのへん〉……200
【第92話】億祁、袁祁の二王子〈おけ、をけのにおうじ〉……202
【第93話】『記紀』と『万葉』〈ききとまんよう〉……204
【第94話】日下の直越〈くさかのただごえ〉……206
【第95話】三輪の神杉〈みわのかみすぎ〉……208
【第96話】五節の儛〈ごせちのまい〉……210
【第97話】葛城の一言主の神〈かつらぎのひとことぬしのかみ〉……212
【第98話】豊明の宴〈とよあかりのえん〉……214
【第99話】白髪の皇子〈しらがのみこ〉……216
【第100話】置目の老媼〈おきめのおみな〉……218

【第101話】父の仇〈ちちのあだ〉……220
【第102話】海柘榴市の歌垣〈つばいちのうたがき〉……222
【第103話】呪詛の塩〈じゅそのしお〉……224
【第104話】大伴金村の陰謀〈おおともかなむらのいんぼう〉……226
【第105話】入婿の天皇〈いりむこのてんのう〉……228
【第106話】磐井の乱〈いわいのらん〉……230
【第107話】屯倉〈みやけ〉……232
【第108話】武蔵国造の争い〈むさしのくにのみやつこのあらそい〉……234
【第109話】褶振の峯〈そでふりのみね〉……236
【第110話】仏教伝来〈ぶっきょうでんらい〉……238
【第111話】物部氏の滅亡〈もののべしのめつぼう〉……240
【第112話】厩戸皇子の外交政策〈うまやどのみこのがいこうせいさく〉……242
【第113話】厩戸皇子の理想〈うまやどのみこのりそう〉……244

古代の主要交通路と古事記の舞台

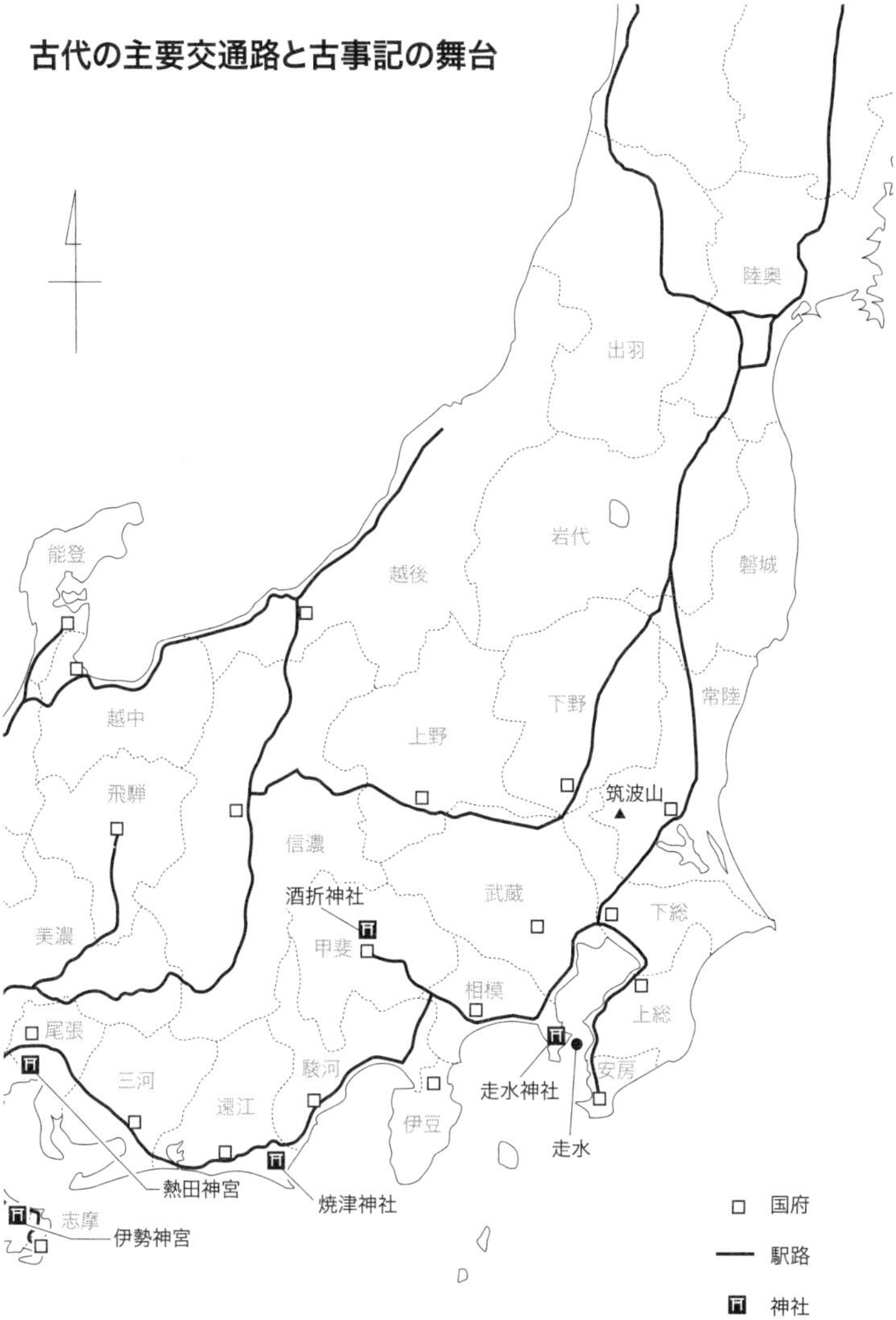

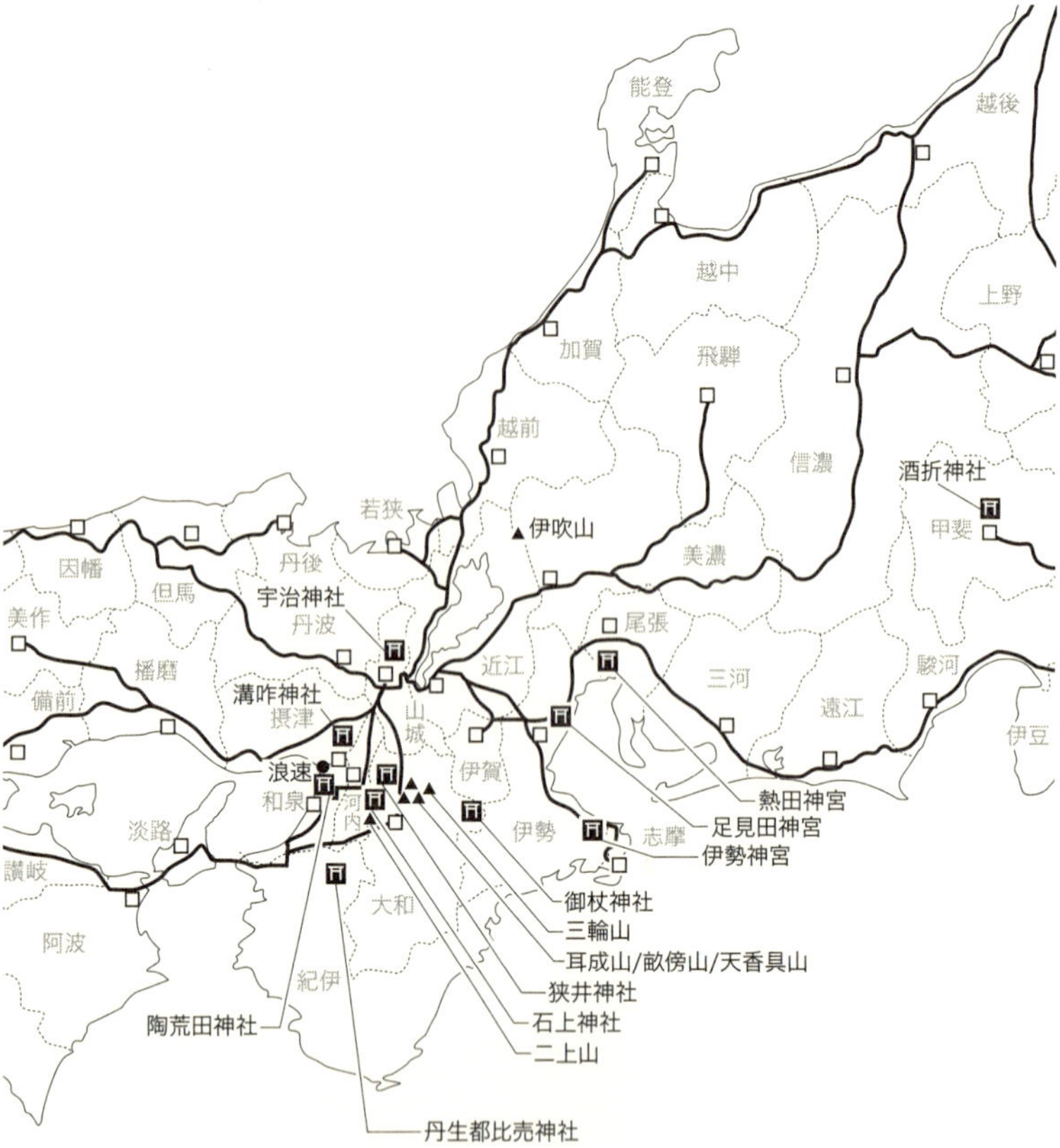
能登
越後
越中
上野
加賀
飛騨
越前
信濃
酒折神社
若狭
伊吹山
甲斐
因幡
丹後
美濃
但馬
宇治神社
美作
丹波
尾張
播磨
近江
三河
駿河
溝咋神社
備前
摂津
山城
遠江
伊豆
浪速
伊賀
和泉
河内
熱田神宮
淡路
伊勢
志摩
足見田神宮
讃岐
伊勢神宮
大和
御杖神社
阿波
三輪山
耳成山/畝傍山/天香具山
紀伊
狭井神社
陶荒田神社
石上神社
二上山
丹生都比売神社

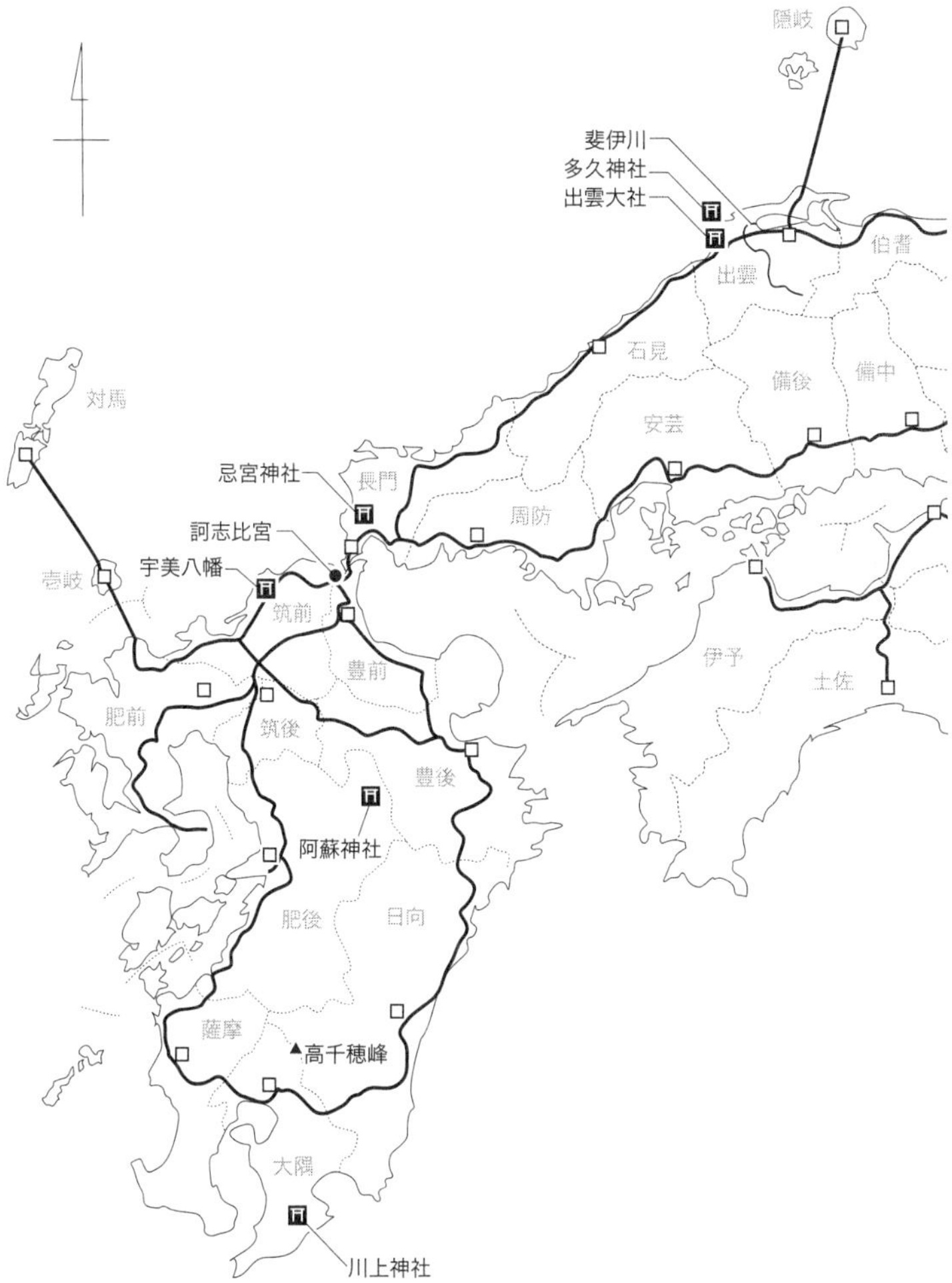
隠岐
斐伊川
多久神社
出雲大社
伯耆
出雲
石見
備後
備中
安芸
対馬
忌宮神社
長門
周防
訶志比宮
宇美八幡
壱岐
筑前
豊前
伊予
土佐
肥前
筑後
豊後
阿蘇神社
肥後
日向
薩摩
高千穂峰
大隅
川上神社

【天皇系譜】（神武～推古まで）

①神武《じんむ》天皇―②綏靖《すいぜい》天皇―③安寧《あんねい》天皇―④懿徳《いとく》天皇―⑤孝昭《こうしょう》天皇―⑥孝安《こうあん》天皇―⑦孝霊《こうれい》天皇

⑧孝元《こうげん》天皇―⑨開化《かいか》天皇―⑩崇神《すじん》天皇―⑪垂仁《すいにん》天皇―⑫景行《けいこう》天皇―倭建命―⑭仲哀《ちゅうあい》天皇―香坂王

倭迹迹日百襲姫

豊鍬入姫

倭比売

⑬成務《せいむ》天皇

忍熊王

布多遅能伊理毗売（倭建命妃　仲哀皇母）

⑮応神《おうじん》天皇

日子坐王

神功皇后（仲哀天皇皇后　応神天皇母）

⑯仁徳《にんとく》天皇―⑰履中《りちゅう》天皇―市辺忍歯王―飯豊皇女

⑱反正《はんぜい》天皇

㉔仁賢《にんけん》天皇―手白香皇女（継体天皇皇后　欽明天皇母）

㉓顕宗《けんそう》天皇

㉕武烈《ぶれつ》天皇

⑲允恭《いんぎょう》天皇―木梨軽皇子（允恭天皇皇太子）

⑳安康《あんこう》天皇

㉑雄略《ゆうりゃく》天皇―㉒清寧《せいねい》天皇

春日大娘皇女（仁賢天皇皇后　武烈天皇母）

宇遅能和紀郎子（応神天皇皇太子）

忍坂大中姫（允恭天皇皇后　安康・雄略天皇母）

衣通姫

彦主人王—㉖継体《けいたい》天皇

㉗安閑《あんかん》天皇

㉘宣化《せんか》天皇—石姫（欽明天皇皇后　敏達天皇母）

㉙欽明《きんめい》天皇

㉚敏達《びたつ》天皇—舒明天皇—皇極天皇—孝徳天皇—斉明天皇—天智天皇—≈

㉛用明《ようめい》天皇—厩戸皇子《うまやどのみこ》（推古天皇皇太子　聖徳太子）

㉝推古《すいこ》天皇（敏達天皇皇后）

穴穂部間人皇女（用明天皇皇后　厩戸皇子母）

㉜崇峻《すしゅん》天皇

凡例

一、本文中の「〇〇記」は『古事記』の、「〇〇紀」は『日本書紀』の記述を示す。

二、神名・人名の表記は、とくに断りのない限り『古事記』における漢字表記と読みを用い、他の文献における表記を用いる場合は、『　』の中に文献名を記した。

三、解説文中での神名・人名の読みは現代仮名遣とし、頻出するものについては、読みやすさを考慮して片仮名表記とした。

四、神名・人名および引用文中などの旧字体は、おおむね常用漢字に改めた。

古事記の想像力

神から人への113のものがたり

【第1話】

丹塗りの矢〈にぬりのや〉

国土を平定されたヤマトイワレヒコノミコト（神武天皇）は、早速、土地の娘のなかから后《きさき》を選ばれることになった。

あらたな地域に君臨される王は、その土地の神の娘や、巫女《みこ》を嫁に迎えることが、得策と考えられていた。新しい支配者が、その土地のひとびとと融和して、スムースに統治するためには、もっとも尊崇されている神の怒りを鎮め、丁寧に祀る必要があったからである。そのため、神のゆかりの高貴な娘や、巫女を妃に迎えることが望ましかった。

その娘こそ、ヒメタタライスケヨリヒメ（比売多多良伊須気余理比売）であった。随分ながたらしいお名前だが、『日本書紀』では、「姫蹈鞴五十鈴姫《ひめたたらいすずひめ》」と記している。

この「蹈鞴《たたら》」は、砂鉄から真金《まがね》を製造する時、空気を送り火力を上げるための足踏《あしぶ》みの機具である。

それにしても、美しい娘の名前にどうしてそんな変てこな名前がつけられたかと不思議に思われるだろうが、それにはついては、次のような伝承が伝えられている。

ミシマノミゾグイ（三島湟咋）の娘、セヤダタラヒメ（勢夜陀多良比売）は、絶世の美人の誉れが高かった。美和（三輪）のオオモノヌシ（大物主）の神は美貌の噂を聞かれ、丹塗《にぬ》りの矢《や》に化して、急にヒメの富登《ほと》（女陰）を突きさされた。

ヒメは不意のことで、あわてふためき、足をばたばたされたという。「イススキ」とは、まさに、「あわてふためく」という古語である。そのため、やがて生れた神の娘を、ホトタタライススキヒメと名付けられたという。

ミシマノミゾグイは「神名帳《しんめいちょう》」（『延喜式《えんぎしき》』）には、摂津国嶋下郡《せっつのくにしまのしもぐん》の溝咋《みぞぐい》神社があげられているが、その祭神を指す。

因みに、溝咋神社は、現在の大阪府茨木市五十鈴町に祀られているが、この町名の「五十鈴」は、多くの鈴を巫女がはげしく振って神魂を迎えることに関わるものであろう。その意味からして、先の「イススキ」にふさわしい地名といってよい。

溝咋《みぞぐい》は、溝杭《みぞぐい》の意で、溝に打たれた杭である。溝に杭を打つということは、川屋《かわや》をたてるためのものとするならば、ミシマノミゾグイは、川屋（厠）の神と見てよかろう。昔は、溝に架設したいわゆる水洗式の便所を、川屋と称した。

とすると、ミシマノミゾグイの神の娘が、まさに川屋に入られたところを、オオモノヌシは丹塗の矢でホトを突かれたことになる。このセヤタタラヒメの「セヤ」は、「ソヤ」（金属製の鏃《やじり》）の意で、「タタラ」には、「立てられる」意も含んでいる。一説には、ダタラを「蹈鞴」と解されているが、驚きふためく姿が、あわただしく蹈鞴を踏む姿を彷彿せしめることからする名称であろう。

【第２話】

一目の神〈ひとつめのかみ〉

京都の下賀茂神社に参詣された方は、「石川《いしかわ》の瀬見《せみ》の小川《おがわ》」のせせらぎに、耳を傾けられたことがあるだろう。近くには、鴨長明《かものちょうめい》ゆかりの河合《かわい》社が祀られているが、今日でも、この小川は紅葉の名所としても有名である。

『山城国風土記《やましろのくにふどき》』の逸文によれば、昔、カモノタケツノミ（賀茂建角身）の娘のタマヨリヒメ（玉依日売）は、瀬見の小川で川遊びをされていたが、急に、川上の方より、丹塗りの矢が流れて来た。タマヨリヒメは不思議に思い、家に持ち帰り丹塗りの矢を床に置くと、遂《たちま》ち身籠って男の子を出生したという。心配にされたタマヨリヒメの父、カモノタケツノミミコトは、赤ん方の父親を探し出すため、多くの神々を酒宴に招き、生れてきた男の子に酒杯を持たせて、神々の間を廻らせた。それは、男の子から酒杯を授けられた神が、男の子の父親と認定されるきまりであったからである。このような酒宴は「盟酒《うけいざけ》」と呼ばれていた。

『播磨国風土記《はりまのくにふどき》』託賀郡《たかぐん》の荒田《あらた》の条にも、盟酒の話が伝えられている。ここでは、ミチヌシヒメ（道主日女）の神は、父なくして御児《みこ》を孕《みごも》られた。早速、ヒメは、神田の稲から酒を醸造し、諸々の神を招いて盟酒の会を開かれた。その時、男の子は、アメノマヒトツノミコト（天目一命）に酒杯を与えたため、その子の父は、アメノマヒトツの神と判ぜられたという。

ここにいう荒田は、現在の兵庫県多可《たか》町《ちょう》中区《なかく》安楽田《あらた》に比定されているが、アメノマヒトツの神は、鍛冶の神であったという。鍛冶の神を「マヒトツ（目《ま》一《ひと》つ）」の神と呼ぶのは、踏鞴《たたら》から炉に風を送る筒状の羽口が、一つ目に似ているからともいわれている。

『古事記』の天の岩屋戸《いわやど》の段では、「天の金山《かなやま》の鉄《くろがね》を取りて」、鍛人《かぬち》のアマツマラ（天津麻羅）に命じて鍛えさせたと記している。この「アマツマラ」と「アマノマヒトツ」の神は、同一神であると考えられている。炉に送る筒状の管が、男根、つまり摩羅《まら》に見立てられ、名付けた名称といわれている。

「神名帳《しんめいちょう》」（『延喜式《えんぎしき》』）には、播磨国《はりまのくに》多可《たか》郡の条に、「荒田《あらた》神社」と「天目一《あめのまひとつ》神社」がならんで挙げられているが、天目一神社は、那珂《なか》郷村に祀られていると記されている。この那珂郷は荒田郷に接し、現在の兵庫県多可町中区の北部を除く一帯から西脇市の一部を含む地域に、比定されている。

わたくしの興味をひくのは、この多可町中区には、安楽田《あらだ》（荒田）と並んで〝鍛冶屋〟という地名が現存している点である。

ところで、先の『山城国風土記』の盟酒では、男の子は、集められた神々に目もくれず、天上の甍《いらか》を突き破って天に昇られたという。そこで男の子の父神は、乙訓郡《おとくにぐん》に祀られるホノイカヅチ（火雷）の神と認められ、その子は、ワケイカヅチ（別雷）の神と命名されたという。

この場合、丹塗りの矢は、端的に稲妻《いなづま》をイメージしたものであろう。雷神は稲妻となって処女の身に降り下り、処女を身籠らせたのである。

【第3話】

黥ける利目〈さけるとめ〉

オオモノヌシ（大物主）の神とセヤダタラヒメ（勢夜陀多良比売）の間に生誕されたホトタタライススキヒメ（富登多多良伊須須岐比売）は、いつしか美しい処女《おとめ》に、成長された。

ある時、ヒメは七人の処女《おとめ》と共に、高佐士野《たかさじの》に野遊びに出かけられた。佐士《さじ》は、「狭地《さじ》」の意で、狭井《さい》川の流れる周辺の台地を指すようである。処女らがこのような処に野遊びするというのは、単なる歓楽の遊びではなかった。古代では、春の野に若菜をつむ行事が行われており、処女らは、その場につどう若者から、求婚を待ちうける大切な行事であった。

そのことは、『万葉集』の冒頭の歌を思い出していただければよい。『万葉集』の歌には、若き雄《ゆう》略《りゃく》天皇は、若菜つむ処女に、「家聞《いえき》かな　名告《なの》らせね」と、単刀直入に求婚されている。御存知のように、処女が自らの名を男に知らせることは、求婚を承認することであった。

例えば『万葉集』巻十二の、「紫《むらさき》は　灰《はい》さすものぞ　海石榴市《つばいち》の　八十《やそ》のちまたに　逢ひし児《こ》や　誰《たれ》」（三一〇一）と歌ってプロポーズする男性に、処女は、「たらちねの　母《はは》が呼《よ》ぶ　名《な》は申《もう》さめど　路行《みちゆ》く人《ひと》を　誰《だ》れと知《し》りてか」（三一〇二）と答えて、自らの名を明かすことを拒否している。古代では、名は実体そのもので、名を明かすことは身を許すことを意味していた。

ところで、高佐士野《たかさじの》を行く七人の処女らを御覧になられて、ヤマトイワレヒコノミコト（神武天皇）

はひとりの処女に恋をされた。ミコトの意志を察知したお供のオオクメノミコト（大久米命）は、

「七行《ななゆ》く　媛女《おとめ》ども　誰《だ》をか婚《ま》かむ」

とミコトにお尋ねした。すると、ヤマトイワレヒコノミコトは、先頭に立っている娘がよいと答えられたという。そこでオオクメノミコトは、イワレヒコノミコトの求婚の意志をイスケヨリヒメにつげられると、ヒメは、求婚の言葉よりまずオオクメノミコトの「黥《さ》ける利目《とめ》」を見て大変驚かれたようである。

そこでオオクメノミコトに、「など黥《さ》ける利目《とめ》」と、問いかけられたという。オオクメノミコトは、すかさず、「嬢女《おとめ》に　直《ただ》に　逢《あ》はむと　我《わ》が黥《さ》ける利目《とめ》」と答えた。

「利目《とめ》」は、文字通り鋭利な目の意味するが、古代では、目の呪力を高めるために、ことさらに目尻を鋭く見せるように黥でふちどったようである。

黥が呪術的な力を持つことは、『魏志倭人伝《ぎしわじんでん》』にも、

「男子《だんし》は大小《だいしょう》と無《な》く、皆黥面《みなげいめん》、文身《ぶんしん》す」

と見え、倭人は好んで顔に黥《いれずみ》をほどこし、身体を呪術的な文様で飾っていた。漁民が「文身して大魚、水禽《すいきん》《みずとり》を厭《はら》う」と記されているように、黥は単なる装飾的なものでなく、悪霊を祓うもの、自らの強きを装うものであった。

【第４話】

山百合の祭
〈やまゆりのまつり〉

イワレヒコノミコト（神武天皇）の求婚を受け入れられたホトタタライススキヒメ（富登多多良伊須須岐比売）は、佐韋河《さいがわ》（佐井川）のほとりにある我が家に、ミコトをいざなって、ここでお二人は結ばれることとなった。

佐韋河《さいがわ》は、現在の奈良県桜井市の北部に流れる狭井川である。『古事記』には、その川の名の由来を、この河のほとりに多くの山百合が咲いていたので、その名に因んで「サイ川」と名付けたと注している。山百合を古代では、「サイ（佐韋）」と呼んでいたからである。

この河一帯に、古くから山百合の花が群生していたことは、この地に祀られる狭井神社に、山百合の根が、神饌として供せられていたことからも、窺えるだろう。

山百合の祭といえば、率川坐大神御子《いざがわにいますおおみわみこ》神社の三枝祭《さいぐさのまつり》が想い出される。この社は、奈良市本子守《ほんこもり》町に祀られるが、祭神は大神《おおみわ》の御子《みこ》とあるように、イススキヒメである。

「神祇令《じんぎりょう》」をひもとくと、孟夏《もうか》（旧暦四月）の国家的な祭として「三枝《さいぐさ》の祭《まつり》」を挙げ、三枝《さいぐさ》の花をもって、酒樽《さかだる》に飾る祭と注されている。

この三枝は、「幸い草《さいぐさ》」の意味で、幸福の花の意だが、『古事記』に、サイ（佐韋）は山百合をいうと、注している。

この祭からわたくしは、イススキヒメが、酒樽に山百合を飾ってイワレヒコノミコトを我が家に迎え入れた時のヒメの姿を想いうかべる。

ところで、イススキヒメの家があったとされる狭井川《さいがわ》のほとりには、式内社の狭井坐大神荒魂《さいにいますおおみわあらたま》神社が祀られている。

この神社では、「鎮花祭《はなしずめのまつり》」が行われていた。この祭は、季春（旧暦三月）にとり行われるが、春の花が飛び散る時、疫神《えきしん》が分散し病気を蔓延し易いので、それを鎮めるための祭と説明されている（「神祇令」）。

だが、もともとの鎮花祭は、桜の花がいつまでも散らぬようにと祈る祭であったと、わたくしは考えている。

桜（サクラ）は文字通り、「サ」（稲）の霊の鎮坐する「クラ」である。「クラ」は「神坐《かみくら》」や「岩倉《いわくら》」の「クラ」からもお判りのように、神の鎮座し、宿るところである。稲霊《いなだま》が依りつく花が満開と咲き誇ることは、豊作の兆《きざ》しと見なされていた。それ故に、いつまでも桜の花が散らぬように、ひとびとは祈りをこめて、願ってきたのである。

それにしても、イススキヒメにまつわる神社は、山百合といい、桜の花の鎮めといい、極めて花のロマンに富んでいるようだ。あるいは、イススキヒメにとっての「鎮花」は、イワレヒコノミコトを、いつまでも、自分のもとにとどめたいとの切ない気持が込められていたのかも知れない。

【第５話】

御阿礼〈みあれ〉

イワレヒコノミコト（神武天皇）と、ホトタタライススキヒメ（富登多多良伊須須岐比売）の間に生まれた「阿礼坐《あれま》し御子《みこ》」は『古事記』では、ヒコヤヰノミコト（日子八井命）と、カムヤヰミミノミコト（神八井耳命）と、カムヌナカワミミノミコト（神沼河耳命）の三柱である。

だが、『日本書紀』では、ヒコヤヰノミコトの名は記されていない。「神《かむ》八《や》井《ゐ》耳命《みみのみこと》」と「神沼《かむぬ》河耳命《なかわみみのみこと》」には「神」の名を冠し、「耳《みみ》」と称しているが、日子八井命《ひこやゐのみこと》だけ、それが見られず他のミコトとはっきりと区別されている。

これらのことから考えて、イワレヒコノミコトと大神《おおみわ》の神の御子とされるイススキヒメとの間に生誕された御子は、うやうやしい敬語で呼ばれるカムヤヰミミノミコトとカムヌナカワミミノミコトのお二人と考えてよい。

面白いことに、これらの御子の名はすべて、「八井《やゐ》」とか「沼河《ぬのかわ》」という水に因むもので、狭井川のほとりで生誕された御子の名にふさわしいお名前である。その上、父君のイワレヒコノミコトは、『古事記』では、ワカミケヌノミコト（若御毛沼命）あるいは、トヨミケヌノミコト（豊御毛沼命）と呼ばれている。『日本書紀』では、サノノミコト（狭野尊）と見えるが、この御毛《みけ》の「御」は敬語で「毛」は、「禾《か》」で、稲を意味する。狭野の「サ」も稲《さ》と解すれば、イワレヒコノミコト、つまり神武天皇は、穀霊神的性格が付与されていたことになる。

先のミコトの御名の、「ヌ」に、「沼」を当てるのは、古代の水田として、芦がはえる沼地つまり、葦原《あしはら》が好んで利用されたことを示唆《しさ》しているようである。「八井」も、多くの川が、山際にいくつかの細流として流れ、谷田などを潤す有様をしのばせる。とすれば、イワレヒコノミコトとイススキヒメとの間に生まれた御子には、まことに、ふさわしい御名といってよい。

イワレヒコノミコトは神婚の時に、

「葦原《あしはら》の　穢《いけ》しき小屋《おや》に　菅畳《すがだたみ》　弥清《いやさや》敷きて　我《わ》が二人寝《ふたりね》し」

と歌われたという。

「神婚」という言葉をあえて用いたのは、これらの御子は「阿礼坐《あれま》した」と記されているからである。「阿礼《あれ》」は、「現《あ》れ」とか「生《あ》れ」が原義であるが、とくに、神の御子の生誕を意味する敬語といわれているからである。

上賀茂神社の大切な祭として、現代に至るまで「御阿礼祭《みあれまつり》」が行われるが、五月十二日の真夜中に、「阿礼《あれ》」と称する榊《さかき》の枝に、あらたに御阿礼《みあれ》された御子神を迎える神事である。

この御子神は先に触れた、ホノイカヅチ（火雷）の神と賀茂のタマヨリヒメ（玉依日売）との間に御阿礼された若神である。そのため、御子神は、ワケイカヅチ（別雷）の神と尊称された。

因みに、「別《わけ》」は「若《わか》」の意である。親の霊《ち》を別けられた子が、別《わ》け者《もの》、つまり若者《わかもの》である。

【第6話】

歌の予兆〈うたのよちょう〉

イワレヒコノミコト(神武天皇)には、大和のホトタタライススキヒメ(富登多多良伊須須岐比売)を后《きさき》に娶《めと》られる前に、日向《ひうが》《ひむか》の阿多《あた》の君《きみ》の娘、アヒラヒメ(阿比良比売)を妻に迎えて、タギシミミノミコト(当芸志美美命)を、もうけられていた。

実は、「タギシミミ」の「タギシ」ないしは「タギタギシ」という古い言葉は、道路の平坦でない有様を意味する古語である。例えば、『常陸国風土記《ひたちのくにふどき》』行方郡当麻里《なめかたこおりたぎまのり》の条にも、

「悪《あ》しき路《みち》の義《こころ》を取《と》りて、当麻《たぎま》と謂《い》う。俗《くにのひと》、多岐多岐斯《たぎたぎし》という」

と注している。御存知のように大和の二上山《ふたがみやま》の山麓の当麻《たいま》の地名も、この「たぎたぎし」、つまり、けわしい山路が地名の由来である。

更には、『古事記』のヤマトタケル(倭建命)が、美濃国多芸郡《みののくにたぎぐん》の当芸野《たぎの》(岐阜県養老郡養老町)にたどりつかれた時、すでに命《みこと》は病に冒《おか》され、

「吾《あ》が心、恒《つね》に虚《そら》より翔《かけ》り行《ゆ》かむと念《おも》ひつ。然《しか》れども、今《いま》、吾《あか》、足《あし》は、たぎたぎしくなりぬ」

と慨嘆されたので、その地を、「当芸《たぎ》」と称したという。

これから案ずると「タギタギシ」とは、歩行困難を表現しているようである。とすれば、タギシミミノミコトは、まともの道を歩む人物ではなく、むしろ屈折した男の心を示唆《しさ》した名前と見る

べきであろう。事実「綏靖《すいぜい》紀」には、タギシミミノミコトを評して、「本《もと》より、仁《うつくしい》 義《ことわり》に乖《そむ》けり」と記している。

その名の通りタギシミミノミコトは、腹違いの弟たち、カムヤヰミミノミコトとカムヌナカワミミノミコトを皇位継承争いのために、殺害せんと計ったと伝えている。だが、タギシミミノミコトの陰謀を秘かに察知されたイスキヒメは、御子たちに歌をうたって、その危険を知らされた。

「狭井河《さいがわ》よ　雲立《くもた》ちわたり　畝火山《うねびやま》　木《こ》の葉《は》　騒《さや》ぎぬ　風吹《かぜふ》かんとす
　畝火山《うねびやま》　昼《ひる》は雲動《くもと》ゐ　夕《ゆう》されば　風吹《かぜふ》かむとぞ　木《き》の葉騒《はさや》げる」

「歌《うた》」というのは、もともと自分の気持を相手に〝訴《うった》える〟ことを原義とするから、古代では歌をもって危険を知らせることが少なくなかったようだ。

例えば、「皇極紀」には、蘇我入鹿《そがのいるか》の専制政治と、入鹿誅滅の陰謀を暗示する謡歌《わざうた》が伝えられている。

「彼方《おちかた》に　浅野《あさの》の雉《きぎす》　響《とよも》さず　我《われ》は寝《ね》しかど　人《ひと》ぞ　響《とよも》す」

この歌は、本来、逢引の歌である。遠い浅野では、雉《きじ》は声をたてて鳴いている。だが、わたくしは声も出さずに寝ているのに、人がそれを見つけてさわぎ立てている、という歌である。

この歌を、秘かに入鹿暗殺を計る中大兄皇子《なかのおおえのおうじ》らの陰謀を告げる歌と伝えている。

【第７話】

忌人
〈いわいびと〉

タギシミミノミコト（当芸志美美命）の陰謀を知られたカムヤヰミミノミコト（神八井耳命）とカムヌナカワミミノミコト（神沼河耳命）の御兄弟は、先手をうって片丘《かたおか》の館にいるタギシミミを襲う計画をたてられた。

片丘は、現在の奈良県北葛《きたかつら》城郡《ぎぐん》王寺町付近という。三輪山の山麓からすれば、丁度、大和盆地の西方に位置する場所である。

だが、タギシミミの館に赴き、これを襲う段になると、兄のカムヤヰミミノミコトは、急に「手脚慄《てあしおの》のいて」弓矢をつがえることが出来なかったという。

それを御覧になられたカムヌナカワミミノミコトは、すかさず兄の手から弓矢をうばい、力《ちから》をこめてタギシミミノミコトを、一発の矢でいとめられた。

自らの勇気のないことを恥じられたカムヤヰミミノミコトは、直ちに弟宮のカムヌナカワミミノミコトに皇位を譲られ、「僕者《あは》汝命《いましみこと》を扶《たす》けて、忌人《いわいびと》になりて、「仕《つか》え奉《たてまつ》らん」と奏上した。

このように、お二人の兄弟のうち兄宮が勇気のないために弟宮に皇位を譲る話は、オケノミコト（意祁命・仁賢天皇）と、ヲケノミコト（袁祁命・顕宗天皇）の物語にも語られている。

因みに、「オケ」の「オ」は大きいことを意味し、兄を示すが、それに対し「ヲケ」の「ヲ」は弟《ヲトウト》の「ヲ」である。景行天皇の双子の皇子のオウスノミコト（大碓命）とヲウスノミコト（小碓命）も、兄を「オ」、弟を「ヲ」と区別して表記されているのは、そのためである。御存知のように小碓命はヤマトタケルノミコト（倭建命）である。

このようにして、弟宮に皇位を譲られた兄宮のカムヤヰミミノミコトは「忌人《いわいびと》」となって、弟宮に仕えたが、「忌人《いわいびと》」とは「綏靖《すいぜい》紀」には、「神祇《あまつやしろ、くにつやしろ》を奉典《つかさどりまつ》らむ」と記されているから、宮廷の祭祀を司る職とみてよい。

つまり、弟宮は「マツリゴト」、つまり政治を主宰され、兄宮は「マツリ」（祭祀）を司ったということである。

日本の古い政治体制は、このように表のマツリゴトを行う首長を、奥にひかえて祭祀を司る者が支えている祭政一体であった。もちろん、慣例的には、祭を司るのは、巫女《みこ》が多かった。

ここにカムヤヰミミノミコトが祭祀を司ったとあるが、この皇子の血筋を引く氏族は、祭祀的性格の強い豪族が少なくない。

例えば、九州の阿蘇氏もその一つとされるが、現代に至るまで、阿蘇家は脈々として阿蘇神社の神宮の家として引きつがれている。阿蘇神社の祭神はタケイワタツミノミコト（健磐龍命）と称するが、カムヤヰミミノミコトの御子神とされている。

【第８話】

義母を娶る話

〈ぎぼをめとるはなし〉

わたくしたちが『古事記』の物語を読んでいると、今日の常識ではとうてい理解できぬ話にでくわし、時々、とまどうことがある。

イワレヒコノミコト（神武天皇）が崩ぜられると、その后《きさき》のホトタタライススキヒメ（富登多多良伊須須岐比売）が、義理の息子であるタギシミミノミコト（当芸志美美命）と結婚されていることも、その一例である。

その場合でも、仮に愛がめばえた関係であれば一応理解はできるが、どうもイスキヒメの場合は、そうとは考えにくいのである。

なぜならば、イススキヒメは、御子たちがタギシミミノミコトによって殺されそうになると、逆に御子たちに、夫のタギシミミの暗殺をそそのかせているからである。そのことから推しても、タギシミミとの結婚は、どうも愛情がめばえた結果ではないらしい。

だが古代の社会においては、父が亡くなり、その後継者が父の妻を娶《めと》るということは、決して稀《めずら》しいことではなかったようである。

このような婚姻関係が容認されてきたのは、おそらく、次のような理由が考えられるのであろう。

それは、後継者が先の王の政治をよどみなくうけついでいくためには、先の王の妻を、共治者として選ぶ必要があったということである。

日本の古い時代の政治体制は、マツリゴト（政治）を行う君主と、その背後にあってマツリ（祭祀）を司り、政治の動向に、常に指針を与える巫女的女性がひかえることが理想とされてきた。とすれば、当然ながらイススキヒメは、先帝時代の政治に最も通暁《つうぎょう》していたお方とみなされていた。

また、イススキヒメは、大神《おおみわ》（大三輪）の神の子とされていたから、大和盆地東部の磯城《しき》郡の地域一帯に、宗教的権威を身に帯びた高貴な女性として尊崇されていた。だから、後継者のダキシミミノミコトは、義母を妻として迎え納《い》れ、共治者にしなければならなかったのでは、あるまいか。

磯城《しき》という地名も、三輪山の山麓の神域に石を敷きならべた神域を示すのが原義とするならば、この神域においては、神の子とされる女性は、三輪山の神、オオモノヌシ（大物主）の御子として、一般のひとからも敬意を表されたのであろう。だから、イワレヒコと称された神武天皇はイススキヒメを娶《めと》り、息子も義母を妻としたのである。

イワレヒコの名は、大和の磐余《いわれ》の日子《ひこ》（彦）が原義とすれば、磐余の君主の意であろう。古代の磐余《いわれ》が、橿原市東池尻町から、桜井市池之内にまたがる地域とすれば、磯城に隣接する地である。磯城の地と磐余の地が統合されて、やがてヤマト王権の基盤を形成していく政治的背景が、この物語に投影されているとみてよいであろう。その意味からも、イワレヒコの後継者は、磯城の神、オオモノヌシの神の御子イススキヒメを、妻としなければならなかったのである。

【第9話】

初国知らす天皇〈はつくにしらすすめらみこと〉

天皇家の歴史で、史実性が一応明らかとなるのは、第十代の崇神《すじん》天皇の時代からといわれている。

注目されるのは、崇神天皇は、『日本書記』において「御肇国天皇《はつくにしらしめすすめらみこと》」（「崇神紀」十二年九月条）と呼ばれていることだ。『古事記』でも同様に「初国《はつくに》知《し》らしし御真木天皇《みまきのすめらみこと》（崇神天皇）」と称《たた》えられている。

「初国知らしし」というのは、初めてこの国をお治めになられたという意味である。「知《し》らす」は支配することである。それらのことから、崇神天皇を初代の天皇とみなす考えが学者から出されているのである。

しかし、一方では、『日本書記』では、初代の天皇とされる神武天皇も、「始馭天下之天皇《はつくにしらすすめらみこと》」（「神武紀」元年正月条）と称して、橿原《かしはら》の宮で、初めての皇位につかれたと記している。

この矛盾を解くために、早くから、神武天皇と崇神天皇は同一の天皇で、皇統を延ばすために、この間に、仮空の九代の天皇を挿入したのではないかという見解がだされている。

その当否は、ここでは問わないとしても、仮に、崇神天皇が実在されたと考えられるならば、わたくしは、ほぼ三世紀の終わりから四世紀の初め頃と推定してよいと思っている。

なぜならば、第十六代の仁徳天皇は、倭《わ》の五王《ごおう》の讃《さん》に比定され、五世紀初めの倭王と考えられているからである。崇神《すじん》天皇―垂仁《すいにん》天皇―景行《けいこう》天皇―成務《せいむ》天皇―仲哀《ちゅうあい》天皇―応神《おうじん》天皇―仁徳《にんとく》天皇と皇位は父子で継承されたと伝えているが、仁徳天皇から六代前の祖先が崇神天皇ということになる。

日本では、一世代を二十年と算《かぞ》えるのが一般的であるが、逆算すれば、崇神天皇の時代は、一応、三世紀後半の終わりから四世紀の初めということになる。

この三世紀の後半から四世紀の初めの頃は、考古学の立場からすると、極めて重要な時期として考えられている。

なぜなら、日本では、ヤマトの地域に全長二百メートルを超える前方後円墳が初めて出現するころに当たり、その前方後円墳の造営が、天皇家の成立と深く関わっていると考えられているからである。

第一に二百メートルを優に超す巨大な古墳を造り上げるためには、かなり強力な統一政権を想定しなければならない。古墳造営の卓越した技術集団をかかえ、多くの労働力を駆使出来るのは、なみなみならぬ権力と、財力を持つ政権が存在しなければならないからである。

このように崇神天皇が初代天皇とされるから、『常陸国風土記《ひたちのくにふどき》』（新治郡《にいばり》）に、「美麻貴《みまき》の天皇《すめらみこと》」（崇神天皇）が、ヒナラスノミコト（比奈良珠命）を遣わして東《あずま》の夷《えみし》の荒《あら》ぶる賊を打たしめとあるように、崇神天皇を主人公とした平定物語が、まず登場してくるのである。

【第10話】

三輪の神〈みわのかみ〉

『古事記』における崇神天皇の説話はいきなり、オオモノヌシ（大物主）の神の祟りからはじまる。

天皇は、師木《しき》の水垣宮《みずがきのみや》（奈良県桜井市金屋付近）に即位されたが、急に疫病《えやみ》が全国に蔓延し、ひとびとが、つぎつぎと病にたおれたという。

天皇は、大変御心配になり、「神床《かむどこ》」にお入りになり、夢占いをされることとなった。「神床《かむどこ》」というのは、神の託宣をうかがうために、身を浄めた上、清浄な寝床に入り、夢のうちに神のお告げを聞く、いわゆる「夢占い」である。

すると夢のうちに、オオモノヌシの神が現れ、神の御子であるオオタタネコ（大田田根子）を探し出し、自分を祀ってほしいと告げられた。

そこで、天皇は、早速使者を四方に派遣され、オオタタネコをさがさせたが、河内《かわち》の美努村《みぬむら》で発見したという知らせがとどいた。美努村は、現在の大阪府八尾《やお》市上之島《かみのしま》町あたりという。

だが、『日本書紀』では、「茅渟県《ちぬのあがた》の陶邑《すえむら》」としている。おそらく、『古事記』の「美努《みぬ》」は、「茅渟《ちぬ》」を誤って表記したのであろう。陶邑《すえむら》が正しいとすれば、現在の大阪府堺市中区陶器北付近ということになる。

ここには、現在でも式内社の陶荒田《すえあらた》神社が祀られ、オオタタネコ（大田田根子）を祭神としているのである。

社伝によれば、オオモノヌシの神が大鷲に乗って、茅渟《ちぬ》のイクタマヨリヒメ（活玉依姫）を娶《めと》って、生せた子がオオタタネコと伝えている。

オオタタネコが「神の子」であると証されたのには、次のような神婚譚が伝えられていたからである。

容姿端麗なイクタマヨリヒメの許《もと》に、夜な夜な秘かにかよう男がいた。その姿は気高く、威厳あふれる男性であった。だが不思議なことに、夜半にならなければ姿を現わさず、夜明けとともにいづれかたともなく消え去っていくのだった。

そうこうしているうちに、イクタマヨリヒメは、身籠ってしまった。その事を知ったイクタマヨリヒメの父母は、心配になってヒメに男のことを尋ねたが、ヒメは、その名も住所も全く知らないと答えたという。

そこで、ヒメの父母は、赤土を床の前に撒《ま》き散し、糸巻の糸に針をつけ、かよってくる男の衣の襴《すそ》に刺すようにと、知恵をさずけた。その糸をたよりに尋ねると、美和山《みわやま》（三輪山）に到った。それによって、かよって来た男が三輪の大神だと知れたという。

【第11話】

白羽の矢〈しらはのや〉

三輪の神、オオモノヌシ（大物主）の神が、災いをもたらし、天皇に強請《ごうせい》してまでも神の子と称するオオタタネコ（大田田根子）を司祭者にさせることにこだわるのは、なぜなのであろうか。

おそらく、三輪の神が、もともと天皇家の祖神ではないため、天皇家ゆかりの司祭者によって祀られるのを嫌われたことを示すものであろう。

オオタタネコは、『古事記』において、「神君《みわのきみ》（三輪君）、鴨君《かものきみ》」の祖と称しており、明らかに天皇家の血統とは、別の氏族に属していた。『新撰姓氏録《しんせんしょうじろく》』（大和国神別）にも、大神《おおみわの》朝臣《あそん》《あそみ》について、次のように出身の物語を記している。

昔、オオクニヌシ（大国主）の神が、三島のミゾグイミミ（溝杭耳）の娘《むすめ》、タマクシヒメ（玉櫛姫）を娶《めと》って生んだ子が、大神《おおみわ》朝臣らの祖先という。興味深いことに、ここでもオオクニヌシの神の褶《そで》に結んだ苧《おみ》が「三縈《みわ》（三輪）」残ったので、大三縈《おおみわ》の神と称したと伝えている。『古事記』と『姓氏録』では、主人公がオオモノヌシの神から、オオクニヌシの神に代り、タマヨリヒメ（玉依日売）がタマクシヒメの名に変化しているだけである。

しかし、三輪の神オオモノヌシの神が、出雲のオオクニヌシの神と同一神とみなされるようになったことは、既に、『古事記』の神話に物語られている。例えば、国作りで昏惑されているオオクニヌシの神の前に、忽然として現れたオオモノヌシの神が、自ら、オオクニヌシの神の、和魂《にぎみたま》であると名告《なの》っている。

『出雲国 造 神賀詞《いづものくにのみやつこかむよむごと》』という「祝詞《のりと》」にも、出雲の神が、自らの和魂を、「倭《やまと》の大物主《おおものぬし》くしみかたまの命《みこと》（倭大物主櫛𤭖玉命）」と称えて、天皇家の護りをつとめたと述べている。

このように、オオモノヌシの神とオオクニヌシの神は、早くから習合させられていたようである。

またタマヨリヒメの名が、タマクシヒメに変じているが、「玉依《たまより》」は「神《かみ》の魂《たま》が憑依《ひょうい》する」意味で、神霊の依《よ》りつく女性、つまり、巫女《みこ》の普通名詞といってよい。玉櫛《たまくし》という名称も、直接的には巫女の髪に刺された美しい櫛をいうが、処女《おとめ》に櫛を刺すことは、神が処女のなかから特別に巫女として選定した証《あかし》であった。

古代では、櫛は、現代の櫛のように横櫛でなく立櫛《たてくし》（刺櫛）である。髪をたばねてそこに抜き刺す櫛である。神は、天上界から刺櫛を処女になげ、櫛に刺し通すと考えられていた。それは、「白羽《しら》の矢《や》」と、同じイメージを想像されればよい。それ故、古代のひとびとは、櫛は、「奇《く》しきも」の、神聖なものとみなしてきた。

今でも、櫛が折れるのを不吉というのは、櫛に神が宿っていると考えたからだ。それより、玉櫛は、神霊の憑依する処女の象徴となったのである。

【第12話】

天皇家の神

〈てんのうけのかみ〉

崇神天皇に災いをもたらしたオオモノヌシ（大物主）の神は、天皇家系出身の巫女《みこ》の手によって、その祭司権が握られていくことに、強い危機感をつのらせていたのである。

実際に『日本書紀』によれば、崇神天皇の叔母に当られるヤマトトトヒモモソヒメ（倭迹迹日百襲姫）が、当時、三輪山の神の最高の巫女の地位にあったと記している。

ヤマトトトヒモモソヒメの、「鳥飛《とと》ひ」という名称は、天上界より神霊をはこぶ霊鳥を意味し、天上界の神の託宣を、地上のひとびとに伝える巫女の職能を示している。

また、「モモソ」は、「百五十《ももそ》」の意で、数多くの優れた託宣を伝えた老練な巫女の尊称である。この名称からして、ヤマトトトヒモモソヒメは、大和盆地の最高の呪能を発揮する巫女の長《おさ》であったたろう。

「崇神紀」によれば、天下に、しばしば災害のおこるのを憂えられた崇神天皇が、浅茅原《あさじはら》で鎮めのための祭を開かれた時、オオモノヌシの神は、たちまちヤマトトトヒモモソヒメに憑《つか》れたという。

この記載からも窺えるようにヤマトトトヒモモソヒメは、オオモノヌシの神に依憑する最高の巫女であった。

しかし、そのヤマトトトヒモモソヒメはオオモノヌシの神に羞《はじ》をかかせたことを理由に、箸で女陰《ほと》を刺して死んでしまわれたという。

御存知のように、ヤマトトトヒモモソヒメを葬った墳墓が、三輪山の山麓の箸墓《はしはか》とすれば、三輪山を常に仰ぎ見るように造られたこの墓は、ヒメと、三輪山の神との関係を、示唆《しさ》しているようである。

これらの説話から推して、天皇家出身の娘が、オオモノヌシの神の巫女となり、祀るのは、ヤマトトトヒモモソヒメを最後とし、オオモノヌシの神の直系の子孫が神官となって、祀るように改められたのであろう。その神官の家系が、大神氏《おおみわし》である。

古代においては、神の祭祀は、一般には、神の後裔氏族によってのみ祀られるのが原則であった。言葉をかえていえば、本来は、氏神《うじかみ》の祭が中心で、祭祀するひとたちは、あくまで氏子《うじこ》に限られていた。

だが、三輪の神は、極めて神威の強い神であったため、三輪山麓一帯を越えて、大和盆地に広く信仰圏をひろめていた。それにともなって、本来の神の後裔氏族以外に、有力豪族層からも司祭者に加わるようになり、更には有力な一族が祭を独占していくような事態に至ったのである。だから、オオモノヌシの神の祟りにより、三輪の神の祭祀権が再び後裔氏族にもどされると、天皇家は、それに代って自らの神の信仰を前面に打ち出さざるを得なくなってきた。

天皇家の祖先神は、いうまでもなくアマテラス（天照）大神《おおみかみ》である。

【第13話】

神酒の神〈みわのかみ〉

オオモノヌシ（大物主）の神の子とされるオオタタネコ（大田田根子）は、おそらく、大田《おおた》、つまり、広大な田のタネコ（種子《たねこ》）、つまり稲穂《いなだね》を意味するならば、穀霊神的な名称であろう。

オオモノヌシは、「モノ」、つまり、精霊の最高神とみなされてきたから、「モノノケ」（物怪《もののけ》）によってひとびとを脅かす恐しい神でもあったが、単なる災いの神にとどまらず、次第に、この神の尊崇する民衆の最大の願望である農作にも、深くかかわる神に変わっていかれた。

実は、日本の神々は、その神格を民衆の願いの推移によって、共に変えていく傾向が強い。日本の神々は、それを祀るひとびとの願望の結晶が、姿を現したものと考えてよいと思う。

例えば、菅原道真《すがわらみちざね》は、政敵、藤原時平《ときひら》の讒言《ざんげん》にあって大宰府《だざいふ》に流され、怨みをのんで死に、遂に怨霊となって祟《たた》りの神となったが、後に、ひとびとによって祀られ和《なご》められると、次第に〝学問の神〟に変身した。現代では、時代を反映して、受験の神様に祀り上げられているのである。日本の神々は、民衆の切なる願いと密着し、常にその願望をかなえる神であったのである。

それ故、日本の神は、在地的であり、民衆的な性格が強かった。時代につれ、民衆の願望が変わるにつれて、神の神格も変わっていったのである。先に触れた鎮花祭《はなしずめのまつり》も、その一つ例である。

オオモノヌシの神が、恐しい祟《たた》り神より、ひとびとに豊作を保証する神に変身する過程において、オオタタネコ（大田の稲種の神）の物語が生れたのであろう。

このように稲種信仰と結びつくようになると、更に三輪の神オオモノヌシの神は、「ミワ」は神《み》酒《わ》の神と解されるようになる。それは一つには「ミワ」は、「瓱《みわ》」の意に解され、酒を入れる瓶《かめ》との神と見なされたからである。

『万葉集』にも、

「哭沢《なきさわ》の神社《もり》に三輪《みわ》する　祈《いの》れども」（『万葉集』巻二ノ二〇二）

という高市皇子《たけちのみこ》の薨去をいたむ挽歌が伝えられている。この歌は哭沢神社に瓱《みわ》を据えて、皇子の御病気平癒を祈ったが、遂に皇子はお亡くられたという意味である。因みに哭沢《なきさわ》の神社は、『古事記』では天《あま》の香具山《かぐやま》の北麓に祀られる畝尾都多《うねびつた》神社を指すようである。

わたくしたちが、現代でも大三輪神社《おほみわのじんじゃ》に参拝すると、まず、目につくのは社殿の左右にうず高くつまれた酒樽である。「ミワ」の神を「瓱《みわ》」ないしは「神酒《みわ》」に解して、酒の神に祀り上げたものであろう。

現在では、交通安全のお札も出しているが、酒の神も今日では車の神へと変身されているのである。

【第14話】

伊勢の宮〈いせのみや〉

三輪の神、オオモノヌシ（大物主）の神の祭祀権の返還を求められた天皇家は、自らの神として、アマテラス（天照）大神《おおみかみ》を前面に押し出さざるを得なくなった。

それまで、アマテラス大神は天皇の宮殿、奥深く秘かに祀られていたが、ここに及んで、天皇は皇女トヨスキイリヒメ（豊鍬入姫）に命じ、倭《やまと》の笠縫《かさぬい》の邑《むら》に移して祀らさせている。

笠縫の邑がどこであったかは、必ずしも明らかではないが、現在の奈良県田原本町新木《にき》の笠縫神社や、桜井市の檜原《ひはら》神社や笠山《かさやま》神社などが、その比定地にあげられている。

アマテラス大神を奉斎した皇女が、トヨスキイリヒメと呼ばれているが、豊鍬《とよすき》は多くの鍬をもった農業神的な性格を示すものであろう。

というのは、オオモノヌシの神が、農業神的な性格を強めていくのに対抗するためには、やはり農業神的な巫女を担ぎ出す必要があったのではないだろうか。もちろん、アマテラス大神も、天上界から日の光を地上にふりそそぎ、稲作に恵みをあたえる日の神であった。「照《て》る」は「垂《た》る」と同じ意味で、上から下に垂れることを原義とする。

トヨスキイリヒメがアマテラス大神を祀った神域を「崇神紀」では、「磯堅城《しかたき》の神籬《ひもろぎ》」と呼んでいる。「しかたき」の「シ」は「石《イシ》」で、「堅城《かたき》」は厳重に囲われた石垣の一劃を指す。

『古語拾遺《こごしゅうい》』には「磯城神籬《しきひもろぎ》」と表記されているから、磯城郡の名の由来は、このような神籬の祀られた地域を中心とする一帯を指すと考えてよい。神域を、石で囲ったものを古代では、一般に神籬石《こうごいし》とか、磐境《いわさか》と呼んでいる。

神籬というのは、神の依り処として、清浄の土地を選定し、常盤木《ときわき》を植えて神座《かみくら》としたものである。

「ヒモロギ」の「ヒ」は、「神霊」を意味し、「モロギ」は「籬《まかぎ》」を指すとも解されている。

このように考えてくると、ミムロ（御室）も、本来、モロギの敬語であろう。『万葉集』などに、「神奈備《かんなび》の三諸《みもろ》の山《やま》」などと歌われているが、神の坐《いま》す聖なる山である。

「垂仁紀」によれば、崇神天皇のあとを継がれた垂仁《すじん》天皇は、ヤマトヒメ（倭比売）に命じて、アマテラス大神の鎮《しず》まり坐《ま》す処を求めさせた。ヤマトヒメは、近江《おうみ》国、美濃《みの》の国をめぐり、遂に、伊勢の地に、アマテラス大神を祀る地を定められた。

この伊勢《いせ》の地は、三輪山の真東に位置しているのである。

ヤマト王権が、狭い大和盆地の範囲から、勢力を更にひろげ、近畿地方全域を掌中にされた時、その真東に当る伊勢はまさに、三輪山に代って太陽の昇る聖地となったのである。

【第15話】

斎宮〈いつきのみや〉

伊勢の地は、

「神風《かむかぜ》の伊勢国《いせのくに》は、常世《とこよ》の浪《なみ》の　重浪《しきなみ》の帰《き》する国《くに》」（「垂仁紀」）

とたたえられるように、「可怜《うま》し国《くに》」であった。

常世の波が押し寄せるというのは、常世の国で再生された〝生命の潮《うしお》〟が、伊勢の浜辺に流れ来るという意味である。

その、神聖な伊勢の海から、日々に太陽は、再生して昇った。このような土地こそ、「日向《ひむか》の国《くに》」と呼ばれ、古代において最も神聖視された土地と、考えられていた。

アマテラス（天照）大神《おおみかみ》が、この地に鎮座されることをヤマトヒメ（倭比売）に宣言されたのは、そのためである。そのことは、三輪の神の神格を更に超える意義を、ねらったものである。

もともと、三輪の神が祀られる三輪山は、大和盆地のひとびとにとって、太陽の昇る山でもあった。

しかし、ヤマト王権の勢力が一層拡大し、大和盆地を超えて、更に広い領域に及ぶと、太陽の昇る聖地は、三輪山より、更に東の伊勢の地へと移されていったのである。

このアマテラス大神の御遷座に当って、ヤマトヒメがアマテラス大神の「御杖《みつえ》」となったといわれているが（「垂仁紀」）、ここでいう「御杖」とは単なるステッキではなく、神の霊のやどる依《より》代《しろ》としての聖木である。

例えば、天皇が地方の豪族を服属させたり、あるいは命令を伝達される場合、杖部《はせつかべ》が派遣されたが、この杖部の名の由来も、天皇の霊を憑依《ひょうい》させた杖を奉持する使者が原義である。因みに、杖部を「ハセツカベ」と訓《よ》むのは、天皇の命によって諸国に、馳《は》せ使《つか》われる職掌によるものであろう。

ところで、ヤマトヒメは、伊勢に入られる前に、「菟《う》田《だ》の筱幡《さきはた》」に一時とどまられたが、それを裏づけるように「神名帳」には、大和国宇《う》蛇《だ》郡に、「御杖《みつえ》神社」が祀られている。その社は、現在の奈良県宇陀郡御杖村神末に鎮座している。

御存知のように伊勢神宮の内宮は三重県の伊勢市五十鈴川上、外宮は伊勢市豊川町に祀られているが、伊勢の斎宮が置かれているのは、現在の三重県多《た》気《き》郡明《めい》和《わ》町斎宮である。

注意したい点は、この斎宮の置かれた地域から、真西にのばした地点に三輪の神を祀る三輪山が存在していることである。

【第16話】

阿倍氏〈あへし〉

三輪の神の祟《たた》りがようやくおさまったので、崇神天皇は、有力な臣下を諸国に派遣し、全国平定につとめられた。

まず、オオビコノミコト（大毗古命）を高志《こし》（越）の国に遣《つか》わし、その子のタケヌカワワケノミコト（建沼河別命）を、東の方《かた》、十二道の「まつろわぬ」者どもの平定に当らせた。高志《こし》は、北陸道であり、東の方《かた》は、東海道である。

次いで、ヒコイマスノミコ（日子坐王）を、丹波《たんば》の国に遣し、クガミミノミカサ（玖賀耳之御笠）を誅伐《ちゅうばつ》させたという。

オオビコノミコトは『日本書記』には、大彦命《おおひこのみこと》と表記されているが、第八代の孝元《こうげん》天皇の御子といわれている。

『古事記』には、またオオビコノミコトの子に当るタケヌナカワワケノミコトは、阿倍臣《あへ(べ)のおみ》に祖と注記している。

『新撰姓氏録《しんせんしょうじろく》』（左京皇別上）にも、

「阿倍朝臣《あへのあそみ》

孝元《こうげん》天皇の皇子《みこ》、大彦命《おおひこのみこと》の後《すえ》なり。」

と見え、これが公認の祖先伝承であったことを示している。

阿倍《あへ》氏の本拠地は、奈良県桜井市阿部である。というより、現在では、阿部《あべ》の文珠院《もんじゅいん》といった方が、お判り易いかも知れないが、この文珠院には、大変立派な横穴古墳が残される。

阿倍氏の名の由来は、天皇家に御饗《みあえ》を供する職掌から起ったとされるが、その分族は、伊賀や伊勢に広く分布し、阿閉《あえ》氏と名告《なの》り、伊勢神宮の御神饌を司《つかさど》っていた。

このように、阿倍氏の一族が伊賀や伊勢の地にも勢力を拡大していくのは、一つには、阿倍氏の本拠地が、長谷川《はせがわ》（泊瀬川《はつせがわ》）の入口の要所を本拠地としていたことに、深く関わっているのである。古代において、長谷川沿いに、東に向う路は「伊勢路《いせじ》」と呼ばれ、大和と東国とを結ぶ、もっとも重要な路線をなしていた。そのため、阿倍氏は、このルート沿いに、早くから勢力をのばしていた。また、その軍事力の期待がたかまり、御饗の職掌は、もっぱら分流の阿閉氏にまかせ、本家の阿倍氏は、ヤマト王権の有力な武将の家となって成長していった。とくに、阿倍氏は、主として東国の平定の主役として活躍するのである。

そのような歴史的背景から見て、阿倍氏の祖とされるタケヌカワワケノミコトの東国派遣の伝来は生れたのであろう。

【第17話】

丹波の国〈たんばのくに〉

崇神天皇は、またヒコイマスノミコ（日子坐王）を、丹波に赴《おもむ》かせ、クガミミノミカサ（玖賀耳之御笠）を殺させたと伝えられている。ヒコイマスノミコは、第九代の開化《かいか》天皇とワニノオミ（丸爾臣）出身の娘との間に、生誕された皇子である。

ヒコイマスノミコが赴いた先は丹波国であるが、彼が滅したクガミミノミカサは、丹波国桑田《くわた》郡の豪族と考えられている。「仁徳紀」十六年条の条に、仁徳天皇に愛された宮人《みやびと》、桑田《くわた》玖賀《くが》媛《ひめ》の「玖賀」の地であろう。

もちろん、「クガ」は、もともと「空閑《くが》」、つまり未開発の地を指すが、郡名からしてここが桑田として開発されていたのであろう。この広大な土地をおさえていた豪族をおいはらって、ここにヤマト王権の一大拠点を置くねらいがあったのである。丹波国の桑田郡桑田郷は、現在の京都府亀岡市保津町、篠町あたりに当る。

亀岡市は、畿内《きだい》から山陰地方に赴く起点の位置にあり、ヤマト王権にとって、早くから重要視されていた所である。

因みに、現在の亀岡市の町名を調べて見ると、上矢田《かみやだ》町、中矢田《なかやだ》町、下矢田《しもやだ》町、春日部《かすかべ》などの皇室部民（名代部《なしろべ》）ゆかりの地名や、曽我部《そがべ》、佐伯《さえき》などのヤマト王権の有力豪族のゆかりの地名が少なからず散見する。その上、犬飼《いぬかい》など部民の名を想わせる地名が少なくない。このうち「矢田《やた》」は、仁徳天皇の后の八田若郎女《やたのいらつめ》の部民であろうが、遅くとも五世紀の初めの頃には、この地域はヤマト王権の支配下に置れていたことを証《あか》している。

それはともかくとして、『日本書紀』では、これらの話はいわゆる四道将軍の物語として伝えられ、丹波に派遣された将軍は、ヒコイマスノミコの子タンバミチヌシノミコト（丹波道主命）とされているが、まさにその名が示すように、タンバミチヌシは、つまり丹波の大豪族となったことを示している。

次の垂仁天皇の時代には、タンバミチヌシノミコトの娘たちが、天皇の皇后《きさき》として召されているが、その長女のヒバスヒメ（比婆須比売）は、垂仁天皇の皇后に立てられたという。いうまでもなく、景行天皇の御生母である。

また仁徳天皇の宮人と召されたクワタクガヒメ（桑田玖賀媛）も、丹波国桑田郡の豪族の出身であるから、丹波の国の豪族と、天皇家とは遅くとも、五世紀の初め頃までには、婚戚関係を介して結ばれ、紐帯《ちゅうたい》を強めていったものと考えられる。

「神名帳」には、丹波国桑田郡には、「三宅《みやけ》神社」があげられているが、おそらく、桑田郡には朝廷領の屯倉《みやけ》が存在していたものであろう。亀岡市三宅町の地名は、その遺称地である。一説には、その屯倉は、「安閑紀」に見える丹波国の蘇斬岐《そしぎ》の屯倉であるという。

【第18話】

忌瓮〈いわいべ〉

オオビコノミコト（大毗古命）が高志《こし》（越）の国に赴《おもむ》くため、山城国の幣羅坂《へらざか》にさしかかると、腰裳《こしも》を着た少女《おとめ》にであった。

この幣羅坂《へらざか》は、平《ひら》坂の意味で、現在の奈良県の北の般若坂《はんにゃざか》を越えて、木津に至る坂路であろうと、いわれている。

少女は、急に、

「御間木入彦《みまきいりひこ》　はや　御間城入彦《みまきいりひこ》　はや　己《おの》が緒《を》を　竊《ぬす》み殺《し》せむと　後《しり》つ戸《ど》よ　い行《ゆ》き違《たが》ひ　前《まえ》つ戸《ど》よ　い行《ゆ》き違《たが》ひ　窺《うかが》はく　知《し》らにと　御真木入彦《みまきいりひこ》はや」

と歌い出した。

オオビコノミコトは不思議に思い、それはどういう歌かと少女に尋ねると、「何も判りません。ただ、わたくしは歌っただけです」と答え、急に姿を消してしまったという。

少女の歌は、御間木入彦《みまきいりひこ》（崇神天皇）よ、お前を秘かに殺そうとしている者がいるという意味の歌であるが、天皇を、「御眞木入彦よ」と呼びかけていることから、この歌は「神託」の一種であることを示している。腰裳《こしも》をつける少女は、おそらく、神に仕えるうら若き巫女《みこ》と考えてよいだろう。

オオビコノミコトは、大急ぎで帰り、崇神天皇に、自ら経験した不思議な話を報告した。それに対し天皇は、山城国に住いするオオヒコノミコトの庶兄、タケハニヤスノオオキミ（建波爾安王）の謀反を秘かに告じたものであろうと、判断された。

タケハニヤスは、孝元天皇と河内のアオダマ（青玉）の娘、ハニヤスヒメ（波爾夜須毗売）との間に生れた皇子で、オオビコノミコトの庶兄に当る人物である。

天皇は即座にオオビコノミコトに、ワニノオミ（丸爾臣）の祖、ヒコクニブクノミコト（日子国夫玖命）を副《そ》えて、討伐に赴かせた。この一行は、戦いに先立って丸迩坂《わにざか》に忌瓮《いわいべ》をすえて戦勝を祈願した。この「忌瓮」とは、瓶《かめ》を供えて、大地の神に加護を祈願するものだ。

『万葉集』の歌にも、

「草枕《くさまくら》　旅《たび》ゆく君《きみ》を　幸《さき》くあれと　忌瓮《いわいべ》（斎戸《いわいべ》）するつ　吾《あ》が床《とこ》の辺《へ》に」（『万葉集』巻十七ノ三九二七）

などと見えているが、忌瓮の祀りは具体的には、正式には、

「奥山《おくやま》の　賢木《さかき》の枝《えだ》に　白香《しらが》つけ　木綿《ゆう》とりつけて　斎戸《いわいべ》を　忌《いわ》い穿《ほ》り居《す》ゑ」（『万葉集』巻三ノ三七九）

とあるように、忌瓮《いわいべ》（斎戸）を大地に掘りすえたようである。

とくに、異境に入る時は、身の安全を祈って、この儀式が厳粛にとり行われた。

【第19話】

泉河

〈いずみかわ〉

崇神天皇から派遣された軍をむかえうつ、タケハニヤスノオオキミ（建波爾安王）の軍は、川をはさんでおたがいに挑《いど》み合った。そのため、その川を「挑《いど》み」と名づけられた。

「崇神紀」では、

「今、泉河《いづみかわ》といふは、訛《よこなま》れるなり」

と記されるように、泉河を指す。

この川は、平城京（奈良の京）の造営に当って、木材が多く流されはこばれたので、「木津川《きづがわ》」といつしか呼ばれるようになったのである。

この川をはさんで、まず「忌矢《いわいや》」がはなたれた。「忌矢」というのは、おそらく、戦に当って、どちら側に神の御加護があるかを占う矢のことであろう。お互に射交す弓矢が相手に命中すれば、射当てた側に、勝利がもたらされると考えられたのである。

タケハニヤスノオオキミのはなった矢は当らず、ワニノオミ（丸爾臣）のヒコクニブクノミコト（日子国夫玖命）の射た矢が、見事にタケハニヤスにささり、射殺したという。そのため、タケハニヤスの軍隊は、大敗した。敗走する軍を、「久須婆《くすば》の渡《わた》り」に追いつめると、敵の兵は恐怖と疲れから、褌《はかま》を屎《くそ》で汚す有様であった。そこで、その地を「久須婆《くすば》」（屎場《くそば》）、つまり、葛葉《くすば》の里と呼ぶようになったという。葛葉は河内《かわち》国交野《かたの》郡葛葉《くすば》郷で、現在の大阪府枚方《ひらかた》市楠葉《くすば》あたりに比定されている。

更に逃げる兵を追い詰め、これを斬り殺すと、その死体は、河に鵜《う》の如くならんで、流れていった。そこで、その川を、鵜河と名づけたと伝えている。

その死体を集めて葬《はふ》った所を、波布理曽能《はふりその》と称したというが、そこは、山城国相楽《さがら》郡祝園郷《ほうそのごう》で、現在の京都府相楽郡精華《せいか》町祝園である。

また、降参して「吾君《あぎみ》」と叫んだ所を「我君《あぎみ》」の地というようになったと伝えるが、そこは「ワギ」の地で、山城国相楽郡に祠られる和伎坐天乃夫支売《わぎにいますあまのふきめ》神社付近と考えられている。この神社は、京都府木津川市山城町平尾の湧森の湧出宮《わきでのみや》である。この地は、精華町とは木津川をはさんで東に位置する地域であるが、このあたりが、最後の激戦地となったのであろう。

それにしても一つの事件をめぐって、なんと多くの地名伝承を生んだものかと、ほとほと感心させられてしまう。だが、このような感覚こそ、『風土記《ふどき》』を生み出す温床となったものである。

このように、地名には、古代のひとびとの歴史的認識が、ひとつひとつに含められているのである。

【第20話】

「弓端の調」「手末の調」〈ゆはずのみつぎもの・たなすえのみつぎもの〉

タケハニヤスノオオキミ（建波爾安王）の討伐が終了すると、いよいよオオビコノミコト（大毗古命）は、高志《こし》（越）に赴《おもむ》いた。

そして、東海道を進んだ息子のタケヌナカワワケノミコト（建沼河別命）と「相津《あいづ》」で偶然出合った。そのためその地を相津と呼んだが、この相津は、現在の福島県会津若山市であるといわれている。

『万葉集』にも、

「会津嶺《あいづね》の　国《くに》をさ遠《とほ》み　逢《あ》はなはば　偲《しの》びにせもと　紐結《ひもむす》ばさね」（巻十四ノ三四二六）

と歌われた所である。会津の山がある国は遠いので、会えなくなるから、せめていとしいお前は下紐を結んでおく。だから他人に身をまさせないでおくれという意に解されるが、ここでも、会津の「会」は「逢《あ》う」に付会されている。

このように会津の地が、オオビコノミコトと、その息子の再会の地と物語られるのは、四、五世紀の頃のヤマト王権の東の最前線は、このあたりまでのびていたことを示唆《しさ》しているのであろう。

会津若山市若松町一箕町《いっきまち》には、全長九十メートルと称する会津大塚山古墳が造営されているが、この古墳は四世紀の終りの頃に造られたといわれている。

四方の国に遣わされた将軍が、それぞれの地方を平定して帰って来たので、崇神天皇は、男には「弓端《ゆはず》の調《みつぎもの》」、女には「手末《たなすえ》の調《みつぎもの》」を課せられ、国家財政の基礎をかためられたという。「弓端の調」は「弓弭《ゆはず》の調」の意である。弓矢で熊や鹿を射て、一年毎に、一定量の熊や鹿の皮を朝廷に献ずることである。『古語拾遺《こごしゅうい》』には、神祭の際に熊の皮、鹿の皮や角《つの》を用いるためと記しているが、本来は、男は狩猟によって得た獣肉や皮革類を、朝廷に貢納したのであろう。それに対し、女性は「手末の調」と称する織物を朝廷に献じていた。律令時代になると、絹《きぬ》や絁《あしぎぬ》（絣《かすり》の一種）が織物の貢納品の中心となるが、古くは、麻《あさ》の類や、木の繊維品の織物が、その主流を占めていた。

とはいっても、実際にこれだけが、ひとびとの負担であったかどうかは詳《つまび》らかではない。というのは、田租、つまり一定量の稲作を徴することがなかったとは考えにくいからである。もちろん、現在と違って農業生産量の極めて低い古い時代では、根刈りにした稲穂を納めるにしても、一人あたりの分は、極めて限られたものに過ぎなかった。だからそれの代りに、肉体労働の比重が大きかったであろう。

これらの調は、国家財政の基礎をかためる意味でも、重要なことであったようである。

【第21話】

玉作り〈たまつくり〉

崇神《すじん》天皇から皇位をゆずられた天皇が、垂仁《すいにん》天皇である。

垂仁天皇は、師木《しき》の玉垣《たまがき》の宮《みや》（桜井市穴師《あなし》）で政治をとられたが、はじめの后《きさき》は、サホヒコノミコト（沙本比古命）の妹、サホヒメ（沙本毗売）であった。

サホヒメは、ヒコイマスノミコ（日子坐王）の御子である。この「サホ」の名は、おそらく、生母の「沙本大闇見戸売《さほのおおくらみどめ》」に因むもので、奈良の佐保川のほとり、つまり、奈良市法蓮町を本居とするものであろう。

だが、サホヒメの兄、サホヒコノミコトは、皇位をうかがう野心をいだき、サホヒメを味方に引き入れようとたくらんだ。

サホヒコノミコトは、妹のサホヒメに向って、自分と天皇とどちらを愛しているかと秘かにたずねると、サホヒメは兄の手前、しかたなしに、兄の方ですと答えてしまった。すると兄は、妹に「八塩折《やしおおり》の紐小刀《ひもこがたな》」をわたし、天皇の寝られた隙をうかがい、刺し殺すように命じた。

ある時、天皇がサホヒメの膝を枕にしてやすまれた時、サホヒメは小刀をとり出して、三度刺そうとされたが、どうしても実行することが出来なかった。その苦悩から心みだれ、サホヒメは涙を流したが、顔をぬらされた天皇は目を覚まされ、沙本《さほ》の方《かた》より暴雨が降ってきた夢を見たと、ヒメにつげられた。

そこで、ヒメは遂に観念され、兄の謀略のすべてを告白した。そして、ヒメは、兄が立籠もる稲《いな》城《ぎ》に逃げ込んでしまった。しかし、その時すでにヒメは身籠られていたので、天皇は三年間、ヒメの立籠もる稲城を攻め落すことをひかえさせていたという。

その間に生れた御子を、ヒメは稲城の外に出して天皇にひきわたされることになった。ヒメは御子と一緒にとらえられることをあらかじめ警戒し、衣は腐らせていたので、御子の受け取りのひとびとは、遂にヒメを取り逃してしまった。御子を差し出したヒメの手をとりおさえようとすると、ヒメの手にまける玉の緒も切れるありさまであった。

そこで天皇は、玉造《たまつくり》に責任を負わせ、その玉造りの土地を奪われたという。そのため、諺《ことわざ》に「地得《ところえ》ぬ玉作《たまつくり》」といわれたという。「ところえぬ」というのは、本来は、肝心要のときに役に立たぬことを意味するが、ここでは、失敗を重ね、ヒメをとらえる恩賞の土地を与えられなかった者を、揶揄《やゆ》したものであろう。

畿内における玉作部の本拠は、河内国高安《たかやす》郡玉祖郷（大阪府八尾市神立《こうだち》付近）である。玉祖宿《たまのおやすく》祢《ね》は玉作部を管掌する家であったが、天孫降臨に従ったいわゆる五氏の一つにあげられながら、中臣氏《なかとみし》や忌部氏《いんべし》などは早くからヤマト王権の祭祀にかかわり勢力を伸していったのに対し、職業集団として、下位に置かれた玉作部のことを、「ところえぬ」と諷刺したのであろう。

【第22話】

瑞井と産湯 〈みずいとうぶゆ〉

サホヒメ（沙本毗売）が、兄サホヒコノミコト（沙本比古命）と共に稲城で最後の抗戦をつづけていた時、天皇はサホヒメに向って、生れてきた皇子の名をつけるようにたのまれた。名をつけることは、血のつながりの承認であった。それだけ、天皇はサホヒメを愛され続けていることを、ヒメに告げたかったのであろう。

そこで、サホヒメは、まさに稲城が火で焼かれようとしている時に生れる皇子という意味で、御子の名を「本牟智和気《ほむちわけ》」と名付けられたという。

「ホムチワケ」の「ホ」は、「火《ほ》」であり、「牟智《むち》」は、神や貴人を尊称する名辞である。つまり、火から生れた貴い御子という意味のである。

また、「和気《わけ》」は「別《わけ》」で、親の生命を別《わ》けられた者をいうが、五世紀代の皇族では、「別」と名《な》告《の》られるのが、流行していたようである。

例えば、垂仁天皇の御子である景行天皇も、「オオタラヒオシロワケ」（大帯日淤斯呂和気）と称され、応神天皇も「品陀和気《ほんだのわけ》」と呼ばれていた。

オシロは、『書記』には「忍代《おしろ》」と表記されるが、「オシ」は「圧し」、「シロ」は「知る」で、力強く支配されることであろう。

サホヒメは、また我が御子の養育の事を天皇に托され、乳母を用意し、大湯坐《おおゆえ》、若湯坐《わかゆえ》を定めて「日足《ひた》し」すべきことを希望されたという。「日足し」は、成長することや成熟する意味である。『万葉集』巻十三ノ三三二四にも、「何時しかも　日足《ひたら》しまして　十五月《もちつき》の　満はしけむと　わが思ふ」と歌われている。

「湯坐《ゆえ》」は、「湯人《ゆひと》」(「雄略紀」)とも書かれるように、皇子や皇女の産湯のことに奉仕する者たちである。彼らは、皇子、皇女が成長された後も、終身、奉仕をつづけ、その経済を支え、時には軍事力となって仕えていった者たちである。

とくに皇子たちの産湯は、特定な神聖の泉が用意されていたようである。例えば「反正紀」には、天皇が淡路《あわじ》島で生誕された時、この地の「瑞井《みずい》」で産湯をつかれたが、それを祝福するかのように多遅比《たじひ》の花、つまり「いたどり」の花が水中に浮んでいたという。これにより、「多遅比別《たじひわけ》」という御名で呼ばれた。

この淡路島の泉の水はとくに聖水とみなされ、仁徳天皇も、朝夕この水を船ではこばされ「大御水《おおみみず》」とされていた。「安寧紀《あんねいき》」は、ここに御井宮《みいのみや》が祀られていたと伝えている。現在の兵庫県南あわじ市松帆《まつほ》に祀られている神社である。

【第23話】

鳥取部〈ととりべ〉

ホムツワケノミコト（品津別命）は、異常の出産のせいか、言葉を少しも発することができない唖《おし》の子であった。

この皇子をいとしまれた天皇は、ホムツワケノミコトを二俣《ふたまた》の小舟《おぶね》に乗せて、大和の市師《いちし》の池や軽《かる》池に浮べて、一緒に遊ばれた。市師の池は、市磯《いちち》の池とも呼ばれ、かつて奈良県桜井市池之内に存在した池である。また、軽池は、橿原市大軽にあった酒折《さかおり》の池である。これらの池は、師木《しき》の玉垣宮《たまがきのみや》（桜井市穴師）から、さほど遠くない池である。

二俣《ふたまた》の船は「二股《ふたまた》の船」であろうが、このような船にことさらに唖の子を乗せるのは、あるいは口が二股に開くことを願う呪《まじな》いではなかろうか。つまり、口を開かせ、言葉を発することをうながす呪能を期待したものであろう。

それでも、ミコは、「八拳鬚《やつかひげ》」が胸許《むなもと》にたれるまで、ものいうことはなかった。八拳《やつか》とは、握り拳《こぶし》を八つ連ねた長さをいう。つまり、おとなになっても、唖であった。

しかしある時、ミコは鵠《くぐい》（白鳥）の鳴く音を耳にされ、突然、声を出された。そのことを聞かれた天皇はよろこばれ、山辺《やまべ》のオオタカ（大鶙）にその鵠をとらえることを命ぜられた。

オオタカは、その鳥を追って、紀伊《きい》国、播磨《はりま》国、因幡《いなば》国、但馬《たじま》国を廻り、更に近江《おうみ》、美濃《みの》、尾《お》張《わり》、信濃《しなの》を経て、越《こし》の国において、やっとワナナミ（和那美《わなみ》の水門《みなと》）で網を張り、捕えることに成功した。この「ワナミ」の地名も、「輪網《わあろ》」にもとづくのであろう。おそらく、現代の富山県射水《いずみ》市鳥取《とっとり》あたりであろう。

大変な遠廻りをしてオオタカは諸国を遍歴しているが、実はこれらの国は、鳥取部《ととりべ》や鳥養部《とりかいべ》が分布している所である。それは、因幡国が現在の鳥取県と称していることからも、推測されるだろう。

白鳥を捕えて天皇家に献ずるというのは、白鳥は天の神の乗ものであり、また天の神のみことのりを伝えるものと、考えられていたからである。また白鳥をいだき、愛撫すると、天の神の霊気が身に移ると考えられていたようである。

ところで鳥取部に捕えられた白鳥は、宮殿の池で養われたり、天皇の身近におかれたが、その鳥の世話をみる人たちが、鳥養部である。

だが、ホムツワケノミコトは、それでも充分ものいうことが出来なかったと伝えられている。御心配の天皇の夢告につけられた託宣では、御子が言葉を充分しゃべれないのは、出雲の大神の崇《たた》りであることがつげられたという。

そこで、天皇はそれが真事のことか占うために、宇気比《うけひ》を試みられた。それがまことであると実証されると、天皇は、宇気比に立ち合ったアケダツノオオキミ（曙立王）をホムツワケノミコトに副《そ》えて、出雲に派遣された。

【第24話】

逃げだす神
〈にげだすかみ〉

ホムツワケノミコト（品津別命）の一行は、出雲につき出雲大神に参拝をすますと、肥《ひ》ノ川《かわ》の黒い皮をつけたままの丸木を簀《す》のように並べた橋に仮宮《かりみや》を建て、そこを住《すま》いとされた。このように川の上に仮宮を造るのは、自らを水鳥に擬せられたためであろう。

その仮宮を見た出雲臣《いづものおみ》の祖のキヒサツミ（岐比佐都美）は、青葉の山を飾って川下で、ホムツワケノミコトを饗応されようとした。これを御覧になったホムツワケノミコトは、急に口を開いて、

「青葉《あおば》の山《やま》が見《み》えるが、よく見《み》ると山《やま》ではない。恐《おそ》らく、出雲《いづも》の石硐《いわくま》の曽《そ》の宮《みや》に於《お》いて、葦原《あしはら》の色《し》許男《こを》の神《かみ》（大国主命《おおくにぬしのみこと》）を祀《まつ》る祝《はふり》の大庭《おおば》であろうか」と尋ねられた。

この言葉を耳にしたホムツワケノミコトに従って来た王たちは、大喜びして、早速その旨を天皇の許《もと》に知らせた。

ここに言う、「青葉《あおば》の山飾《やまかざ》り」は魂迎えの儀礼の飾りもので、若々しい神霊を憑依《ひょうい》せしめる青葉で飾ったの玉垣《たまがき》（魂籬）であろう。また「出雲《いづも》の石硐《いわくま》の曽《そ》の宮《みや》」とは、岩隈《いわくま》、つまり、大きな岩の頂上に身を隠すように祀られた社《やしろ》のことであろう。

「斎《いつ》く祝《はふり》の大場《おおば》か」とあるが、『万葉集』にも、

「住吉《すみよし》の　斎《いつ》く　祝《はふり》が　神言《かむごと》と

行《ゆ》くとも　来《く》とも　船《ふね》は早《はや》けむ」（巻十九ノ四二四三）

と歌われるように、斎く祝とは神官のことである。

その大場とは、大きな祭場の意味ではあるが、実際には出雲臣の本拠地の、旧意宇郡大草《さくさ》郷の「大庭《おおば》」を指すのだろう、ここは出雲国造の聖域で、出雲国造の火継ぎの神事が行われ、新嘗《にいなめ》に用いる真名井《まない》も存在している所だ。

やっと、口をきかれたホムツワケノミコトは、安心されたためか、一夜、ヒナガヒメ（肥長比売）を召さて通じられたという。

だが、そのヒナガヒメは、実は蚶（蛇）であった。びっくりされたホムツワケノミコトは、すぐに船に乗って逃げ出されたが、ヒナガヒメは海原を輝かせながら追いかけて来た。ホムツワケノミコトは、やっと陸上にのがれ、大和に逃げ帰られたという。

この物語に登場するヒナガヒメは、おそらく肥ノ河の水神であろう。おそらく若い男が肥ノ河に仮宮を建て、この川の女神を和《なご》める祭が存在していたことを示唆《しさ》するものであろう。

それにしてもこのような〝逃走神話〟は、古代のひとびとから大変興味をもって語り継がれてきたようである。イザナギ(伊邪那岐)の神の黄泉からの遁去の物語もそうであるし、また、『風土記』にもこのような話がいくつか散見している。

【第25話】

唖の皇子〈おしのみこ〉

このホムツワケノミコト（品津別命）と類似する話は、『出雲国風土記《いずものくにふどき》』仁多《にた》郡三沢郷《みさわのさと》にも伝えられている。

この三沢郷は、島根県仁多《にた》郡奥出雲町の三沢とされるが、昔、オオアナモチノミコト（大穴持命）は、御子のアジスキタカヒコノミコト（阿遅須枳高日子命）が、御髪八握《みひげやつか》に成長されるまで少しも御言葉を話されなかったので、船に乗せて八十嶋をめぐられた。

しかし、いつまでも哭くばかりで、唖の状態は一向になおらなかった。そこでオオアナモチノミコトは夢占を試みられたが、夢の中ではっきりと御子がしゃべるのを聞かれた。

朝になると御子は、急に「御沢《みさわ》」と口にされたので一緒にその地をさがしに出かけると、向岸の坂の上にのぼり、ここだと指をさされたという。

すると急に、そこから沢の水が流れ出てきた。オオアナモチノミコトはあやしんでアジスキタカヒコノミコトを急いで沐浴《もくよく》させると、途端に、言葉が話せるようになったというのである。

面白いことに、この霊泉で出雲の新たな国造が京に参上し神賀詞《かむよごと》を奏上する際、必ずこの川の流れで沐浴したと、伝えられている。

このよう話は、『尾張国風土記《おわりくにふどき》』の逸文にも、同様な話が伝えられている。ここでも垂仁天皇の御子、ホムツワケノミコトは、七歳に至るまで言葉をしゃべられなかったという。御心配された皇后の夢に神が現れ、「吾は、多具《たぐ》の国神《くにがみ》で、名を、アマノミカツヒメ（阿麻乃弥加都比女）と称する女神だが、わたくしのために、祝《はふり》をもうけて祀れば、たちどころに皇子は、能くものいうようになろう」と、告げられたという。

ここにいう多具《たぐ》の神《かみ》は、『出雲国風土記』楯縫《たてぬい》郡に載せられた多久《たく》の社《やしろ》の神である。

この『風土記』の神奈樋山《かんなびやま》のことを記した文章には、アジスキタカヒコノミコトの后、アマノミカツヒメは、この多久《たく》の村（島根県出雲市多久）において、タギツヒコノミコト（多伎都比古命）を生誕されたと記している。

興味深いことに、先の『出雲国風土記』の仁多《にた》郡三沢《みさわ》郷では、唖の皇子は、アジスキタカヒコノミコトであったが、ここでは、その妻が、言葉をしゃべらないホムツワケノミコトの祟《たた》りの神となっている。アマノミカツヒメの子神は、タギツヒコと呼ばれる水神であった。

タギルは水が「滾《たぎ》る」の意である。夫のアジスキタカヒコノミコトも、『古事記』には、「み谷《たに》二渡《わたら》す」神と、たたえられるように、蛇神的イメージの強い神であった。これらから想像すると、唖の祟りは、雷神ないしは水神と関りがあったように思われる。先のアジスキタカヒコノミコトも、渾々とわき出た水によって言葉を発することが出来たが、言葉も、泉の如く湧き出たのであろう。

【第26話】

帰された妻〈かえされたつま〉

話は前後するが、サホヒメ（沙本毗売）は亡くなられた時、天皇の后《きさき》として丹波のミチノウシ（道之主）の王の四人の娘をすすめたという。

そのうち、長女はヒバスヒメ（比婆須比売）であり、次女はオトヒメ（弟比売）といい、三女はウタゴリヒメ（歌疑比売）、四女はマドノヒメ（円野比売）である。

だが、そのうち三女と四女の二人のヒメは醜くかったので、すぐに親元に還されることになった。四女のマドノヒメは、醜さを理由に、故郷に帰されても、故郷のひとびとから冷く迎えられるのではないかと大変悲しまれた。

ヒメが山背《やましろ》の相楽《さがら》にさしかかった時、悲しみのあまり、樹の枝に首をくくって死のうとされた。その土地を、「懸木《さがりぎ》」と呼ぶようになったが、「相楽《さがら》」は、その言葉が訛ったものといわれている。

だが、その時は死に切れず、「弟国《おとくに》」に来た時、遂に渕に墜ちてなくなられた。この故事から、この土地を「堕国《おつくに》」と呼ぶが、それを、「弟国《をとくに》」と表記したと伝えている。

ここでちょっと注意したいことは、ヤマシロの字を先程、山背としたが、平安時代以後は、「山城」と表記されることである。

かつて大和の盆地に都が置れていた時代のヤマシロは、奈良山を越えたその背後に存在したので、山背と呼ばれていた。しかし、桓武天皇の時代に、都がヤマシロ（山背）の地に遷されると、この地が王城の場所となったので、「山城」と改められたわけである。平安以後、ヤマシロは、「山城」の名称が正式の表記である。

それはともかくとして、相楽《さがら》郡は、山城国の最南端に位置し、大和に隣接する地域である。その中心地は、相楽《さがら》郷で、現在の京都府の木津市付近である。伝説によると、この地の八幡宮の地に、マドノヒメの墓があったと、伝えられている。相楽は、「サカラカ」、「サカナカ」とも訓まれたようだが、この「サカ」は「坂」、つまり奈良坂などの坂路を表し、「ナカ」はその途上の意であろう。

因みに、奈良山は、「楢山《ならやま》」や「平山《ならやま》」などが、おそらく原義であろうが、大和から山城を経て、山陰北陸道におもむく基点をなしていたところである。

また「弟国《おとくに》」は、山城国乙訓《おとくに》郡の地である。「弟国」の郡の地名は、もともと比較的面積の狭い郡というのが、本義であろう。乙姫《おとひめ》様の「乙《おと》」も、年の劣る、つまり、年の若いことを表すが、「劣国」も小さな国の意である。

だが継体天皇が一時期都と定められた弟国宮は、現在の京都府長岡京市の井ノ内今里の付近といわれているようにこのあたりは、木津川の左岸から淀川を経て、老《おい》の坂を目指す丹波道に通ずる交通の要衝であった。

【第27話】

田道間守〈たじまもり〉

垂仁《すいにん》天皇は、タジマモリ（多遅摩毛理）を常世《とこよ》の国に遣《つかわ》して、「非時《ときじく》の香《か》ぐの実《み》」を求めさせた。「常世《とこよ》の国《くに》」とは、海のかなたに存在すると考えられた、永世の国である。というより、年毎に、生命を再生する国と考える方が、穏当な考えであろう。

「ときじく」とは「非時」で、季節にかかわらぬことを示している。

『万葉集』にも、

「み吉野《よしの》の　耳我《みみが》の山《やま》に　時《とき》じくぞ　雪《ゆき》は降《ふ》るとふ」（巻一ノ二六）

と歌われているが、前の類歌（巻一ノ二五）では「時なくぞ」に改められている。共に、その季節では決しておこらないことを意味している。

タジマモリが求めたという「ときじく」の実とは、他の果物が、決して実らない冬の季節に、たわわに実る果物という意味である。かぐの実は、文字通り〃かぐわしい果物〃のことである。

タジマモリは苦労して、やっと常世の国にたどりつき、「ときじくのかぐのみ」を、矛の先に縄に結んで、帰還したという。だが時すでに遅く、垂仁天皇は、既に崩ぜられたあとであった。タジマモリは、「ときじくのかぐの実」をもって垂仁天皇の御陵に献じたが、悲しみの余り、そのまま墓前で死んでしまった。

「タジマモリ」の名は、但馬《たじま》の守《もり》の意で、但馬の豪族をあらわしている。そしてそのタジマモリがもたらしたものが、「但馬《たじま》の花《はな》」つまり橘《たちばな》である。

聖武天皇の御代に、光明《こうみょう》皇后の兄に当る葛城王《かつらぎのみこ》に、橘《たちばな》氏が賜姓されたが、天皇は、

「橘《たちばな》は、果子《このみ》の長上《ちょうじょう》にして、人《ひと》の好《この》む所《ところ》なり。霜雪《そうせつ》を凌《しの》ぎて繁茂《はんも》す」（『続日本紀《しょくにほんぎ》』天平八年十一月条）

と述べられ、橘氏の永遠の繁栄を祝われた。

その時、聖武天皇が葛城王（橘諸兄《たちばなのもろえ》）におくられた御製は、『万葉集』に収められている。

「橘《たちばな》は　実《み》さへ　花《はな》さへ　その葉《み》さへ　枝《えだ》に　霜降《しもふ》れど　いや常葉《とこは》の樹《き》」（巻六ノ一〇〇九）

この御製に、橘奈良麻呂《たちばなのならまろ》は、

「奥山《おくやま》の　真木《まき》の葉凌《はしの》ぎ　零《ふ》る雪《ゆき》の　零《ふ》りは益《ま》すとも　地《ち》に落《お》ちめやも」（巻六ノ一〇一〇）

と、応えている。

垂仁天皇の御陵は、「垂仁紀」に菅原《すがわら》の伏見陵《ふしみりょう》と記されるが、奈良市尼辻町西町に築かれた陵墓である。

この古墳は全長二二七メートルの大古墳であるが、その周堀の中に小さな円墳が存在して、タジマモリの墓と伝えている。タジマモリの、悲しくも美しい伝承は、このようにして、今もって語りつがれてきたのである。

【第28話】

印南の別嬢

〈いなみのわきいらつめ〉

垂仁《すいにん》天皇の皇位を継《つ》がれたのは、皇子の景行《けいこう》天皇であった。

天皇の御生母は、丹波のミチノウシ（道之主）の王の娘、ヒバスヒメ（比婆須比売）と伝えられている。天皇は纒向《まきむく》の日代《ひしろ》の宮《みや》で即位されたが、そこは、大和国城上郡の巻内《まきむく》に当るという。

わたくしがここで注目したいのは、景行天皇の宮が、「日代《ひしろ》の宮《みや》」と呼ばれている点である。

「日代《ひしろ》」は、文字通りに解するならば〝太陽神の憑代《よりしろ》〟を意味するからだ。その上、景行天皇は、「大帯日淤斯呂和気《おおたらひおしろわけ》」の尊号で呼ばれていた。

〝帯日《たらひ》〟は、「垂《た》る日《ひ》」の意で、日光そのものをあらわし、「天照《あまてる》」と同様な名称である。

これらのことから考えて、この天皇の時代頃から、天皇は「アマテラス（天照）大神《おおみかみ》」の血筋を、直接継承する天皇という意識が強調されるようになったようである。

「日代の宮」は、「雄略記」にも、「纒向《まきむく》の　日代《ひしろ》の宮《みや》は　朝日《あさひ》の　日照《ひて》る宮《みや》　夕日《ゆうひ》の　日《ひ》がける宮《みや》」と賛美されているように、まさに太陽のあまねくふりそそぐ宮と歌われていた。

このように天皇の絶大な権威を象徴するかのように、日本の各地に皇族将軍が派遣され、平定される話が、多く物語られているのである。

その皇族将軍の中心人物はいうまでもなく、ヤマトタケルノミコト（倭建命）である。

母は、吉備氏《きびし》の娘、ハリマノイナビノイラツメ（針間之伊那毘大郎女）である。御生母がこのような御名で呼ばれる理由を、『播磨国風土記《はりまのくにふどき》』賀古郡比礼墓《かこひれはか》の条に、次のように伝えている。

景行天皇が印南《いなみ》の別嬢《わけいらつめ》を娶《めと》るため播磨の国を訪問された時、別嬢はすばやく「なびづま島《じま》」（南毗都麻島《なびつまじま》）に逃げこんで、姿をかくされた。

天皇が別嬢を探しあぐねて、賀古《かこ》の松原《まつばら》においでになると、白い犬がなびづま島に向って盛んに吠え立てていた。そこで、天皇はこの犬は誰れの犬かと質問されると、その土地のものは、別嬢の犬だとお答えした。そのことによって、遂に別嬢が島に隠れているのを発見されたという。

それ以来、この島を「隠島《なびしま》」と名付けたという。天皇は別嬢と印南《いなみ》の六継村《むつぎむら》で結ばれたというので、その地を密事《むつみごと》をした地という意味で、「ムツギ」の村と呼ぶようになったという。だが、しばらくして別嬢が亡くなられたので、日岡《ひおか》（加古川市加古川町大野の日岡山）に墓を築いた。別嬢を埋葬するため印南《いなみ》川を渡ろうとすると、急に飄《つむじかぜ》が吹いて別嬢の死体は川に没してしまった。ただそのあとには、匣《くし》と褶《ひれ》だけが残されたという。

これらを身代《みのしろ》として墓に収めたので、この墓を褶《ひれ》墓と呼ばれたという。

この説話において、匣（櫛）と褶が、別嬢の身代と語られているが、このことは別嬢は神を祀る斎女であったことを示している。褶は魂を招《お》くものであり、櫛は、神がやどる刺串《さしぐし》であるからだ。

【第29話】

「祢宜」ること〈ねぎること〉

景行天皇は、三野《みの》国造の娘、エヒメ（兄比売）、オトヒメ（弟比売）の姉妹が「容姿《ようし》」が麗美《うるわ》しいという噂を耳にされ、宮中に召されようとされた。三野は、美濃《みの》の国のことである。

御存知のように、『風土記《ふどき》』の編纂に際して、地名は良き字をえらび、二字にせよとの政令が出されたので、「三野」は、「美濃」に改められたのである。

この三野国造は、正しくは「三野国本巣《もとす》の国造」（「開化記」）と考えられるが、本巣《もとす》郡美濃郷《みのごう》を中心として勢力をはっていた豪族である。現在の岐阜県本巣《もとす》市及び揖斐《いび》郡大野町一帯を支配した豪族といわれている。

この豪族の二人の娘を迎えるため三野《みの》に遣わされたオウスノミコト（大碓命）は、娘たちが余りにも美しいので早速自分の妻にしてしまい、他人を二人の娘と偽り、天皇に納《い》れた。もちろん、天皇はすぐにおかしいとお感じになり、常に「長眼《ながめ》を経《へ》られた」という。

この「長眼を経る」という奇妙な表現は、おそらく天皇が事実かどうか疑しいので、長い間じっとオウスノミコトや娘たちを見つめる動作を示すものであろう。

天皇に疑われていることを知ったオウスノミコトは、朝夕の食事の席にも姿を現わさなくなってしまった。そこで、天皇はオウスノミコトの弟に当られるヲウスノミコト（小碓命）に、「ねぎ教《おし》えよ」と命ぜられた。

しかし、五日を経てもオウスノミコトは姿を現わさなかった。そこで天皇は、ヲウスノミコトに何故、兄が出席しないのかと御質問されると、ヲウスノミコトは、既に「ねぎつ」とお答えになった。天皇はどういう風に「ねぎ」をしたかとおたずねになると、ヲウスノミコトは、兄が朝、厠に入るのを待ちかまえて、手足をねじり取り、死体を薦《こも》につつんで投げ棄てたと答えられた。

実は、天皇が「ねぎ教えよ」と言われたのは〝慰《なぐ》め、労《いた》われよ〟の意味であったが、ヲウスノミコトは、「捻《ねじ》る」に聞きあやまったのである。「ねぎる」の「ねぎ」は、『万葉集』に、

「天皇朕《すめらわ》が　うづの御手《みて》もち　かき撫《な》でぞ　祢宜《ねぎ》　給《たま》ふ」（巻六ノ九七三）

と歌われるように、「慰労」の意味である。

『豊後国風土記《ぶんごのくにふどき》』直入郡《なおいりぐん》祢疑野《ねぎの》の条にも、景行天皇が、この地の土蜘蛛《つちぐも》の打猿《うちざる》、八田《やた》、国麻呂《くにまろ》の三人の賊を打たんとされた時、ここの地にまず天皇の兵士を集結させて、労《ね》ぎ給われたと記している。

『古事記』では「ねぎる」にあえて、「祢宜《ねぎ》る」の文字が当てているが、神官の「祢宜」も本来、神に祈って、「ねぐ」ことを願う者の意であろう。

このことから、次第に「ねぐ」は祈りそのものを意味するようになったのであろう。因みに、現在の神職では宮司《ぐうじ》の下に祢宜が位置しているが、本来「祢宜」は、神職の総称であった。

【第30話】

熊襲〈くまそ〉

景行天皇は、ヲウスノミコト（小碓命）の余りにもすさまじい行状に、すっかり恐れをなして、西方のクマソタケル（熊襲建）の討伐を命ぜられた。

熊襲《くまそ》は、南九州地方を本拠とする化外《けがい》の民《たみ》で、ながらく、ヤマト王権に服属を頑強に拒んでいた部族である。

古代において、いわゆる「まつろわぬひとびと」は、「土蜘蛛《つちぐも》」とか、「蝦夷《えみし》」、または「熊襲《くまそ》」などと、動物名を付して蔑称されていた。

土蜘蛛という昆虫は穴深く身を潜め、ここに落ち込む昆虫類をとらえるが、熊もまた、谷や山に闖入《ちんにゅう》する動物類を急に襲い殺す恐ろしい猛獣として、考えられていた。これらのイメージが「まつろわぬ者」の怖れの表現となって、付せられたものであろう。

もちろん、クマソ（熊襲）の原義は、山の〃隈《くま》〃や「襲《そ》」、つまり山の奥であろう。

あるいは、肥後の球磨《くま》の地と、大隈の襲《そ》の地にはさまれた地域の服属されない部族を意味するともいわれている。

律令時代に入っても、これらの熊襲、隼人の話す言葉は「訳語《おさ》」と呼ばれる通訳を介さなければ通じなかったといわれている。

しかし、古代の南九州の言葉が通じないといっても、それは決して異民族系の言葉を意味するものではないと、わたくしは、考えている。おそらく、訛《なま》りがひどかったため、容易には聞き取れなかったのであろう。

例えば「大隅国風土記《おおすみのくにふどき》」の逸文の大隅郡串卜郷《おおすみぐんくしらごう》に、この土地に髪梳《くしら》の神がいたので「久西良《くしら》」の郷と名付けたと記しているが、「隼人《はやと》の俗《くにびと》の語《ことば》に久西良《くしら》と云《い》う」と注があり、串卜郷《くしらごう》の地名由来を説明している。

だが、この「クシラ」を、日本語の奇《く》し（霊異）に、接尾語の「ラ」が付けられた言葉と解するならば、やはり日本語の一種とみなしてよいと思う。

また、「クシラ」は「髪梳《くしら》」の文字が当てられるように、長い髪を櫛梳《くしけず》る神そのものの名の意だろう。髪の長い処女が、髪を刺《さ》し串《ぐし》でたばねることは、神女、つまり巫女の姿を示しているのであろうか。

『大隅国風土記』には、また海の洲《ひす》を、隼人言語で「必志《ひし》」と称したともあるが、これも明らかに日本語の訛りであろう。語尾のス（Su）がシ（Si）に訛ったに過ぎないからである。

といっても、南九州は、長い間、険しい山脈によって、中部九州からも隔離されていたから、孤立し、少なからぬ方言を生み出していたことも、決して否定しようとは思わないが、基本的には、あくまで日本語であったと考えている。

【第31話】

ヤマトタケル〈やまとたける〉

熊襲《くまそ》の征討に赴《おもむ》く前に、ヲウスノミコト（小碓命）は、伊勢神宮の斎宮《さいぐう》《いつきのみや》であった叔母《をば》のヤマトヒメ（倭比売）の許を、まず訪れた。

そこで、ヲウスノミコトは、叔母から衣装をたまわり、剣をふところにして、遠征に出発された。叔母のもとをなぜ訪ねなければならぬかという点については、既に、柳田国男先生が『妹《いも》の力《ちから》』で説かれたように、古代では、男の危難を加護するのは、姉妹か、叔母たちであったからである。その上、叔母のヤマトヒメは伊勢の大神《おおかみ》の 斎宮《いつきのみや》 であったから、伊勢神宮の神威の加護を願うためでもあったのだろう。

更に言うならば、伊勢の神は、東の日の昇る聖地の神であったから、西方の日没する国のまつろわぬ者の平定祈願には、もってこいの神であったわけである。

また、ヲウスノミコトが、叔母が身につけていた衣装をもらいうけるのは、叔母の霊力が附着した衣を与えられたことを意味する。剣もまた、いうまでもなく破邪の剣であろう。

ヲウスノミコトが熊襲の地に潜入すると、クマソタケル（熊襲建）兄弟の邸は、兵士によって三重に囲まれ、厳重に護られていた。容易にそこには近寄ることも出来なかったので、ヲウスノミコトはしばらく様子を伺っていられた。だが、やがてクマソタケルの新築の祝いが催されることを耳にされた。

その当日になると、ヲウスノミコトは叔母の衣裳を身につけ、童女《おとめ》の姿に身をやつして、宴《うたげ》の席にまぎれ込んだ。

古代では、男性は髪を角髪《みずら》に結び、耳許でたばねていたが、その角髪をほどいて長く背に垂れながせば、そのまま女性の姿になる。

女装されたヲウスノミコトのあでやかな姿にすっかり魅了されたクマソタケルは、ヲウスノミコトを身近に招いて、盛に祝いの酒をあおっていた。

その時、急に、ヲウスノミコトは、懐《ふところ》に隠していた剣を抜き、兄のクマソタケルの衿《えり》をつかんで一気に刺し殺してしまった。

その有様を見て逃げだした弟のクマソタケルを、ヲウスノミコトは階段のところまで追いつめ、彼の尻を剣で刺し通した。

だが、クマソタケルはしばしの猶予を乞い、ヲウスノミコトの素性を尋ねた。

ヲウスノミコトが天皇の皇子であることを知ると、大倭《おおやまと》の国で最も健《たけ》き男という意味のヤマトタケル（倭建）の御名を、名のられることをすすめたという。

それ以後、ヲウスノミコトを尊称として、ヤマトタケルノミコト（倭建命）と呼ぶようになったと伝えている。

【第32話】

出雲建

〈いずもたける〉

ヤマトタケルノミコト（倭建命）が滅《ほろぼ》したクマソタケル（熊襲建）は、『日本書紀』では、トリシカヤ（取石鹿文）、またの名をカワカミタケル（川上梟師）と称していたと記しているが、この「川上」は、大隅国肝属郡川上郷《きもつきぐんかわかみごう》を中心とした地域であろう。

この川上郷は、現在の鹿児島県肝属郡肝付町《きもつきぐんきもつきちょう》一帯である。ここには川上神社が祀られているが、先にあげた串良町に南接するところである。

肝属郡の北に位置する曽於《そお》郡、つまり襲《そ》の国はヤマト王権に早くから服属し、その傘下に組み入れられたが、まだまだ大隅半島に拠《よ》って頑強に抵抗した部族が存在していた。これがいわゆる大《おお》隅隼人《すみはやと》であった。

おそらく、その記憶が、川上梟師の討伐の物語として伝えられたのであろう。

それはともかくとして、ヤマトタケルノミコトが次に赴《おもむ》いた所は、出雲《いずも》の国であった。

出雲には「イズモタケル（出雲建）」という豪族が頑張っていた。

この出雲の討伐は一種の「騙《だま》し打ち」であった。ヤマトタケルノミコトは、イズモタケルに言葉巧みに近付き、信用させておいて、急に騙し討ちにしてしまった物語である。

ヤマトタケルノミコトは、まず友好的な態度を見せてイズモタケルの警戒心をとき、二人で肥《ひ》ノ川（斐伊川《ひいがわ》）に水浴に出かけることになった。

ヤマトタケルノミコトはその時既に赤檮《いちいがし》で詐《いつわ》りの大刀を作り、佩刀《はいとう》とされていた。川に入る時、当然ながら二人は衣裳とそれぞれの大刀を置いたが、ヤマトタケルノミコトはイズモタケルがまだ水浴に舞中になっているのに、先に上がった。

そしてイズモタケルの横刀と、自分の横刀の交換を申し出た。

詐りの刀と知らぬイズモタケルが喜んで承諾すると、ヤマトタケルノミコトは、急に大刀試合を申し入れた。だが赤檮の詐りの大刀を抜こうとしても抜けないイズモタケルは、遂にヤマトタケルノミコトに斬り殺されてしまったのである。

ヤマトタケルノミコトは、そこで次のように歌うたわれた。

「八芽《やつめ》　刺《さ》す　出雲《いずも》建《たける》が　佩《は》ける刀《たち》　黒葛多纏《つづらさはま》き　さ身無《みな》しにあはれ」

「やつめさす」は、「八雲《やぐも》立《た》つ」と同じく出雲にかかる枕詞であるが、〃八雲〃には、美しい霊雲の層がかさなり合う祥福のイメージが強いが、「やつもさす」は「弥《や》つ芽《め》さす」の意味で、勢いよく芽が出ることを示す語であろう。

「さす」は「出る」ことをいうようだが、「イズモ」を「出《い》ず藻《も》」に解すれば、「やつもさす」はその枕詞であろう。いうまでもなく「やつも」の「藻《も》」は、海草の藻である。

【第33話】

和布刈りの神事〈めかりのしんじ〉

この海の藻で「燧臼《ひきりうす》」と「燧杵《ひきりきね》」を作り出す話が出雲の国造家に古くから伝えられているが、おそらく、これは出雲神社で古くから行われていた和布刈《めか》りの神事と、国造家のレガリア（象徴）として伝承される「火継《ひつ》ぎ」の儀礼が重なりあったイメージであろう。

和布刈りとは、その年の新しい和布《わかめ》をとり、神の神饌として供え、「海の幸」を祈る神事である。漁業にたずさわるひとびとにとっては、欠すことのできぬ大切な祭の一つであった。

それに対して「火継ぎ」の神事とは、新しい出雲の国造《こくそう》が任命される時、国造家を継承したしるしに、「火鑚《ひき》り臼《うす》」と「火鑚《ひき》り杵《きね》」が伝えられ、これによって鑚り出された神火で斎食を炊き、神々に供え、新国造も共食にあずかる儀式である。これを「火継神事《ひつぎのしんじ》」という。

このように「和布刈り」の神事も、「火継ぎ」の神事も共に御神饌にかかわるが、神と新国造が共に同じものを食するということは、「一味同心」となることを意味した。文化人類学者の言葉をかりるならば、それは同体化《インカネイション》である。

同じ食物や飲み物を共にすることは、血肉を同じくすると考えられていたのである。

出雲国がとくに海草に深く関ったことは、『延喜式《えんぎしき》』民部下の「交易雑物《きょうえきぞうもつ》」に、「青苔《あおのり》、海松《みる》、海藻根《かいそうのね》、鳥坂苔《とりさかのり》、紫草《むらさきのり》」

が挙げられていることからも窺うことが出来る。

それ故、海に関わるひとたちは出雲の海幸《うみさち》を、ことさらに「やつめさす」と賛美したのであろう。

これに対し「八雲立つ」は、

「八雲立《やぐもた》つ　出雲八重垣《いずもやえがき》　妻隠《つまご》みに　八重垣《やえがき》つくる　その八重垣《やえがき》を」

と歌われるように、幾重にも神殿そいに立ちのぼる霊雲を賛美した枕詞である。

この霊雲につつみこまれた奇しき国こそ出雲であったから、出雲の枕詞として「八雲立ち」がよく用いられたのである。

さて、残された「都豆良多纒《つづらさわま》き」であるが、「ツヅラ」は黒葛である。つまり、一種の「国讃《くにぼ》め」の枕詞である。

『古今和歌集』に、

「梓弓《あづさゆみ》　ひき野《の》のつづら　末《すえ》つひに　わが思《も》ふ人《ひと》に　ことのしげけむ」（巻十四ノ恋歌四）

と歌われ、『山家集』にも、

「つづら這《は》ふ　はやまは下もしげければ　住《す》む人《ひと》　いかに　こぐらかるらん」

とあるように、「繁《しげ》き」に接けて黒葛が歌われている。

先のヤマトタケルノミコトの御歌も、まさに黒葛が繁く、つまり大量に巻かれていることを歌っている。黒葛が繁く巻きつくというのは、おそらく、イズモタケルが既に呪縛されていることを示唆しているのであろう。

【第34話】

出雲振根〈いずものふるね〉

出雲国の豪族を討つ物語は他にも語られており、「崇神紀」には、イズモノフルネ（出雲振根）を誅《ちゅう》した話が伝えられている。

崇神天皇は、タケヒナテルノミコト（武日照命）またの名をタケヒナドリ（武夷鳥）から、天から将来したといわれる出雲の神宝《かんだから》が、出雲大社に秘蔵されていると聞かれ、朝廷に献上するように命ぜられた。

当時、出雲の神宝の管理責任者は、イズモノフルネであったが、折り悪く、筑紫の国に出むいて留守であった。だが、フルネの弟、イヒイリネ（飯入根）は、兄に無断で朝廷にその神宝を献じてしまった。

フルネは筑紫から帰りそのことを知り、大変、激怒し、弟のイヒイリネを、殺害しようと計った。フルネは弟に、止屋《やむや》の渕《ふち》（島根県出雲市の斐伊川の渕）に多くの萎《も》《あさぎ》があるので見に行こうと欺き、誘い出して殺してしまったという。

この話でも、ヤマトタケルの物語と同じように、フルネが剣に似せた木刀と、弟の真刀をだまして取りかえて、イヒイリネを殺している。

フルネが弟を謀殺したことが朝廷に知れると、天皇は、キビツヒコ（吉備津彦）と、タケヌナカワワケノミコト（建沼河別命）の二将軍を出雲に遣わし、フルネを誅させた。

しかし、出雲の大神を祭る大豪族のフルネが殺されると、出雲大社を祭るひとたちは怖れをなし、神の祭祀を放棄してしまった。

だが、しばらくして、丹波《たんば》の氷上《ひかみ》（丹波国氷上郡氷上郷、現在の兵庫県丹波市氷上町付近）のヒカトベ（氷香戸辺）という男が、皇太子に次のように奏上した。それはヒカトベの子が、急に、

「玉萎《たまも》鎮石《しずし》、出雲《いずも》人《びと》の祭《まつ》る　真種《まだね》の甘美《うまし》鏡《かがみ》……山河《やまかわ》の　水泳《みずくく》る御《み》魂《たま》……底宝《そこだから》御《み》宝主《たから》」

という言葉を口ばしったというのである。

直ちにこれは出雲の大神の神託に違いないと判断され、出雲の神宝は、朝廷から再び出雲に反還された。

「玉萎《たまも》鎮石《しずし》」は、フルネの話からして、これは肥の川の美しい萎《あさぎ》に鎮んでいる石であろうが、鎮石は、本来は霊を鎮める石と解すべきだろう。

そこに出雲の臣が斎く本物の立派な鏡が鎮石と共に鎮んでいる。清冽な水の中をくぐりながら沈んでいるというのが、この神託の意味であろう。そしてその裏には神宝の鏡を、早く出雲に返せというのが、この歌の主意であった。

この歌にも玉萎《たまも》が歌い込まれていることに注目すれば、「崇神紀」の「八雲立つ」は、あるいは「やつもさす」が原歌であったのかも知れない。

【第35話】

ヤマトタケルの歎き

〈やまとたけるのなげき〉

ヤマトタケルノミコト（倭建命）は、熊襲の討伐の大任をはたし、意気揚々として都に引き揚げてこられたが、父の景行天皇は少しの休息をもミコトにあたえられずに、直ちに東方の荒振る者どもの討伐を命ぜられた。

さすがのミコトも、天皇は自分に早く死ねと願われているのではないかと悲しまれたという。なぜなら、わずかの軍隊しかさずけられず、東国のあらぶる夷《えみし》を討てというのは、天皇は、わたくしのすみやかな死を望んでいられるのではないかと思われたからである。

だが、『日本書紀』においては、一転して、ヤマトタケルノミコトは、嬉《よろこ》んで戦いに赴《おもむ》く雄壮なミコトとして描かれ、ミコトは命をうけられると、「臣《やつがれ》、労《いたわ》しといえども、ひたぶるに其《そ》の乱《みだれ》を平《む》けむ」と、おたけびを上げられたと記している。

『書記』のミコトは、まさに勇気凛々たる男《おのこ》である。この点にも『古事記』と『日本書紀』の執筆態度が歴然と異っている。

ミコトは、また愛する親に見捨られたことを、伊勢に赴き、斎宮のヤマトヒメ（倭比売）に涙ながらにうったえられた。

ヤマトヒメは慰める言葉もなく、ただ、ミコトに、草那芸《くさなぎ》の剣《つるぎ》（草薙剣）と御《み》袋《ふくろ》を与えられた。

そして、もし身の危険を感じたならば、すぐこの袋の口を開きなさいと告げられた。

だがミコトに伴する者は、吉備臣《きびのおみ》の祖ミスキトモミミタケヒコ（御鉏友耳建日子）たちであったことは、ミコトにとってせめてものなぐさめであった。

ヤマトタケルノミコトに吉備の豪族が副《そ》えられたのは、ミコトの生母が、吉備臣の出身であったからであろう。

この吉備の一族は、備前国や備中国を本拠に、当時、最大の勢力を振るう豪族であった。

また、この地域の河川は、有名な砂鉄の産地であったから、これを原料として鉄製の鋭利な剣や刀や矛を大量に生産していたのである。とすれば、ヤマトタケルノミコトの東征軍には、きわめて優力の武力を誇る吉備臣率いる軍隊が存在していたことになる。

大化前の吉備臣は、山野をかけ廻って狩猟にたけた山部《やまべ》と、平常は漁撈につとめる海部を配下としていたが、一端、戦いが起ると、弓矢にたけた山部の歩兵集団と、舟をあやつる水軍となる海部《あまべ》を動員することができた。だから、ミコトが「わずかの兵」というのは単なる感情的な発言と考えるべきかも知れない。

『日本書紀』には、更にこの吉備臣に副えて、大伴《おおとも》のタケヒノムラジ（武日連）が加わっている。

大伴氏は、その名が示すように、ヤマト王権の軍事力の主力を荷っていた豪族である。

【第36話】
焼津〈やいず〉

東国におもむかれたヤマトタケルノミコト（倭建命）は、長谷川《はせがわ》（泊瀬川《はつせがわ》）沿いの道を東に進み、伊勢を経て、尾張国《おわりのくに》に到着された。

当時、尾張の熱田《あつた》は直接、海に面し、海上交通の要衝の地を占めていたと考えられる。尾張に入られたミコトは、尾張の国造《こくぞう》の娘、ミヤズヒメ（美夜受比売）を娶《めと》られることになった。だが、遠征の途中であったため、ふたたび還ってから正式に結ばれることを約された。

ミコトは尾張から東海道を下り、相武《さがむ》の国に至った。相武《さがむ》国は、いうまでもなく相模《さがみ》の国であるが、話の筋からいえば駿河《するが》の国と見るべきであろう。

この地の土豪たちは、直ちに恭順の意をあらわした。しかし、彼等の本心は、ミコトを騙し、これを秘かに謀殺することにあった。そこで土豪たちは、この広大な野の中の大沼《おおぬま》に「速振る神《はやぶかみ》」がいるので鎮圧してほしいと、言葉巧みにミコトをおびき出した。ミコトはすっかり好奇心にかられ野中に入られたが、それを合図に土豪たちは、野のまわりから、一斉に火をはなった。

火の勢いが刻々とミコトの周辺に迫ってくると、ミコトはヤマトヒメ（倭比売）からさずけられた袋を思い出し、急いでその中から火打石《ひうちいし》を取り出し、周りの草を剣でなぎはらい〝向火《むかいび》〟をつけられた。

すると、今までミコトに向ってきた火の勢いは、逆に野の周辺に向って燃えひろがり、逆に、土豪たちをすべて焼殺してしまったという。

「向火」は火が迫ってきた時、前面の草木をなぎはらい一定の幅の野火止《のびと》めを作り、風上の方に火をつけ、火のむきを変えることであろう。

このようなミコトの故事から、この地を「焼津《やいず》」と名付けられた。現在でも、静岡県焼津には、旧国幣小社の焼津神社が祀られているが、ここが、一応ヤマトタケルノミコトの受難の地跡として伝えられている。

また、この物語においてミコトは、ヤマトヒメから授けられた剣で草をなぎはらわれたので、この剣はそれより草薙《くさなぎ》の剣《つるぎ》と呼ばれるようになった。

『日本書紀』によれば、この剣はもともと、スサノオノミコト（須佐之男命）が、出雲の肥《ひ》ノ川で八俣《やまた》の大蛇《おろち》を退治され、その尾から発見された剣である。これを天叢雲剣《あまのむらくものつるぎ》と称してたが、それはこの剣には常に雲気がただよっていたからだ。

スサノオノミコトは、この神剣を、私《わたくし》すべきではないと考えになられ、姉のアマテラス（天照）大神《おおみかみ》に献ぜられた。この水気を帯びた霊剣が、アマテラス大神と斎《いつ》くヤマトヒメから、更にヤマトタケルの護身用の剣として手渡されたのである。

【第37話】

走水の渡り〈はしりみずのわたり〉

ヤマトタケルノミコト（倭建命）の一行は、駿河の焼津より相模に至り、東京湾を横断して房総半島に向われた。

古代では、東京湾の入口の浦賀水道を、走水《はしりみず》の海《うみ》と称していた。この古代から伝えられる地名は、神奈川県横須賀市の「走水」に残され、今日でも走水神社が祀られている。

ところで、わたくしたちの現代の常識からすれば、なぜ、相模の国から武蔵を通って陸路を進まないのかという疑問が出されるであろう。

実は、古代の武蔵国は、利根川の乱流が南下し、しばしば氾濫をくりかえしていた地域であった。現在の隅田川《すみだがわ》、荒川《あらかわ》、中川《なかがわ》、江戸川《えどがわ》などは、その名残である。その上、古代では川に橋を架ける工事は極めて困難であった。

川幅の狭い川であれば、自然石をいくつか列べて、踏みながら渡ることは、どうにか出来たようである。これが、石橋《いしばし》である。『万葉集』にも、

「ただに来《こ》ず　比《こ》ゆ巨勢道《こせみち》から　石橋踏《いしばしふ》み　なづみぞわが来《こ》し　恋《こ》ひて術《すべ》なみ」（巻十三ノ三二五七）

と歌われているが、「なづむ」といわれるように、石橋を渡るのも大変あぶなっかしいものであった。

その他では、まず手のとどく所にまず杭を打ち、そこに板をのせる方法が考え出された。それをつぎつぎと繰返してつなぐ、「継《つ》ぎ橋《はし》」である。例えば、『伊勢物語』の「八ッ橋」も、その一例といってよいであろう。

もう一つ、当時よく用いられたのが、船（舟）橋である。船を川にいくつか列べ綱でつなぎ、その上に板を渡して橋とするものである。『万葉集』にも、

「上毛野《かみつけぬ》　佐野《さの》の舟橋《ふなばし》　取《と》り放《はな》し　親《おや》は放《さ》くれど　吾《わ》に放《さか》るがへ」（巻十四ノ三四二〇）

と佐野の舟橋のことを、恋歌の中に歌いこんでいる。この佐野は、現在の群馬県高崎市佐野に当る。この舟橋は高崎市の烏川《からすがわ》に架けられていたものである。

比較的大きな川に架けられた本格的な橋としては、有名な宇治橋《うじばし》がある。『帝王編年記《ていおうへんねんき》』によれば、大化二（六四六）年、元興寺《がんごうじ》の僧道登《どうと》は、勅を奉じてこの橋を架けたという。現在でも、この橋の断碑が、常光寺《じょうこうじ》に残されている。遣唐使によって唐の優れた技術が日本にもたらされ、初めて架けられた橋である。

以上のように、古代にあっては河川の橋は、ほとんど原始的なもので、ひとたび川の流れが激しくなると、容易に流されてしまう有様であった。

このような事情から、古代では武蔵の国に入るとすぐ多摩川沿いに北上し、上野《こうずけ》（上毛野《かみつけぬ》の国）、つまり現在の群馬県に至る道が、幹線となっていた。

【第38話】

火中に立てる恋人

〈ほなかにたてるこいびと〉

走水《はしりみず》の海を渡ろうとされたヤマトタケルノミコト（倭建命）の船は、突如、暴風雨に見舞われ、木の葉の如く漂い、にっちもさっちも進むことも、退くことも出来ない有様であった。これは渡《わたり》の神《かみ》の祟りであったという。

ミコトと御一緒に乗船されてた后《きさき》のヲトタチバナヒメ（弟橘比売）は、海に身をなげてミコトの命を救われようと、決心された。海には、「菅畳八重《すげだたみやえ》、皮畳八重《かわだたみやえ》、絁畳八重《きぬだたみやえ》」を波の上に敷き、その上に座して入水《じゅすい》されたのである。

これらの畳を幾重にも重ねるいうことは、これを敷かれる方が極めて身分の高い方であることを暗示している。例えば、神話のなかにもホオリノミコト（火袁理命）が、海《わたつみ》の神を訪問された時、海神は「美知《みち》の皮《かわ》の畳《たたみ》、八重《やえ》敷《し》き、亦絁畳八重《またきぬだたみやえ》其《そ》の上《うえ》に敷《し》きて」歓迎したと記しているが、高貴な方が訪問されると、迎える側の主人は、幾重にもかさねた畳にいざなうのが、礼儀であった。

それではなぜ、ミコトの愛される后が入水され、渡の神の犠牲になられなければならなかったかというと、古代では、自分の持ちものの中で最も大切なものを相手に捧げることが、あらぶる神を和《なご》ませる有効な手段と考えられたからである。

例えば、有名な三蔵法師《さんぞうほうし》に師事し、帰朝に当って法師から愛用の鐺子《あしなべ》を送られた道昭《どうしょう》は、帰路、暴風雨にあい、遂に、大切な鐺子を海になげ竜王に献じ、かろうじて日本にたどりついたと伝えられている（『続日本紀《しょくにほんぎ》』文武天皇四年三月条）。

この鐺子には、次のような因縁話が伝えられていた。

かつて三蔵法師がインドに赴《おもむ》くため西域を通過した折、急に病に倒れたが、当地の親切なひとが鐺子で水を温め、粥を煮き、救ってくれた。その助けてくれたひとの生れ代りが、すなわち道《どう》昭《しょう》だというので、三蔵《さんぞう》法師は、道昭を大切な弟子としてもてなした。帰朝に当って、縁《ゆか》りのある鐺子を道昭への、はなむけとして贈呈したと伝えている。

ヤマトタケルノミコトにとって最愛の女性は、いうまでもなく、ヲトタチバナヒメであった。

ヲトタチバナヒメもミコトを深く愛していられた。だから、ヲトタチバナヒメは、入水の別れに際して、次のように歌われた。

「さねさし　相模《さがむ》の小野《おの》に　燃《も》ゆる火《ひ》の　火中《ほなか》に　立《た》ちて　問《と》ひし君《きみ》はも」

焼津において土豪にあざむかれ、私たちは火中に巻きこまれたが、ミコトは自分の危険をかえりみず、わたくしを心配し探し求めて下さったという意味の歌である。

この歌は、実は「相模《さがむ》の小野《おの》」とあるように、焼津の危難の歌ではあるまい。

おそらく、この歌は、もともとは春の野焼《のや》きの民間行事の歌であろう。その時、草群であいびきをする恋人を、野火が及ばないようにと気遣う恋の歌である。

【第39話】

夷という言葉〈えみしということば〉

走水《はしりみず》の海の遭難を、ヲトタチバナヒメ（弟橘比売）の犠牲によってなんとか命をながらえたヤマトタケルノミコト（倭建命）は、悲しみを胸に秘めながら東征をつづけられた。

そして荒振《あらぶ》る蝦夷《えみし》をことごとく征服し、ふたたび足柄《あしがら》の坂本《さかもと》にもどられた。蝦夷は、東北のまつろわぬ者の意で、「エミシ」と訓《よ》むのが正しい。この「エミシ」は、「夷《えびす》」と同じ言葉である。

「夷」という漢字は、人《ひと》と弓《ゆみ》とが合体しているように、狩猟にたけた人を示唆《しさ》しているという。

このように、もともと、この「夷」という言葉は、中国の中華思想にもとづくものである。

文華《ぶんか》の優れた民族と自負する漢民族は、そのまわりには多くの文華や王化の及ばぬ未開の民が存在していると考えていた。中華の東には東夷《とうい》がおり、南には南蛮《なんばん》、西には西戎《せいじゅう》が、北には北狄《ほくてき》という未開の民がいたのである。

その東夷のひとつとみなされてきた倭国も、次第に統一国家を形成しはじめると、中華の思想にならって、東北の化外《けがい》の民を蝦夷《えみし》と称し、西南の化外の民を熊襲《くまそ》とか、隼人《はやと》と称した。

ここでいう「化外の民」は王化の外にいて、服属しない民の意である。

後になると、「夷」は、賎視の意味が次第に薄れ、海のかなたの民、つまり外《そと》つ国《くに》や、あこがれの国をイメージするようになった。

御存知のように、夷様《えびすさま》は、今日にいたるまでひとびとに福を与える神として尊崇されてきた。例えば夷信仰の中心である関西の西宮神社が海浜に近いところに祀られているように、夷神は、海のかなたから、この国に年毎に来訪される神と考えられていた。

面白いことに、その夷様はいつしかコトシロヌシ（事代主）の神と見なされ、この神には鯛が神饌として常に供えられていた。

また、このコトシロヌシの神の父神のオオクニヌシノミコト（大国主命）は、仏教の厨房の神、大国天《だいこくてん》に習合されて、食物や財宝の神として、民間の信仰を集めてきた。近世には、これらの神は共に七福神の仲間入りをさせられて、庶民から一層親しまれてきたことは、周知のことと思う。

逆に、「貴様」や「お前」のように、尊称から卑称に変わることもあるのである。

このように一つの同じ言葉が時代によって大きく変容し、価値観さえ全く変えて用いられることが少くない。

古い時代の本を繙《ひもと》くとき、その時代時代の言葉の意味をなるべく忠実に探っていかなければならないのは、言葉は、その時代の感情やものの見方が、色濃く投影されているからである。また、それを用いるひとの立場の違いが、様々の意味合いとして変化し表現されるためである。

【第40話】

足柄の関

〈あしがらのせき〉

ヤマトタケルノミコト（倭建命）がたどりつかれた足柄《あしがら》の坂本は、足柄峠の麓《ふもと》である。古代においては、都から東国に下る際には、現在の沼津市のあたりから黄瀬川《きせがわ》に沿ってやや北上し、足柄峠を越えて、南足柄市に至るコースをたどったようである。この南足柄市には昔、足柄の関が設けられていた。

『常陸国風土記《ひたちのくにふどき》』の巻頭に、「古《いにしへ》は、相模《さがみ》の国《くに》の足柄《あしがら》の岳坂《やまざか》より東《ひがし》の諸《もろもろ》の県《あがた》は、惣《す》べて我姫《あずま》の国《くに》と称《い》いき」と記されているように、足柄の関《せき》より東の国々は、東《ひんがし》《あずま》の国と総称された。

わたくしたちが、よく口にする「関東」という言葉の由来は、実はこの「足柄の関《せき》より東《ひがし》」が原義である。古代のひとびとにとっても、足柄の関は、大きく地域を劃す地点と意識されていたから、ヤマトタケルノミコトも足柄の峠に立って、感慨一入《ひとしお》であったのではあるまいか。

ミコトはここでひと休みされて食事をとられたが、急にこの坂の神が、白鹿になり現れ出て来たという。それを御覧になったミコトは、喰い残された蒜《ひる》の片端《かたは》で、鹿の面を強く打たれると鹿の目に当り、鹿はたちどころに死んでしまったという。

『日本書記』では、舞台を「信濃《しなの》の坂《さか》」に変えて、ほとんどこれと同じ話を伝えている。

この信濃の坂は、信濃の国と美濃《みの》の国の境にある御坂峠《みさかとうげ》を指すが、『日本書記』には、「信濃《しなの》の坂《さか》を度《わた》る者《ひと》、多《さわ》に神《かみ》の気《いき》を得《え》て瘼《お》え臥《ふ》せり」とあるように、この険しい山越えは、冷え冷えとした霧が深くたちこめ、ひとびとをまどわし、時には死をもたらす危険極な場所であった。

『続日本紀《しょくにほんぎ》』には、「美濃《みの》、信濃《しなの》の二国《にこく》の堺《さかい》、徑道険阻《けいどうけんそ》にして、往還艱難《おうかんかんなん》なり」(和銅六年七月条)と記しているが、その翌年の和銅七(西暦七一四)年閏《うるう》二月に至って、やっと笠朝臣麻呂《かさあそんまろ》らによって路が開かれた。それまでは、難路中の難路だった。

かかる山の危険な気候や白くたちこめる山霧を象徴するものが、白鹿に化した山の神であろう。『日本書記』では、更にこの山を越える者は、必ず蒜《ひる》を噛み、人や牛馬に塗って神の妖気をさけたと伝えている。蒜は、『倭名抄《わみょうしょう》』に「比止豆比流《ひとつひる》」(一筒《ひとつひる》)とあるが、いわゆる「大蒜《にんにく》」である。古くから、肉類や虫の解毒に用られていたが、また、その独特の臭気は悪霊をはらう作用があると考えられていた。この蒜でもって、山の神の化身である白鹿の眼を打って殺すというのは、とくに邪神の眼の魔力を封ずるためである。

注目されるのは、ここでも山の神の化身は白鹿とされるが、ミコトが後に伊吹山《いぶきやま》で遭遇した山の神も、同じく白猪《しらい》であった。

共に白い獣に化しているが、「白《しろ》」は一義的には山霧の白くたちこめる様《さま》を象徴したものであろう。だが、他面において「シロ」は、「代」で、そのかわりとなるもの、つまり化身を示すものではないかと、わたくしは秘かに考えている。

【第41話】

悲劇のヒロイン

〈ひげきのひろいん〉

東国の多くの賊を討ち滅ぼしての帰還の途であったが、ヤマトタケルノミコト（倭建命）は、その戦いにおいて少なからぬ部下を失った。ミコトは共に戦った戦士の屍《しかばね》を東国にとどめ、我が身だけ都に還《かえ》る自責の念にかられたのであろう。

とりわけ、ヲトタチバナヒメを自分の身代りに捧げただけに、愛惜の念は、ミコトの脳裏を去来して忘れられなかったにちがいない。

ミコトが東の国の境の足柄の峠に立たれた時、その悲しみは頂点に達し、遂におさえ切れず、「吾《あ》妻《ずま》はや」と三度《みたび》叫んだという。それ以来、東の国々を「吾妻《あづま》の国」と呼ぶようになったという。

だが、ヲトタチバナヒメの夫を想う切なる愛情の死は、多くのひとびとから多くの同情と共感をいやが上にも呼び起したようである。そのため、遂にはヒメを死なせずに、ミコトと共に常陸の国に旅される話まで生み出す始末であった。

例えば『常陸国風土記《ひたちのくにふどき》』久慈《くじ》郡の助川《すけがわ》の駅家《うまや》の条には、「倭武《やまとたける》の天皇《すめらみこと》は、この地で皇后の大《おお》橘《たちばな》比売《ひめ》と逢遇《ほうぐう》されたので、この地を『遇鹿《おうが》』と名付けた」と記している。遇鹿は、現在の茨城県日立市助川の近くの会瀬《おうせ》に当てられているが、この地の国宰《みこともち》の久米《くめ》の大夫《まえつぎみ》は、この川の鮭《さけ》を天皇らに供した。土地の方言で、鮭《さけ》は「スケ」と訛っていたので、川を「スケ川」（助川）と呼ぶようになったと伝えている。

更に、多《た》珂《か》郡《ぐん》飽田《あきた》村の条を見ると、「倭武《やまとたける》の天皇《すめらみこと》と、橘《たちばな》の皇后《おおきさき》は、この地で『祥《さ》福《ち》争《あらそ》い』を興ぜられた」という。天皇は、野に群れる鹿を追い、皇后は、海で魚を釣り、その獲物の数を争う占いである。結果は、天皇が見事に大敗されるが、皇后のとられた魚を、二人で仲良く飽きる程まで共食された。そのために、「飽田《あきた》」とその地を称したと記している。

この飽田は、日立市相田《あいた》町に擬せられているが、ヲトタチバナヒメは、ここでも愉しげにヤマトタケルノミコトと戯れている。おそらく、ヲトタチバナヒメに対するひとびとの哀惜の念が、ヒメを甦生させ、常陸の国をミコトと共に巡行させたのではないだろうか。

その上『常陸国風土記』ではまた、ヲトタチバナヒメを「倭武の天皇の皇后」として生きかえさせているのである。

この『風土記』においてさらに注目される点は、皇位に即くことなく崩ぜられたヤマトタケルノミコトも、ここでは「倭建《やまとたける》の天皇《すめらみこと》」と呼ばれていることである。

ヲトタチバナヒメもミコトの后《きさき》のおひとりに過ぎなかったが、ここでは明らかに「橘《たちばな》の皇后《おおきさき》」と称されている。いずれにしてもこのような話がひとびとに広くうけ入れられるのは、民衆の悲劇のヒロインの美化、あるいは愛惜の念が下地にあったからではないだろうか。

【第42話】

酒折の宮の連歌

〈さかおりのみやのれんが〉

相模国《さがみのくに》から山を越えて甲斐《かい》の国に向われたヤマトタケルノミコト（倭建命）は、「酒折《さかおり》の宮《みや》」に滞在された。

この酒折の宮は、山梨県甲府市酒折町の酒折神社の付近である。

ミコトが、この地で一泊された時、長い遠征の旅路をかえりみられて、

「新治《にいばり》　筑波《つくば》を過《す》ぎて　幾夜《いくよ》か寝《ね》つる」

と歌われると、火焼《ひた》きの番をしていた翁《おきな》は、

「日々並《かかな》べて　夜《よ》には九夜《ここのよ》　日《ひ》には十日《とおか》を」

と下句《しものく》をつけたという。

ミコトの上句《かみのく》に歌われる「新治」は、常陸国新治郡《にいばりぐん》であり、「筑波」は、同じく筑波郡である。新治は、古くは「ニイバリ」（新墾）と訓まれ、新しく開墾された土地が原義である。

『常陸国風土記《ひたちのくにふどき》』には、「東《ひんがし》は那賀郡《なかのこおり》の堺《さかひ》なる大《おほ》きな山《やま》、南《みなみ》は白壁《しらかべ》（真壁《まかべ》）郡《のこおり》、西《にし》は毛野河《けぬがわ》（鬼怒川《きぬがわ》）、北《きた》は下野《しもつけ》と常陸《ひたち》との二《ふた》つの堺《さかひ》」と、その領域を記している。現在でいうと、茨城県の笠間《かさま》市、桜井市（旧岩瀬《いわせ》町）、筑西市（旧協和《きょうわ》町、旧関城《せきじょう》町、旧下館《しもだて》市）、下妻《しもつま》市にまたがる大きな郡であった。

筑波郡はその名が示すように、筑波山を中心とする郡である。古代において、この山の周辺のひと

びとは、春先に筑波の峯に集《つど》い、「嬥歌《かがい》」を催した。

「嬥歌」は「歌垣《うたがき》」と同じであるが、東国ではとくにこれを「カガヒ」と称していたという。『常陸国風土記』の伝承を見ても、新治郡には崇神天皇がヒナラスノミコト（比奈良珠命）を遣わして平定したと伝え、筑波郡にも同じく崇神天皇が采女臣《うねめのおみ》の一族を派遣して治めたと記している。因みに、この「ヒナラス」は夷《ひ》をならす、つまり、未開の民を平定する意であろう。

この伝承があえて、ハツクニシラス（御肇国）天皇と称される崇神天皇の時代にこだわるのは、ヤマト王権の早期にこれらの地域の豪族が服属したことを示唆《しさ》しているのではないだろうか。

ヤマトタケルノミコトが、「新治、筑波」と歌い出されたのは、やはり朝廷とゆかりのあるこれら地の豪族から鄭重にもてなされ、ミコトも、一時の安らぎを得られたことを想起されたからだと思う。

ミコトのこのような上句に対し、火焼きの翁は「日々並《かかな》べて　夜《よ》には九夜《ここのよ》　日《ひ》には十日《とおか》を」と下句をつけているが、「日々並《かかな》べて」とは「日をならべて数えると」ことである。昔から「日」を「カ」と称したが、これは今日でも同じで、八日《ようか》とか十日《とおか》と呼んでいる。

酒折の宮の場合の如く、短歌の上句と下句を二人で歌う様式を「連歌《れんが》」と称するが、このミコトの故事にもとづき、酒折の宮の連歌を連歌の始まりと見なされるようになった。

中世連歌が大流行すると、二条良基《にじょうよしもと》は「菟玖波集《つくばしゅう》」を編し、山崎宗鑑《そうかん》は「新撰犬筑波集《しんせんいぬつくばしゅう》」をまとめているが、必ず「ツクバ」の名を冠しているのである。

【第43話】

待酒 〈まちざけ〉

酒折《さかおり》の宮《みや》をあとにして、信濃国をめぐり、尾張の国に入られたヤマトタケルノミコト（倭建命）は、約束通りミヤズヒメ（美夜受比売）の許に立ち寄られた。

「ミヤズヒメ」の名は、「宮《みや》つ姫《ひめ》」の意とすれば、熱田神宮の姫の意であろう。

待ちに待ったミコトの帰還だけに、ミヤズヒメは、早速大御酒《おおみき》の盞《さかずき》をミコトに捧げた。これを「待酒《まちざけ》」という。

例えば、オキナガタラヒメノミコト（息長帯日命）の命《みこと》は、御子の応神天皇が、角鹿《つぬが》（敦賀）の気比《けひ》の神《かみ》を参拝されて帰られた時、「待酒《まちざけ》を醸《か》みて献《たてまつ》らしき」と記している。いうまでもなく、オキナガタラヒメノミコトは、神功皇后である。

『万葉集』にも、

「君《きみ》がため　醸《か》みし待酒《まちざけ》　安《やす》の野《の》に　独《ひと》りや　飲《の》まむ　友無《ともな》しにして」（巻四ノ五五五）

という大伴旅人《おおとものたびと》の歌を載せている。

「待酒」は、長い旅をして帰る人を迎えるために、特別に醸造した酒である。

「醸」を「噛《か》む」と訓むのは、古代においては乙女が米を噛み、その唾液で醗酵《はっこう》させ、酒を造ったからである。

また、酒をとくに「ミキ」と称するのは、「ミ」は「御《み》」で、神聖なものをあらわし、「キ」は酒を指すという。

この場合の「キ」は「気《き》」であるとか、「ケ」（禾）であるとか解されるが、一説には、「カム」（噛む）の「カ」kaが、キ（ki）に転じたものと説かれている。ミヤズヒメは神女であり、その醸《かみ》し酒は、ことさらに「大御酒《おおみき》」として、神聖視されたのである。

この神酒を捧げるのは、いうまでもなく結婚のためのものであるが、折り悪しくミヤズヒメの襴《おすい》に月経《さわり》がついていた。

「おすい」は、一般には「襲」の字が当てられているが、頭からかぶる衣類である。

ミコトは、その月経を目にされ、次のように歌われたという。

「久方《ひさかた》の　天《あま》の香具山《かぐやま》　利喧《とかま》に　さ渡《わた》る鵠弱細《くいひなぼそ》　撓腕《たわやかいな》を　枕《ま》かんとは　吾《われ》はすれど　さ寝《ね》むとは
吾《われ》は思《おも》へど　汝《な》が著《き》せる　襲《おすい》の襴《すそ》に　月立《つきた》ちにけり」

故郷の大和の国の天《あま》の香具山《かぐやま》に、鋭く喧しく鳴いて飛ぶ白鳥の羽のたわやかなような、あなたのかぼそく美しい腕《かいな》を抱いて寝ようと思ったけれど、残念なことに、あなたの襲《おすい》の裾《そで》に月（月経）が出てしまった、という意である。

その御歌に応えてミヤズヒメは、次のような歌を返された。

「あらたまの　年《とし》が来経《きふ》れば　あらたまの　月《つき》は来経《きへ》ゆく　諾《うべ》な　諾《うべ》な　諾《うべ》な」

【第44話】

三種の神器の由来

〈さんしゅのじんきのゆらい〉

ミヤズヒメ（美夜受比売）との婚姻をすませたヤマトタケルノミコト（倭建命）は、姨《をば》のヤマトヒメ（倭比売）から護身用として手渡された草薙《くさなぎ》の剣《つるぎ》を、婚姻の記念としてミヤズヒメの許に残されて、都へ旅立たれた。

途中、美濃《みの》の国と近江《おおみ》の国の境にある伊吹山《いぶきやま》に登り、その山の神をとりおさえることとなった。その時ミコトは、素手でこの神をとらえてみせると大言壮語されたという。

ミコトが山に向われると、牛のように巨大な白い猪に出合った。ミコトは、その猪を神の使と見過され、そのまま、更に山の頂上に登られてしまった。

すると氷雨《ひさめ》が急に激しく降り、ミコトの身をびっしょりと濡らした。氷雨に長時間さらされて、ミコトは心身ともに衰弱し、生きている気もしない有様であった。

実は、このような悲惨な結果になったのは、ミコトが草薙の剣をたずさえてこなかったことが最大の原因であった。伊勢の大神の神霊がやどるという破邪の霊剣を置きざりにしたことが、これからのミコトの旅路を一層困難に導いていくことになる。

もちろん、草薙の剣をミヤズヒメの許にとどめたという話を『古事記』があえて語り伝えるのは、熱田神宮に草薙の剣が祀られてきた由来の縁起を説くためでもあった。

ここで注意したい点は、天皇家の皇位継承のレガリアとして尊ばれた「三種《さんしゅ》の神器《じんき》」のうち、「八咫《やた》の鏡《かがみ》」は伊勢神宮に祀られ、「草薙の剣」は熱田神宮に祀られていたと伝えられていることである。伊勢も尾張も、皇室の基盤とされる畿内《きだい》に含まれていないが、いわば畿内の周辺の国を占めている国である。

しかも、東国に赴《おもむ》く要衝の国々であることから考えると、ヤマト王権が東国へ勢力を伸長していく過程に、これらの神社の御神宝が、三種の神器の一つとしてえらばれてきたのではあるまいか。

また、後に、三種の神器として、鏡と剣と曲玉《まがたま》がそろえられるが、『古語拾遺《こごしゅうい》』においては、天孫降臨に当ってアマテラス（天照）大神《おおみかみ》が、皇孫ニニギノミコト（瓊瓊杵尊）にさずけられたのは、「八咫の鏡」と「草薙の剣」の二つを神宝《かんだか》と記している。

そのことは、「天璽《あまつしるし》」は、もともとこの鏡と剣の二種であったことを示している。『古語拾遺』には、崇神天皇の御代にこれらの神宝を模して、天璽として天皇家に伝えられたと記している。

このように考えてみると、伊勢神宮の御神鏡、つまりアマテラス大神の依代《よりしろ》としての聖なる鏡と、また伊勢の斎宮《いつきのみや》より護身用としてわたされた草薙の剣が、本来の皇位の御璽《みしるし》（レガリヤ）とされたとみてよい。もう一種の神宝の、八坂瓊曲玉《やさかにのまがたま》はもともと天皇の身につけられたり、宮中に安置されていた宝器であったろう。それが後になって加えられたものであろうと想像している。

因みに、八尺《やた》は大きいことを表し、「瓊《にけい》」は赤玉で、生命のシンボルの色をした玉である。

【第45話】

伊吹山の神

〈いぶきやまのかみ〉

山の神の妖気に毒されたヤマトタケルノミコト（倭建命）は、やっとのことで「玉倉部《たまくらべ》の清泉《しみず》」にたどりつかれた。

この泉のもとで憩われて、ミコトは生気をとりもどされたという。その故事にもとづき、この地を「居寤《いざめ》の清泉《いずみ》」と呼ばれるようになった。

この清泉は、通説では、滋賀県米原《まいばら》市醒《さめ》ヶ井《がい》に当てられるが、岐阜県不破郡関ヶ原町玉の地とする説も出されている。

「玉倉」はおそらく、神霊《たま》のやどられる所の意であるから、ミコトの魂を甦らせる最もふさわしい聖地と考えられたのであろう。この清泉を身にあびたり、清泉を飲むことによって再び生気をとりもどし、魂が再生すると考えられた。

『日本書紀』（「天武紀」六年七月条）では、伊吹山《いぶきやま》（胆吹山）の山麓の泉の側《ほとり》に居《い》て、この清泉を飲み、醒《めざ》められたので、「居醒泉《いざめのい》」と称したと記している。

その比定地について参考とされるのは、壬申《じんしん》の乱《らん》に当り、天皇方の近江《おおみ》の精兵が、玉倉部の邑《むら》を急襲したと記している。

これからすれば、「居寤の清水」は、近江の国に属する米原市の醒ヶ井に当てるのが妥当であろう。

『東関紀行《とうかんきこう》』の一節にも、この醒ヶ井について、「陰《かげ》くらき木《き》の下《した》の岩根《いわね》より、流《なが》れ出《いづ》る清水《いずみ》、あまり涼《すず》しきまでにすみわたりて、實《まこと》に身《み》にしむばかりなり」と述べている。

ヤマトタケルノミコトを心身ともに悩ました伊吹山は、『藤氏家伝《とうしかでん》』の下にも、

「此《こ》の山《やま》に入《い》るや、疾風雷雨《しっぷうらいう》、雲霧晦瞑《うんむかいめい》にして、群蜂《ぐんよう》飛《と》び螫《さ》す」

と述べられているが、実際に気象状態が悪いところとして有名な山である。そこから「伊吹」と名が生じたのであろう。

「イブキ」の「イ」は、神聖さを現す語であるが、「ブキ」は「吹《ふ》く」または「息《いき》」である。つまり、山の神の起こす風が「イブキ」であるから、『日本書紀』にも、

「山《やま》の神《かみ》、雲《くも》を興《おこ》して、氷《ひ》を零《ふ》らしむ」

と表現している。『帝王編年記《ていおうへんねんき》』にも、

「霧速比古命《きりはやひこのみこと》の男、多多美比古命《たたみひこのみこと》是《これ》を夷服岳《いぶきだけ》の神《かみ》なり」

としている。キリハヤヒコは、あっというまにたちこめる山の霧を神格化したものであろう。タタミヒコの「タタミ」は霊気が重層的につみ重ねられることを現すものであろう。

『日本書紀』では、伊吹の神を蛇神（みずち）というが、八俣《やまた》の大蛇《おろち》の尾にも、常に霊気がたちこめていた。古代では、蛇神は水霊《みずち》と呼ばれ、雨や水雲を司る神であった。

【第46話】

尾津の一ツ松

〈おづのひとつまつ〉

伊吹山をさ迷い歩かれたヤマトタケルノミコト（倭建命）は、すっかり体調を崩されてしまった。当芸野《たぎの》（美濃国多芸郡《たぎぐん》）にたどりつかれた時、ミコトは病んだ身をいたわりながら、「私の心は空を飛んで故郷に一刻も早く帰ろうと思うが、わたくしの足は、どうしても前へ進まない、『当芸当芸《たぎたぎ》斯《し》かたち』になってしまった」と嘆かれた。

歩行困難をうったえられながらも、ミコトはやっと御杖《みつえ》にすがりながら坂道をあゆまれた。それ故この地を、杖衝坂《つえつきさか》と呼ばれるようになったという。

この杖衝坂は、一般には、三重県四日市市采女《うねめ》と鈴鹿市石薬師の間の坂に当てられている。だが、ヤマトタケルノミコトのあゆまれたというコースは、地図に当てはめてみるとかなりの錯誤がみられるようである。

杖衝坂の比定地もその一つに数えられるが、おそらく英雄伝承が形成される過程で、各地のひとびとは自分の住む村の地域に、英雄の物語を無理をしてでも結びつけようとしたためではなかろうか。

このようにして『古事記』の記事は、そのような地名由来伝承の集成としてむしろ読むべきであって、一概に余りにもめくじらを立てて、合理的に考えるべきではあるまい。

『日本書記』では、この矛盾を避けるかのように、「居醒泉《いざめのい》」より、直ちに伊勢に赴《おもむ》かせている。

ミコトは、尾津《おづ》の前《さき》の「一《ひと》つ松《まつ》」にたどりつき、そこで食事をとられた。そこは現在の三重県桑名《くわな》市多度《たど》町の海浜という。

この地に帰ってこられると、先に東国に向われる際、この地に置き忘れた御刀《みがたな》が一ノ松の許《もと》にそのまま残されていたのを発見された。

ミコトは余りの嬉しさに、次のような歌をうたわれた。

「尾張《おわり》に　直《ただ》に向《むか》へる　尾津《おづ》の崎《さき》なる一《ひと》ツ松《まつ》　吾兄《あせ》を　一《ひと》ツ松《まつ》　人《ひと》にありせば大刀《たち》佩《は》けましを　衣《きぬ》著《き》せましを　一《ひと》ツ松《まつ》　吾兄《あせ》を」

尾張の方向に真直にむかっている尾津の崎の一本松よ。もし一本松が男であったならば大刀を佩《は》かせ、美しい衣服を着せたいものだ、というのが歌の大意である。

もちろん、これはミコトの御歌というより、「吾兄《あせ》を」と呼びかけているから女性の長歌とみるべきであろう。

一本松が毅然たる態度で尾張の方にむかっている様《さま》が、あたかも尾張の恋人をいつまでも見すえている姿に見え、変らぬ思慕の強さに女性は感動し歌ったものと、わたくしは考えている。

『古事記』は、とくに、当時、民間で人口に膾炙《かいしゃ》している民謡を、巧みに援用しながら、物語の一場面を描き出している点に、特徴があるといってよい。

【第47話】

あり衣の三重

〈ありぎぬのみえ〉

尾津から南へ伊勢路をたどると、三重村《みえ》に出る。この三重村は、三重県四日市市の采女《うねめ》町付近である。

ヤマトタケルノミコト（倭建命）はここで、「吾《あ》が足《あし》は、三重《みえ》の匂《まがり》の如《ごと》く、疲《つか》れたり」と嘆息されたと記している。「三重の匂」は、足が幾重にもくびれた状態を表現したものだろうが、疲れ果てて、しっかりと脚を伸して立っていられないことをたとえたものである。この物語から、この地を「三重」と呼ぶようなった。

以上のように、現在の三重県の地名伝承が、ミコトの疲労困憊《ひろうこんぱい》の状態に結びつけられるのは、三重県のひとびとには、あまり面白くないだろう。

付会といえば、本居宣長《もとおりのりなが》の『古事記伝』に、三重村の近くの三重郡葦田郷《あしみだ》を、ミコトが足を傷めなやまれたことに由来すると説いている。葦田郷（四日市市水沢《みずさわ》町足見田）は、式内社足見田《あしみだ》神社が祀られていたから「アシミダ」と訓むが、この「アシミダ」を足の歩みが乱れたと解したのであろう。

だが、この三重村は、むしろ、大化前代から采女《うねめ》を朝廷に差し出す地として有名であった。

雄略天皇は、長谷《はつせ》の宮《みや》の百枝《ももえ》の槻《つき》のもとで、豊明《とよあかり》の宴《えん》を催された時、伊勢国の三重采女《みえのうねめ》が、酒盃を天皇に献じた。その三重の采女の故郷こそ、伊勢国三重郡采女郷《うねめごう》である。その遺称地は、三重県四日市市采女町である。

「雄略記」には、三重の采女が、天皇に献じた歌の一節に、「あり衣《ぎぬ》の三重《みえ》の子《こ》が」とみえるが、「このあり衣の三重」とは、鮮やかな衣を幾重にも重ねて着る意である。

とすると、「あり衣」が三重の枕詞とすると、「三重」はもともと「衣を重ねる」ことを意味したのであろう。

「采女」の「采」は、「採」で「えらびとる」の意で、豪族の中から選び出された女性の意である。古い時代の采女は、天皇に捧げられた神聖な娘と見られていたから、天皇以外のひとたちはこれを奸《おか》すことは一切許されない神聖な娘であった。

しかし、後に律令体制が確立されると、皇后《こうごう》、妃《ひ》、夫人《ぶにん》、嬪《ひん》という皇女や高位高官の娘が、天皇の嫡妻や妾を独占する体制がととのえられ、采女はいつしか宮中の雑務を担当する下級の女宮に貶《おとさ》れていった。

「采女《うねめ》の　袖吹《そでふ》きかえす　明日香風《あすかかぜ》　京《みやこ》を遠《とお》み　いたづらに吹《ふ》く」(『万葉集』巻一ノ五一)

という志貴皇子《しきのみこ》の有名な歌は、飛鳥《あすか》の地より藤原宮に遷都された時期の歌であるが、まだこの頃の采女は、宮中を彩る花であった。

その華やかな采女を彩ったのが、「あり衣《ぎぬ》の三重」の衣《ころも》であった。とすれば、三重の地名の由来は、ロマンに満ちていたといわなければなるまい。

【第48話】

国のまほろば
〈くにのまほろば〉

ヤマトタケルノミコト（倭建命）は、能煩野《のぼの》の地で、遂に崩ぜられた。

実は、「崩《ほう》」という言葉は、天皇・皇后の死に限られて用いるもので、「律令」では、親王または三《さん》位《み》以上の死を「薨《こう》」とし、皇親と五位以上の貴族の死は、「卒《しゅつ》」とする規定であった。

このことから推して、律令時代の盛期である八世紀はじめにまとめられた『古事記』も『日本書紀』も、ヤマトタケルノミコトの死を、共に「崩ず」と記すのは、ミコトを天皇と同じとりあつかいをしていることを示している。

ミコトが崩ぜられたという能煩野は、三重県亀山市の二つの河にかこまれた台地であるといわれるが、ここには能煩野古墳が築かれており、ヤマトタケルノミコトの御陵といい伝えている。

ミコトがなくなられる前に歌われたのは、「思国《くにしの》の歌《うた》」である。

「倭《やまと》は　国《くに》の真秀《まほ》ろば　畳《たた》な付《づ》く　青垣《あおがき》　山隠《やまごも》れる　倭《やまと》し　麗《うるわ》し」

この「倭は　国の真秀ろば」の歌は、おそらく『古事記』の中で最も人口に膾炙《かいしゃ》した歌であろう。

「真秀ろば」は、まことに優れた場所という国讃《くにぼ》めの言葉であり、「ろ」は状態を現す言葉で、「ば」は場所の意という。「畳な付く」は、山が幾重にも重なり合っている様《さま》をいう。「青垣　山隠れる」とは、大和の周辺に、垣根のようにめぐらす青い山垣に取り囲まれている姿を表現している。

「麗し」は、美しくてすばらしいの意であろうが、「ウルハシ」は「ウラ」、つまり「心」が「愛《は》し」と感ずることである。「うらさびし」は心が淋しいことであり、「占《うらな》う」は神の御心をうかがうことであるように、「うら」は「心」の意である。また「ウルハシ」の「ハシ」は、『万葉集』に、

「昔《むかし》こそ　外《よそ》にも見《み》しか　吾妹子《わぎもこ》が　奥津城《おくつき》と思《も》へば　愛《は》しき佐保山《さほやま》」（巻三ノ四七四）

という大伴家持《おおとものやかもち》の短歌に見られるように、いとおしい、慕わしいことを表す言葉である。

「倭は　国の真秀ろば」の歌は、ここではヤマトタケルノミコトにとっては切なる望郷の歌とされるが、もともとは国讃《くにぼ》めの歌であろう。国讃めの歌とは、春先になると村落のひとびとは、連れ立って村落を一望出来る丘や山に登り、自らの国を讃めそやして歌うものである。春にはあたかも花が吹き乱れ、秋には大いなる実りが得られたかのように、あらかじめ祝うのである。それを「予祝《よしゅく》」というが、その国の予祝の歌が、国讃めの歌である。『万葉集』の、

「大和《やまと》には　群山《むらやま》あれど　とりよろふ　天《あま》の香具山《かぐやま》　登《のぼ》り立《た》ち　国見《くにみ》をすれば……」（巻第一ノ二）

の舒明《じょめい》天皇の御製も、典型的な国讃めの一つである。それ故この御製も「うまし国《くに》ぞ　蜻蛉島《あきつしま》（秋津島）　大和の国は」と結ばれている。つまり「国見」とは、首長が、支配する国を見おろして讃美し、豊穣を祈ることであった。仁徳天皇が、「高山《たかやま》に登《のぼ》り、四方《よも》の国《くに》」（「仁徳記」）を御覧になられたという話も、「国見」に関るものであった。『日本書紀』では「高台」に登られとあるが、同じ行事とみなしてよい。

【第49話】

かざし

「命《いのち》の　全《また》けむ人《ひと》は　畳薦《たたみこも》　平群《へぐり》の山《やま》の　熊白檮《くまがし》が葉《は》を　髻華《うず》に挿《さ》せ　其《そ》の子《こ》」

という歌は、長い征戦の間に、生命をまっとうした人たちよ、平群《へぐり》の山の大きな白樫《しらかし》の葉をとって、髻華として頭に挿しなさいという意味である。

畳薦は、畳みこまれた席《むしろ》のことで、幾重《いくえ》にも畳む連想から、「へ」にかかる枕詞である。

平群は、ヤマトタケルノミコト（倭建命）の故郷である大和の盆地の西北部に当る地域を指す。『和名抄《わみょうしょう》』に、大和国平群郡平群郷《へぐりぐんへぐりごう》と見えるあたりであるが、平群山は生駒山《いこまやま》の南に起伏する矢《や》田《だ》の丘《をか》である。

「熊白檮」は、立派に繁った白檮をいう。ここではその生命力のあふれる白檮の枝をとって髻華に挿しなさいと歌っているが、髻華とは、聖なる植物の枝葉や花を髪にさすものだ。

『万葉集』にも、

「もののふの　八十伴《やそとも》の雄《を》の　島山《しまやま》に　あかる　橘《たちばな》　髻華《うず》にさし」（巻十九ノ四二六六　大伴家持）

と「橘の髻華」が歌われている。

「髻華」は、生命力の旺盛な葉や花を髪にかざす感染呪術の一種であると説かれている。このように髻華は、極めて宗教的な色彩をおびたものと考えられていたから、

「斎串立《いぐした》て　神酒《みわ》坐《す》ゑまつる　神主《かんぬし》の　髻華《うず》の玉蔭《たまかげ》　見《み》ればともしも」（『万葉集』巻十三ノ三二二九）

とも歌われた。因みに「玉蔭」は、美しい鬘《かづら》である。

「雄略記」にも、

「御諸《みもろ》の　厳白檮《いつかし》がもと　白檮《かし》がもと　ゆゆしきかも　白檮原嬢女《かしはらおとめ》」

として厳白檮と歌っている。厳白檮とはいうまでもなく、神威の強い白檮の意である。

ヤマトタケルノミコトの歌は、最後に、「髻華に挿せ　其の子」と呼びかけているが、「其の子」とは、この歌に限っていえばミコトとともに戦ってきた配下の若者を指すのであろう。

しかし、この歌もヤマトタケルノミコトの歌に仮託されているが、もともとは、平群地方の長老が若者の長寿を寿《ことほ》ぐ祝いの歌と考えるべきであろう。村の長が、若葉の頃、元気溢れる若者に対し、村落のシンボルとされる聖なる木の枝を髻華に挿し、いつまでも長寿を保ってこの村の繁栄に尽してくれと願った歌であろう。村落の存亡は、ひとえに若者の双肩にかかっていたからである。

また、髻華に挿すことを、一般には「挿頭《かざし》」と呼んでいる。『万葉集』にも、

「梅《うめ》の花《はな》　今盛《いまさか》りなり　思《おも》ふどち　かざしにしてな　今盛《いまさか》りなり」（巻五ノ八二〇）

と、梅の花をかざす歌を伝えている。

【第50話】

早馬の使〈はゆまのつかい〉

思国《くにしのび》の歌につづいて、ヤマトタケルノミコト（倭建命）は、

「愛《は》しけしや　我家《わぎへ》の方《かた》よ　雲居立《くもいた》ち来《く》も」

という片歌《へんか》を歌われた。

片歌は、五、七、七の短い歌である。

もともと民謡風の歌であったが、それがやがてふたりで唱和されてるようになり、更にはひとりでまとめて歌われるようになると、「旋頭歌《せどうか》」が誕生する。

例えば、『万葉集』の、

「玉垂《たまだれ》の　小簾《をす》の隙《すけき》に　入《い》り通《かよ》ひ来《こ》ね　たらちねの　母《はは》が問《と》はさば　風《かぜ》と申《もう》さむ」（巻十一ノ二三六四）

という形式の歌は、旋頭歌である。旋頭歌は、一般に頭《かしら》を旋《めぐ》らす歌と解されているが、五、七、七の句が二度繰返される歌である。

ミコトの片歌に見える「はしけしや」とは、「いとしい」とか「なつかしい」の意である。「はしけしや」の「はし」は、前に触れたように、「うるはし」の「はし」と同じである。

「雲居立《くもいた》ち」は普通には、その下《もと》に人の住んでいることを表す意といわれているが、わたくしは

むしろ、「八雲立《やくもた》つ　出雲八重垣《いづもやえがき》　妻籠《つまご》みに」の歌のように、神々の祝福する霊気がたちこめていると解したい。結婚したことの喜びが、この歌にあふれているからだ。

ミコトは最後に、

「嬢子《をとめ》の　床《とこ》の辺《へ》に　わが置《お》きし　剣《つるぎ》の大刀《たち》　其《そ》の大刀《たち》はや」

と、尾張のミヤズヒメ（美夜受比売）の許に、草薙《くさなぎ》の剣《つるぎ》を置き忘れて来たことをいまさらながくやまれたという。草薙の剣を身辺から離されてから、ミコトは苦難の連続の旅を重ね、遂には故郷にもたどりつけなかった。そのくやしさが、思わずこの歌となって口ずさまれたのであろう。

ミコトが崩ぜられると、直ちに「駅使《はいま》《えきし》」が都に派遣され、景行天皇に御子の死を報告させた。「駅使」は、「ハユマの使い」と訓まれるが、「ハユマ」は早馬《はやうま》の意で、至急の報せをもたらす使である。律令時代でも、「飛駅《ひえき》」という制度が設けられていたが、謀反や地方の災害などの緊急事態が生じると、それを直ちに中央に報告しなければならなかった。この時、飛駅（馳駅）と称する緊急の使が遣わされるが、飛駅の使は一つ一つの駅に止まらず、飛《と》び馳《は》せるようにかけぬけることから名付けられたものであろう。

もちろん、大化前代においても、順次に地方の官衙《かんが》に馬が用意されたり、地方と中央を結ぶ道路が整備されて、一定の間隔で宿泊施設や馬が飼われてきた。それを後に、駅馬《えきば》、伝馬《でんま》の制と称する。律令時代では、急使は、一日十駅以上をこえる速さが定めであった。

【第51話】

葬りの歌〈はふりのうた〉

ヤマトタケルノミコト（倭建命）の訃報に接して驚き悲しまれたミコトの妻子は、直ちに能煩《のぼ》野《の》に赴《おもむ》き、ミコトの陵《みささぎ》を築き、葬むられたという。それは『延喜式』に、「能煩野陵《のぼののりょう》《みささぎ》」とある御陵を指すのであろう。

だがミコトの御陵の比定は必ずしも明らかではなく、三重県亀山市田村町の王塚古墳であるとか、あるいは鈴鹿市加佐登《かさど》町石薬師の白鳥《しらとり》塚古墳、または同じく鈴鹿市長沢町の武備《ぶび》陵だとかいう説が出されている。

それはともかくとして、ミコトの妻子たちは、御陵周辺の「那豆岐田《なづきた》」に匍匐《はらば》い、哭き悲しんだという。

「那豆岐田」は、一説には「靡附田《なづきだ》」の意で、御陵に付嘱された周辺の田であるという。あるいは「なづきだ」は「漬《なづ》く田《だ》」の意味であり、「水につかる田」を示すともいわれている。

「なづきの　田《た》の稲幹《いながら》に　稲幹《いながら》に　匍匐《は》ひ廻《もとほ》ろふ　野老蔓《ところづら》」

と歌いながら、妻子たちは腹ばいになって歩き廻ったという。

「稲幹」に這ってからまる野老のように、わたくしたちは御陵のまわりをいつまでもはなれずに這い廻っているという意味である。

「野老蔓」は「おにどころ」と呼ばれる蔓性の植物である。それが多くの蔓根《ひげね》を出す様《さま》が田園で働く老人の長い髯《ひげ》に似ているので、「野老蔓」と名付けられたという。

しかし、泣き悲しむ妻子をあとに残して、ヤマトタケルノミコトは、「八尋《やひろ》の白智鳥《しろちどり》」に化して、飛び去っていく。「八尋」の「尋《ひろ》」は人間が両手を引げた長さをいうが、「八尋」はその八倍の長さでなくて、きわめて長いことを表すものだ。

白智鳥が飛び去るのを見て、ミコトの妻子は、小竹《しの》の刈《か》き杙《くい》に足をとられ傷つけられながらも、必死になって白智鳥の跡を追った。そして妻子らは、次のような悲しみの歌をうたった。

「浅小竹原《あさじのはら》　腰渋《こしなづ》む　空《そら》は行《ゆ》かず　足《あし》よ行《ゆ》くな」

丈の低い小竹がはえる原野では、腰をとられて、本当に歩くのは困難だ。さりとて、空を飛んで行くことも出来ない。しかたがないので、わたくしたちは足で歩むより他はないという意味だろう。また、

「海処行《うみがゆ》けば　腰渋《こしなづ》む　大河原《おおかわら》の　植《う》ゑ草《くさ》　海処《うみが》は　いざよふ　浜《はま》つ千鳥《ちどり》　浜《はま》よは行《ゆ》かず　磯伝《いそつた》ふ」

と歌ったという。

これら三つの歌は、今でも天皇の御葬儀に際して歌われる歌であると伝えている。いずれともあれ、これらの歌は、死者の魂を追い求めても、結局はとらえることが出来ぬという悲しみを歌っているものであろう。

【第52話】

白鳥陵

〈しらとりのみささぎ〉

白鳥に化したヤマトタケルノミコト（倭建命）は、天高く「飛《と》び翔《かけ》りて」河内《かわち》の志磯《しき》に至り、ここでしばらく留まった。そのため、ひとびとはこの地にもミコトの御陵《みささぎ》を築き、これを白鳥《しらとり》の御陵と呼んだ。

河内の志磯は、『和名抄《わみょうしょう》』にいう河内国志紀《しき》郡志紀《しき》郷であるが、現在の大阪府八尾市を中心とする地域に当る。

しかし『日本書紀』では、「河内《かわち》の旧市《ふるち》の邑《むら》に留《とど》まりて、亦《また》その処《ところ》に陵《みささぎ》を作《つ》くる」と記している。ここでいう「旧市」は河内国古市《ふるち》郡古市《ふるち》郷であるが、現在の大阪府羽曳野《はびきの》市古市《ふるいち》付近を指す。ここには、全長百九十メートルの規模を誇る「白鳥陵」と称する古墳が存在している。

『日本書紀』では、伊勢の能褒野陵《のぼののみささぎ》、倭《やまと》の琴弾原陵《ことひきのはらのみささぎ》と、この河内の旧市邑陵《ふるいちむらみささぎ》を白鳥陵の「三陵」と称している。倭の弾琴原は、奈良県御所《ごせ》市富田《とみた》である。しかし、これらの陵には、「其《そ》の棺槻《ひつぎ》を開《ひら》いて視《み》たてまつれば、明衣《みそ》のみ空《むな》しく留《とど》まりて、屍骨《みかばね》は無《な》し」（「景行紀」）と伝えられていた。

このうち、古市の地が、白鳥陵の所在地としてあげられたのは、一つには古代の「遊部《あそびべ》」という葬儀を司《つかさど》る部民集団がこの地に住んでいたことと、無関係ではないと考えている。

遊部というのは、天皇の葬儀の用具をととのえたり、あるいは殯宮《もがりのみや》の供養に歌舞を行い、鎮魂《たましずめ》の儀をとり行ったひとたちである。遊部は、これらの葬儀以外は一際仕事にたずさわらないので、遊部だといわれたというが（『令《りょうの》義解《ぎげ》』）、わたくしは、「遊び」はむしろ、神霊の遊行《ゆぎょう》そのものと考えている。遊びとは、本来神や霊魂をなぐさめ和《なご》める行為であった。『令《りょうの》集解《しゅげ》』という律令を解説した書によれば、河内国丹比《たじひ》郡野中《のなか》郷及び河内国古市郡古市郷に遊部の集団が居住していたと伝えている。野中郷は、大阪府藤井寺市と羽曳野市にまたがる郷であるから、羽曳野市付近には、遊部が少なからず居住していたのであろう。

これらの遊部は、歌垣のような歌舞を行っていたという。歌垣は、男女の「いざない」の祭であったから、おそらく死霊を愉しませ、あるいは死霊をこの世にいざなうようなことを演じたのであろう。

大阪府羽曳野市は、巨大な応神天皇陵（誉田御廟山古墳《こんだごびょうやまこふん》）をはじめ、かなりの古墳が造営されている。この地一帯に遊部がおかれていたので、羽曳野市にある一つの古墳が、ヤマトタケルノミコトの伝承と結びつけられ、白鳥陵に選ばれたのではないだろうか。

また、倭の琴弾の陵も鵄尾《しび》の琴を引き鎮魂を行ったことを想像される地名であったから、この名に引かれて白鳥陵の一つが置かれることになったと想像している。

古代の巫女《みこ》は、膝《ひざ》の上に鵄の尾をかたどった五、六弦の小形の琴をのせ、それをかき鳴しながら魂呼《たまよ》びや鎮魂の呪礼を行った。因みに、琴を鵄尾に形どるのは、鵄が空から神霊をはこぶ聖鳥とみなされていたからである。

【第53話】

白鳥伝承 〈しらとりでんしょう〉

ヤマトタケルノミコト（倭建命）の霊が白鳥となって飛び去る話は、ミコトが故郷に帰れなかった無念さに心から同情したひとびとが生み出した物語であろうが、とくにここに白鳥を登場させるのは、この鳥が神霊を運ぶ聖鳥とみなされたからである。

白鳥は、今でも北の国から年毎に飛来し、また帰る鳥であるから、遠い国から年々に新しく再生した生命をはこぶ鳥と考えられていた。

また、白鳥の白の色は穢《けが》れなきものを象徴する。「白《し》ら《ラ》」は「新《し》ら」の意であり、新しく生まれることを表すシンボルの色であった。例えば嫁入りの時に白装束を身につける風習も、もともとは、夫の家に新しく生れ変ってその家の人となることを意味していたのである。

このように、白鳥が再生に関わる霊鳥と考えられていたから、古代において全国に鳥取部《ととりべ》や鳥養《とりかい》部が置かれ、年の代わるごとに天皇に白鳥が献じられた。

また、出雲《いずも》の新しい国造《こくそう》が任命されると、白玉《しらたま》と赤玉《あかたま》及び青玉《あおたま》の三種の玉類と共に、「白鵠《しらくくひ》の生《いき》御調《みつぎ》の玩物《もてあそびもの》」（『出雲国造神賀詞《いづものくにのみやつこのかむよむごと》』）が天皇に捧げられている。鵠は「久久比《くくひ》」と訓まれるが、（『新撰字鏡《しんせんじきょう》』）、鳴き声からする命名で、現在の白鳥とされている。

「生御調」とは、生きたまま貢納されたものという意味である。「玩物」は文字通り、手にとられ愛玩されることだ。つまり、天皇が白鳥の羽毛のぬくもりを感じられながら撫で擦《こす》られると、白鳥のもたらす霊気が天皇の御体に移ると考えられた。

もちろん、白鳥を毎年とらえることは、必ずしも容易なことではなかったようである。だからホムツワケノミコト（品津別命）の伝承に見えるように、一羽の鵠を求めて、木《き》の国《くに》（紀伊国）、針間《はりま》の国（播磨国）、稲羽《いなば》の国（因幡国）、旦波《たんば》の国（丹波国）、多遅摩《たじま》の国（但馬国）、近淡海《ちかつおうみ》の国（近江の国）、三野《みの》の国（美濃の国）、尾張《おわり》の国、科野《しなの》の国、高志《こし》の国（越の国）などをめぐって、追いかける伝承が生れたのであろう。もちろんこれらの国々が列挙されたのは、古代において鳥取部や鳥養部が実際に配置された地域だったことと関係する。

このように、追えどもなかなかつかまらない白鳥の群れはますますひとびとから神聖視され、いつしかヤマトタケルノミコトの物語をいろどる主要なテーマにまで成長していたのであろう。現在でも、日本の各地に広く白鳥《しらとり》神社が祀られ、そのほとんどが、祭神をヤマトタケルノミコトと称している。これは、ミコトの物語を各地で次々と新しく展開させていったことを示すものだろう。

それにともなってミコトの物語は、一層美化され浪漫的なものへと成長していくが、それを根底で支えたのは、日本人のいわゆる〝判官贔屓《ほうがんびいき》〟の気質であろう。それは、志なかばに倒れた英雄への尽せぬ無念の想いに対する同情であり、鎮魂であった。

【第54話】

白鳥の貢進

〈しらとりのこうしん〉

白鳥を諸国から献上せしめた話を鳥取部《ととりべ》と結びつけて述べたが、『日本書紀』ではヤマトタケルノミコト（倭建命）の御子である仲哀《ちゅうあい》天皇の物語は、ミコトの神霊が白鳥と化し、天高く昇られたことをお聞きになって悲しまれたことから筆が起こされている。

仲哀天皇は、ミコトを偲ばれる余り、白鳥を諸国から集めさせ、御陵の池に飼われることになった。

仲哀天皇の勅命をうけ、越《こし》の国から白鳥を携えて上京して来た男が、菟道河《うぢがわ》（宇治川）の辺りで宿をとった時、仲哀天皇の異母弟であるカガミワケノミコ（蒲見別王）は、この白鳥を横取りしようと謀った。その時の、カガミワケノミコの言い分は、

「白鳥《しらとり》なりと雖《いえど》も、焼《や》かば、黒鳥《くろとり》になるべし」

という強弁であった。

白鳥を奪われた越の人の訴えにより、仲哀天皇はカガミワケノミコが、父、ヤマトタケルノミコトに対して無礼極まりなき態度をとったとして、直ちに誅されたと伝えている（「仲哀紀」元年閏《うるう》十一月条）。

この話に登場する越の人の出身地は、『延喜式』の「神名帳」に、越中国婦負《ねい(ひ)》郡に「白鳥神社」

があげられているから、現在の富山県富山市八尾《やつお》町三田《みた》付近であろう。

カガミワケノミコは、「景行記」に見えるアシカガミワケノキミ（足鏡別王）であるとされている。母は山代《やましろ》のククマモリヒメ（玖玖麻毛理比売）と記されているから、山城国久世《くぜ》郡栗隈郷《ぐんくりくまごう》の出身であろう。

栗隈郷は、京都府宇治市大久保のあたりに比定されているので、カガミワケノミコが菟道河《うぢがわ》で、白鳥を奪う話と一応付合する。このカガミワケノミコを誅された仲哀天皇は、ヤマトタケルノミコトを父君とし、母は垂仁天皇の皇女、フタヂノイリヒメ（布多遅能伊理毗売）と記されている。

このフタヂノイリヒメの母は、大国《おおくに》の渕《ふち》の娘、オトカリハタトベ（弟苅羽田刀弁）と記されているが、この大国が、山城国宇治郡大国郷に当てられれば、現在の京都市伏見区石田、日野、醍醐のあたりに相当する。宇治市の北に接する地域であったから、あるいはこれら近接する豪族の確執が、この話にも反映されていたのかも知れない。

それはともかくとして、この白鳥の貢納の話は、皇位継承と関りがあったことを示唆しているとわたくしは考えている。つまり、カガミワケノミコが、白鳥を途中で強奪するのは、仲哀天皇と皇位継承をめぐる争いがあったからであろう。何故ならば、白鳥を献上される方は天皇に限られていたからである。それ故、カガミノワケノミコの白鳥を強奪しようとした意図とは、皇位を窺う行為であったのである。

【第55話】

武内宿弥

〈たけのうちのすくね〉

ヤマトタケルノミコト（倭建命）が崩ぜられると、異母弟の成務《せいむ》天皇が皇位をつがれた。成務天皇は、『日本書紀』によれば御生母はヤサカノイリヒメ（八坂之入日売）である。「景行紀」には、景行天皇が美濃の国に行幸された際に、この国に美人ありと聞かれ、その邸宅におもむくと、美人の誇れの高いオトヒメ（弟比売）はすぐに竹林に身を隠してしまった。天皇はこのオトヒメをおびき出すため泳宮《くくりのみや》をつくられた。そこに鯉をはなち、オトヒメが現れるのをまたれたのである。泳宮に見事な鯉がいることを耳にされたオトヒメは、秘かに泳宮にしのびこまれたが、すぐにその場で発見された。だが、オトヒメは「交接《とつぎ》の道《みち》を欲《おも》わず」と奏上し、姉のヤサカノイリヒメを自分のかわりに妃として推められたという。

このようにして入内《じゅだい》されたが、ヤサカイリヒメは天皇に愛され、七男六女の御子をもうけられるが、その長男が成務天皇であると伝えている（「景行紀」四年二月条）。

この成務天皇はヤマトタケルノミコトの異母弟で、しかも中継《なかつぎ》の天皇であったためか、天皇に関する記載はまことに少ない。

タケノウチノスクネ（武内宿弥）を大臣《おおおみ》に任命したとか、諸国の国造《こくぞう》・県主《あがたぬし》を定めたという記事にとどまっている。

タケノウチノスクネは「孝元記」に、孝元天皇が木国《きのくに》（紀伊国）の国 造《くにのみやつこ》、ウヅヒコ（宇豆比古）の妹、ヒカゲヒメ（日影日売）を召して、生ましめた子がタケノウチノスクネ、と記している。『日本書紀』では、ウヅヒコを紀直《きのあたい》の遠祖と記しているように、和歌山県の紀の川の入口となる地域を中心に、勢力をはった紀伊の大豪族、紀直の初祖とされた人物である。

『古事記』によれば、タケノウチノスクネは、成務《せいむ》天皇、仲哀《ちゅうあい》天皇、神功《じんぐう》皇后、応神《おうじん》天皇の各代の天皇や皇后の政治の補任に当った、大臣《おおおみ》と記されている。

また、彼の子孫は、巨勢《こせ》氏、蘇我《そが》氏、平群《へぐり》氏、葛城《かつらぎ》氏、及び紀《き》氏などの大豪族となって繁栄したと伝えている。巨勢氏の本拠は、奈良県御所《ごせ》市古瀬《こせ》である。蘇我氏は、同じく大和盆地の蘇我川の下流域を中心とする地域の豪族であった。橿原市曽我町付近が、その本拠である。平群氏は、大和国の平群《へぐり》郡一帯をおさめた地域の豪族であった。葛城氏は、葛城山山麓一帯をおさえる豪族であった。

これらから推して、これらの豪族は大和盆地の主として西側に広く勢力をはっていた。大和盆地の東側に発祥地を置くヤマト王権にとっては、ヤマト盆地の西側に広く勢力を置くこれらの豪族たちとの協力、または支持は、ヤマト王権の創立期にはぜひとも欠かすことの出来ぬ政治的な課題だった。その上、平群氏たちは、大和盆地から海に出る大和川《やまとがわ》の流域をおさえ、紀の川の入口をおさえていたのが紀氏であったからである。

【第56話】

不信者への神罰〈ふしんしゃへのしんばつ〉

成務《せいむ》天皇の皇位を継承されたのは、成務天皇の皇子ではなく、ヤマトタケルノミコト（倭建命）の皇子、帯中日子（タラシナカツヒコ）の天皇《すめらみこと》、つまり、仲哀《ちゅうあい》天皇である。

中日子《なかつひこ》の「中」は、長男ではなく、次男以下を指す言葉であろう。

仲哀天皇は、大和を遠く離れた「穴門《あなと》の豊浦《とゆら》の宮《みや》」と、「筑紫《つくし》の訶志比《かしひ》の宮《みや》」において、天下を治められたという。

もちろん、これらの西国の宮は、行宮《あんぐう》つまり、仮宮《かりのみや》である。九州の熊襲の討伐のため遠征された際に置かれた仮宮である。

「穴門の豊浦の宮」は、長門国豊浦郡《ながとのくにとゆらぐん》にもうけられた宮で、現在の山口県下関市長府豊浦町の忌宮《いみのみや》神社が、その宮地趾に比定されている。一方、筑紫の「訶志比《かしひ》の宮《みや》」は、筑前国糟屋《かすや》郡香椎《かしい》郷の宮《いむのみや》で、現在の福岡市の香椎神社が祀られる所である。

これらの行宮が、共に海上交通の要衝地に置かれているが、いうまでもなく、これはいわゆる三韓征伐や熊襲《くまそ》討伐の物語の伏線をなしている。

仲哀天皇が「訶志比の宮」で熊襲を討つ計画をたてられた時、まず、神意を占うため、天皇自ら琴をひかれ、タケノウチノスクネ（武内宿弥）を審神者《さにわ》とされたという。

琴をひくという行為は、琴の単調な音を繰返してひくことによって、入神するためである。その恍惚《こうこつ》状態の最中に口ばしる言葉が、神の言葉とみなされていた。

その意味のわからぬ神言《かむごと》を、つまびらかにして人々に伝える者が、いわゆる審神者《さにわ》である。

この審神者を、とくに「サニワ」と呼ぶのは、「沙庭《さにわ》」からする名称である。「沙庭」とは、文字通り、神祭をするため一定の地を浄《きよ》め、清らかな沙《すな》を一面にまいた所である。

一般に、古代において神懸りになる者は、まだ邪気のない年少の男の子や、未婚の女性に限られていた。

なぜならば、神意を、自意識でゆがめる危険性があったからだ。そのため、成人の男子はとくに敬遠される傾向にあった。これゆえ、この場合も神懸りになられたのは仲哀天皇よりも、むしろ皇后の神功《じんぐう》皇后の方が適任であった。

だから神言に、「西の方に、金、銀、財宝に富む国がある。これを服属せよ」といわれても、天皇は反抗したのである。天皇は、高い山や丘に登って西の方を見ても、そのような国土は一切見当たらないと抗弁されたという。加えて天皇は、そんなくだらない神言をつげる神は、詐《いつわ》りの神《かみ》だと断言され、琴もほうりだされてしまわれたという。

だが、そのためかえって神の怒りをかい、仲哀天皇は突然の死をむかえられたのである。

【第57話】

罪の払い〈つみのはらい〉

天皇が、神言《かむごと》を信じられなかった罰として崩ぜられると、官人たちは天皇を殯宮《もがりのみや》に安置し、直ちに「国《くに》の大祓《おおはらい》」をとり行った。

この「大祓い」は、「生剥《いけはぎ》、逆剥《さかはぎ》、阿離《あはなち》、溝埋《みぞうめ》、屎戸《くそへ》、上通下通婚《おやこたわけ》、馬婚《うまたわけ》、牛婚《うしたわけ》、犬婚《いぬたわけ》、鶏《とり》婚《たわけ》」の類《たぐい》とされている。

ここに列挙される罪は、古代から伝えられた「祝詞《のりと》」のなかにも記されている。

その祝詞というのは、六月《みなづき》と十二月《しわす》の晦《つごもり》に奏される「大祓の祝詞」である。因みに、旧暦では六月を「水無月《みなづき》」と称し、十二月は「師走《しわす》」と称した。また、月末を晦《つごもり》といっていたことは御存知のことと思う。

ところで、大祓いの対象となった「生剥」は、生きている動物の毛皮を剥ぎ、その苦しむのを愉しむ、非道の行動に対する罪である。「逆剥」は、動物を逆さ吊りにして皮を剥ぐことといわれているが、一説には、動物がいやがって逆うのを愉しみながら、皮を剥く残虐な行為としている。

「阿離」は、『古語拾遺《こごしゅうい》』に「畔放《あはなち》」と書かれているから、田の畔《あぜ》を放ちこわし、水が他人の田に流れないようにする暴害行為であろう。

「溝埋」は、溝を壊して埋めてしまうことである。灌漑のための水を通さず、他人に迷惑をかける行為といわれるが、わたくしはむしろ他人の田と境をなしている溝を埋めて、自分の田に併せてしまう行為ではないかと考えている。

「屎戸」は、祭のために清められた場所や、宮殿に屎を散き乱して、穢《けが》すことである。日本の神は、最も清浄さを好まれ、穢れは最大のタブーであった。

次に、「上通下通婚《おやこたわけ》」は、親子で肉体関係を結ぶことである。祝詞はそれを、「己《おの》が母犯《ははおか》せる罪《つみ》、己《おの》が子犯《こおか》せる罪《つみ》」と述べている。それと共に、馬、牛、鶏、犬などの動物類とたわけるのも罪とされている。

この「たわく」は「撓《たわ》む」から起こる言葉で、正常な状態からはずれることを意味し、とくに人倫に反する、みだらな行為をいうようである。

「祝詞」では、畔放（阿離）、溝埋、屎戸、生剥、逆剥などを「天津罪《あまつつみ》」とし、上通下通婚や畜類を犯せる罪を、「国津罪《くにつつみ》」としている。

おそらく、「天津罪」とは、村落の共同体の維持を妨げる卑劣な行為を指すと思われる。そのうち、とくに農耕に対する妨害が、重視されていたのだろう。

これに対し、「国津罪」は、主として人倫に背く行為を罪としている。

これらの「天津罪」及び「国津罪」は、共同体を守護する神への反逆とみなされたわけだ。それ故、神前においてお祓いを行い、その罪を共同体の生活圏外に追い払わなければならなかったのである。

【第58話】

神功皇后伝承

〈じんぐうこうごうでんしょう〉

そこで、再び神託をうかがうため、皇后のオキナガタラヒヒメ（息長帯日比売）は、タケノウチノスクネ（武内宿弥）を、もう一度、沙庭《さにわ》にすえ、審神者《さにわ》とした。

すると、たちまちのうちに皇后に神の御告げがあり、「此の国を治めるべき者は、汝《いまし》の御腹《みはら》にやどられる御子《みこ》なり」と託宣されたという。

不思議に思ったタケノウチノスクネが、その御腹に宿れる御子とは誰を指すかと神に尋ねると、皇后がこれからお産みになる男の子であると、告げられたという。

そこでタケノウチノスクネは、再び託宣された神の名を聞かれると、神は自ら、

「アマテラス（天照）大神《おおみかみ》の御心《みこころ》なり。また、ソコツツヲ（底箇男）、ナカツツヲ（中箇男）、ウワツツヲ（上箇男）の三柱《みはしら》の大神《おおかみ》なり」

と、その身をあかされた。

大神に次いであげられたソコツツヲ、ナカツツヲ、ウワツツヲの三神は、住吉《すみよし》大社の祭神である。海上航通をする船人を保護される神々として、広く尊崇されていた神であった。だが、これらの神々がなぜ「筒《つつ》」の神と呼ばれるかについては、必ずしも明らかではない。

一説には、宵の明星（金星）をユウツツと呼ぶことを根拠に、星の意であるという。あるいは、

「津《つ》つ男《を》」の意に解し、港の神と考えている。

わたくしは、海上交通の安全を祈るため、常に、この「津の男」の神を、筒状の帆柱の中に収めて航海したため、箇神《つつのかみ》と称されたのではないかと、秘かに想像している。この場合、ソコツツは、海流の下流であり、ナカツツは中流、ウワツツは上流のそれぞれの安全を担当される神である。『古事記』の「我《わ》が御魂《みたま》を船《ふね》の上《うえ》に坐《ま》せ」というのは、船の上にこの神を安置するという意味であろう。

そして、朝鮮を平定する軍船の安全を祈願するため、真木《まき》の灰を瓠《ひさご》に収《い》れ、たくさんの箸《はし》と比《ひ》羅《ら》手《で》を作って海にまきながら進めと、神は告げられたという。

この真木は、「神代紀」に「柀、此を磨紀《まき》と云う」と注されているように、高野槙《こうやまき》の類であろう。この木は船材にも適するから、この木の灰を瓠箪の中に入れて海に浮かべ、船が海に沈まないように祈る呪術であろう。ものを焼いて立ち昇る煙は、神への供物として昇天させるものであった。また箸と比羅手を海に散くのは、海神への供物であろう。「ヒラデ」は、「平手《ひらで》」で、柏などのような広い葉を掌《てのひら》のようにひろげたものだ。そこに御神饌をのせ、箸で召しあがっていただく。

この儀礼のお蔭で順風に恵まれ、新羅《しらぎ》の国に到着することが出来た。その航海中、海の魚たちは、こぞって軍船をかついで従ったという。これらは、おそらく神功皇后の偉大な呪術性をたたえる話として語り伝えられた伝承であろう。

【第59話】

神を祭る皇后

〈かみをまつるこうごう〉

神功《じんぐう》皇后の遠征にまつわる呪術的な物語は、『日本書紀』にも伝えられている。その一つに、松浦《まつら》の県《あがた》の小河で鮎を釣られる話がある。松浦の県は、現在の佐賀県唐津市浜玉町付近である。

遠征の兵士たちがここで食事をとった時、皇后は針をまげて釣針とし、米粒を餌にして釣りをされたという。この釣りをされるということは、「宇気比《うけひ》」の一種で、願い通り魚が釣れるかどうかを占うものである。「宇気比」の「ウケ」は、「うかがう」とか、「うけ合う」の「ウケ」である。「ウケヒ」の「ヒ」は、神霊をあらわす「ヒ」であろう。

神功皇后の「宇気比」の内容は、もし「西《にし》の財《たから》の国を求める」ことが可能ならば、願い通りに魚を釣り上げるというものであった。皇后は希望されたように鮎を釣り上げられたという。大変、喜ばれた皇后は、そのことを「希見《めづら》しい」と言われたので、この地を「メヅラの国」と名付けたと伝えている。このメズラの国は、松浦《まつら》の国の地名の由来になったというのである。

この魚を「占いの魚」という意味でことさらに「鮎」の字を当てるのはこの話に由来するが、実は、中国漢字の「鮎」は、本来、鯰《なまず》を表す文字である。それにもかかわらず、日本では「アユ」と訓《よ》ませるのは、民間の占いの一つとして、鮎釣りの占いが盛んに行われていたからであろう。

それを証するかのように、『日本書紀』には、「その国《くに》の女人《をみな》　四月《うづき》の上旬《かみのとおか》　釣《つり》を海中《かいちゅう》に投《な》げ年魚《あゆ》を捕《と》ること　今《いま》に絶《た》えず」と記している。

『播磨国風土記《はりまのくにふどき》』の逸文には、オキナガタラヒヒメ（神功皇后）が、新羅を平《たいら》げんとして西国に赴《おもむ》かれた時、ニホツヒメ（爾保都比売）の神が国造《くにのみやつこ》に神懸りして、赤土を天《あま》の逆桙《さかほこ》に塗り、軍船の艫《とも》に立てよと託宣されたと伝えている。

また、丹生《にふ》を船の外側に塗り、兵士の衣を染めて海水を撹《か》きまぜて進めば、新羅を平定出来るだろうとつげられたという。凱旋された神功皇后は、戦勝に導かれた神に感謝し、紀伊国の管川《つつかわ》の藤代《ふじしろ》の峯に、祀られたと記している。

この物語に見えるニホツヒメはいうまでもなく「丹生《にふ》」の女神であろう。丹生は、現在の水銀朱である。丹生の鮮やかな赤色《あかいろ》は古代では霊《ち》(血)の色を現し、生命そのものの色とみなされていた。

これらの色で、船や戦さびとの衣を塗ったり染めたりするのも、丹生のもつ生命力が期待されたのであろう。この丹生の神は、式内社の丹生都比売《にふつひめ》神社の祭神である。この神社は和歌山県の高野山の東麓に祀られているが、伝承によれば、空海を高野山に導いた丹生の神といわれている。

このように神功皇后は、神々の憑りつく巫女《みこ》的な女王として、古代の色々な物語に登場している。そのようなイメージが一層拡大されると、『日本書紀』のように明らかに神功皇后は卑弥呼《ひみこ》に擬せられて、描かれてくるようになるのである。

【第60話】

馬飼い〈うまかい〉

神功《じんぐう》皇后が新羅《しらぎ》の国に上陸されると、その国の王は、戦わずして、すぐに軍門に下ったという。その服属の証《あかし》として、年毎に朝貢品を納めることを堅く約束し、「馬甘《うまかい》」となることを約したという。

実は、このような新羅服属の話が、麗々しく『古事記』や『日本書紀』には記載されているが、古代の新羅の国が、日本の属国になったことは、史実に照してかつて、一度もなかった。それにも拘らず、『記紀』(『古事記』『日本書紀』)という日本の正史に新羅征服の話が書かれるのは、ある種の政治的意図があったからであろう。

四、五世紀の新羅の国は、当時、倭国がもっとも欲しかった鉄資源の有数の産地であったし、戦いに貴重な軍馬も、少なからず飼育していた、軍事的あるいは文化的な先進国であった。

しかしその反面、当時の新羅は、朝鮮半島の北半分を占める騎馬民族の高句麗《こうくり》により常に圧迫にさらされていた。そのため、新羅は、倭国を味方にひきつけるため、鉄の原料や、馬などを供給せざるを得なかった。

倭国は、このような政治状態につけこんで、時には、干渉の兵を新羅に送り、心理的圧力を加えていた。

よく知られるように、広開土王《こうかいどおう》の碑文によれば、西暦三九一年に、倭国の軍隊は海を渡り、百済《くだら》、新羅を破り、これを臣民とし、高句麗と激戦を交えた記している。倭国の南朝鮮への進攻は長くは保たれず、高句麗に大敗して、撃退されたという。この事件は、日本史でいえば、応神天皇の時代の頃のことと考えられている。

しかしながら、しばしば高句麗の圧迫に耐えかねていた新羅を、倭国がかつて援助をしたという実績を、国際外交のとりひきの際に最大限利用し、倭国の立場の有利化に用いたのである。

先の応神天皇の皇子である仁徳天皇に擬せられる倭王讃が、五世紀の初めに中国の宋に使を遣わした時も、自ら「倭、百済、新羅」らを、政治的に支配していると主張するのも、いうまでもなく、外交上のかけ引きのためである。

この頃倭国にとって、鉄は武具のみならず、農耕用具として極めて珍重されて、馬は交通用や運輸用に用いられ、とくに軍馬としての需要がいちじるしく高まっていた。朝鮮半島に進攻した際、騎馬民族の高句麗と有利に戦うためには、ぜひとも、優秀な軍馬を必要としたからである。

それに応じて、倭国では、畿内周辺に馬の牧を設けて馬をふやすことが、計られた。その馬の飼育にたけたひとを、はじめの頃は、新羅や百済から少なからず招いていた。これが、いわゆる、新羅の馬飼い（馬甘）の貢納の話と結びついたのであろう。

【第61話】

鎮懐石〈しずめのいし〉

神功《じんぐう》皇后は、新羅の遠征に先立って、既に御子を妊《みごも》られていた。出産を遅れさすために、御腹《みはら》に石をまき遠征に赴かれたが、再び、筑紫に帰還し、無事出産されたという。

その御子誕生の地を、「宇美《うみ》」と名付けたが、そこは現在の福岡県糟屋郡宇美町である。ここに祀られる宇美八幡宮を遺称地と称するが、この境内の 槐《えんじゅ》 の木は、今でも安産の霊験を伝えている。

しかし、「応神紀」には、「筑紫《つくし》の蚊田《かだ》」をもって、生誕地を記している。仮りに、この蚊田が、筑前国怡土郡《いどぐん》長野村蚊田《かだ》、現在の福岡県前原《まえばる》市長野に比定されたり、筑後国御井郡《みいぐん》賀駄駅《かだえき》（福岡県小郡《おごおり》市平方付近）に想定されているとすれば、応神天皇の生誕された地は、九州においても、いろいろ伝えられていたことになる。

また、神功皇后が御腹にまかれたという鎮懐石《ちんかいせき》《しずめのいし》については、『古事記』は「筑紫国の伊斗村《いとむら》に在り」と記している。『筑前国風土記』の逸文には、「怡土郡兒饗野《いとぐんこふの》」に存在する二つの石を、その霊石に当てている。

その霊石は長さ一尺二寸と一尺一寸の楕円形状の石と記しているが、『万葉集』には極めて具体的に、「長さ一尺二寸六分、囲《かこみ》は一尺八寸六分、重さは十八斤《こん》五両《りょう》、小さは長さ一尺一寸、囲みは一尺八寸、重さ十六斤《こん》十両」と記し、その石の様子は鶏子《とりのこ》、つまり鶏の卵のような「径尺《けいしゃく》の璧《たま》」であると述べている。因みに、ここでいう重さの単位の一斤《こん》は、十六両（約百八十匁《もん》）である。つまり、十八斤五両は、現在の約十三キログラムに当たる。とすれば、このような大きな二つの石を腰にかかえられるというのは、到底、巨人ないしは巨大なる英雄神でなければ、不可能であろう。

『万葉集』巻五ノ八一三では、この石を「鎮懐《しづめ》の石《いし》」と称したとあるが、『筑前国風土記《ちくぜんのくにふどき》』は、「皇子産《みこうみ》の石《いし》」とか「兒饗《こう》の石《いし》」と呼ばれていた。この『万葉集』の伝承を伝えていたのは、那珂《なか》郡《ぐん》伊知《いち》郷《ごう》簑島《みのしま》の建部《たけるべ》牛麻呂《うしまろ》であると注記しているが、この簑島は、現在の福岡市博多区美野島《みのしま》に当てられるから、この伝承は、博多湾一帯に弘く分布していたのであろう。

しかも、建部《たけるべ》が伝えたということに注目すれば、建部が天皇家の偉業の伝承を「哮《たけ》る」、つまり、声高く宣伝する部民と解されているので、このことから推しても、この伝承に極めて、わたくしは、興味を引かれる。

というのは、建部は、『出雲国風土記《いずものくにふどき》』には、ヤマトタケルノミコト（倭建命）のために設けられた部民としているが、神功皇后はミコトの御子の妻、つまり、ミコトは神功皇后の義父に当たるから、これらの伝承を伝えたのが建部であったというのも、一応、注目されてよいと思っている。

『肥前国風土記《ひぜんくにふどき》』神埼郡船帆郷《かんざきぐんふなほ》の条では、子に恵まれない婦人が鎮懐石に祈祷すれば、必ず子がさずかると記されているから、鎮懐石の伝承のもとになった話は、鶏の卵の形をした霊石で、懐中に抱いたり、またはこれに祈ると子宝が授かるという信仰があったのであろう。

【第62話】

忍熊王の乱

〈おしくまのみこのらん〉

神功皇后《じんぐう》が九州において皇子を生誕されたという噂が、大和《やまと》までとどくと、御子の異母兄たちは途中で待ちかまえて、殺そうと計った。

そのことをあらかじめ察知された皇后は、御子を喪船《もふね》に乗せて都に向い、御子は既に崩ぜられたと言いふらしながら、船旅を続けられた。

だが、異母兄達のカゴサカノキミ（香坂王）とオシクマノミコ（忍熊王）は半信半疑であったから、ともかくも皇后の一行を待ち伏せして、これをなきものにしようと考えた。

そこで、斗賀野《とがの》（大阪市北区兎我野）で、その計画が成功するかどうかを占うため、「宇気比狩り《うけいかり》」をこころみることとなった。

しかし、カゴサカノキミが見張りのため櫟《くぬぎ》の上に登っていると、急に大きな猪が現れ、櫟の木を倒して、カゴサカノキミを喰い殺してしまった。このように宇気比が凶と出たにもかかわらず、オシクマノミコは、更に兵を海岸まで進め、神功皇后の率いられた軍隊に攻撃を加えた。その時のオシクマノミコ側の将軍は、難波吉師部《なにわのきしべ》の祖であるイサヒノスクネ（伊佐比宿弥）であったが、一方の皇后側の将軍は、ワニノオミ（丸爾臣）の祖、ナニワネコタケフルクマノミコト（難波根子建振熊命）であった。

難波吉師《なにわのきし》というのは、難波にあって、主に外交を担当してきた一族であったから、これらを味方に引き入れ、難波に上陸される皇后の軍を阻止する作戦をとったのであろう。

皇后側の将軍、丸爾臣の一族は、奈良県天理市和爾《わに》町を本拠とする豪族である。この一族から代々天皇家の后《きさき》を出しており、天皇家と姻戚を結んでいた氏族であった。

オシクマノミコの軍は大敗して山城《やましろ》の国に退いたが、一計を案じて、皇后は既に崩ぜられたという偽りの噂を流し、皇后の軍を騙そうとした。

詐《いつわ》りの流言にまどわされた多くの兵卒は、すぐに武器を収めたが、将軍のタケフルクマだけはただひとり、頂髪《たぶさ》に弓弦を隠し持ち、敵が急に襲いかかるとこれに弓を張り、オシクマノミコの軍を手をやすめることなく、攻めつづけた。そのため、オシクマノミコの軍は、逢坂《おうさか》（山城国と近江国の境にある逢坂山）も、もちこたえることが出来ず、沙々那美《さざなみ》に追い込まれてしまった。

この「さざなみ」は「細小波《さざなみ》」の原義であるが、おそらく琵琶湖西南部あたりを指すのであろう。いうまでもなく、「さざなみ」は『万葉集』などでは「近江」の枕詞となっている。

追い込まれていったオシクマノミコらは、一端は船で琵琶湖に逃げたが、部下のひとりは、

「いざ吾君《あぎ》は　振熊《ふるくま》が　痛手負《いたでお》はずは　鳰鳥《にほどり》の　淡海《あふみ》の海《うみ》に　潜《かづ》きせなわ」

と歌って、オシクマノミコと一緒に湖に入水して死んだ。この歌は、タケフルクマから痛手を負わないうちに、急いで鳰鳥のように水に潜ろうという意味である。

【第63話】

角鹿〈つぬが〉

神功《じんぐう》皇后は、オシクマノミコ（忍熊王）を平定した後でも、大和の豪族たちが必ずしも御子の応神天皇を歓迎していない雰囲気を察し、タケノウチノスクネ（武内宿弥）を伴わせ、応神天皇を高志《こし》の前《みちのくち》の角鹿《つぬが》の宮《みや》に詣でさせた。

高志の前《みちのくち》は、越前の国である。

角鹿は、現在の敦賀である。ここに祀られている神が、イザサワケ（伊奢沙和気）の大神であった。この神が応神天皇の夢に現れ、「吾が名と、御子の名を交換」しようと告げられた。大変喜ばれた応神天皇は、承諾されると、大神は天皇に明朝、浜にお出になるようにといわれ、名を交換した御礼の品を差し上げたいとつげられたという。

天皇が明朝、約束通り、海岸にむかわれると、そこには鼻の毀《か》けた海豚《いるか》が浜に打ち上げられていた。それを御覧になられた天皇は、大神が私に御食《みけ》を贈呈されたとお喜びになり、早速、大神をミケツ（御食津）の大神《おおかみ》と呼ばれた。この神がいわゆる気比《けひ》大神である。

「気比《けひ》」は「笥飯《けひ》」、または「食霊《けひ》」の意で、食物を司《つかさど》り、ひとびとに食物を恵む神である。また、海豚の血がなまぐさかったので、この浦を血浦《ちうら》と呼ぶようになったが、今では訛って都奴賀《つぬが》と称するようになったと伝えている。

それでは、なにゆえ、一番初めに天皇が敦賀の神に参詣しなければならなかったのであろうか。わたくしは、おそらく、敦賀の地は、古代においては、朝鮮半島から日本に渡来する船が、第一に目指す港であったからではないかと考えている。

朝鮮半島の東海岸から船出して南に向うと、必然的に対馬海流や偏西風に流されて、日本海を西から東に船がはこばれていく。そして、日本列島の海に長く突き出ているような岬や、半島状の場所が、その船を受けとめる船付き場となっていたのである。その代表的な港は、島根半島の付根部分や、能登半島の西の敦賀であった。とくに、敦賀は、ここより琵琶湖の両湖畔を下り、山城から大和に至る道の重要な交通の基点をなしていた。このルートは、博多から瀬戸内を通る海上交通とならんで、当時、大陸文化の導入の最も主要なルートを形成していたのである。

「垂仁紀」には、崇神天皇の時代に、オフカラ（意富加羅）つまり、大加羅《おおから》の王子と称するツヌガアラシト（都怒我阿羅斯等）が、越の国の笥飯《けひ》の浦に来り、帰化を申し出た話が伝えられている。この話では、ツヌガアラシトが渟泊した地であることから、その名にもとづいて角鹿と名付けたという。

面白いことに、これらの話で共通して語られているのは、渡来して来たひとびとが、大切にしている財宝を新羅によって略奪されていることである。このことは、本国において新羅に圧迫された伽羅《から》のひとたちが、敦賀へ少なからず亡命して来たことを、示唆しているのであろう。

【第64話】

クスシの酒〈くすしのさけ〉

応神天皇が角鹿《つぬが》から都へお帰りなると、神功皇后《じんぐう》は、早速「待酒《まちざけ》」を醸《か》みて迎えられた。

その待酒を天皇におすすめしながら神功皇后は、次のような歌をうたわれた。

「此《こ》の御酒《みき》は　我《わ》が御酒《みき》ならず　酒司《くすのかみ》　常世《とこよ》に坐《ま》す　石立《いわた》たす　少御神《すくなみかみ》の　神寿《かむほ》き　寿《ほ》き狂《くる》はし　豊寿《とよほ》き　寿《き》き廻《もとほ》し　献《まつ》り来《こ》し御酒《みき》ぞ　浅《あ》さず飲《お》せ　ささ」

天皇に献げる酒は、決して、わたくしの醸造した酒ではありません。「くしの神」である常世にいますスクナヒコ（少名彦）の神が、祝福しながら醸《か》んだ神聖な御酒です。ですから、このお酒を残らず、飲みほして下さい。さあ、どうぞ、という意味である。つまり、待酒の寿《ことほ》ぎの歌といってよい。

この歌にみえる「久志能加美《くしのかみ》」は、「酒の司《くしかみ》」と一般に解されているが、わたくしは「久志《くし》」の本義は「奇《く》しき」の意であると考えている。

「薬」という言葉も本来、「奇しきもの」に由来している。神話においてスクナヒコの神は、オオクニヌシノミコト（大国主命）と共に「病《やまい》を療《おさ》む方《みち》を定《さだ》む」（「神代紀」）神とみなされているように、「医師《くすし》の神」であった。それ故、この待酒の酒も、医療の神がおつくりになった神聖な御酒《みき》と解すべきであろう。

「石立《いわた》す少御神《すくなみかみ》」というのは、岩石に憑《よ》り付《つ》く神として少名彦の神が、尊崇されていたからである。例えば、能登国《のとのくに》能登《のと》郡《ぐん》の式内社に、宿那彦神像石神社《すくなひこかみがたいしのじんじゃ》が祀られており、更には、能登国羽咋《はくい》郡に大穴持神像石《おおなもちかみがたのいしの》神社が祀られている。

『文徳実録《もんとくじつろく》』によれば、斉衡《さいこう》三（八五六）年に、常陸国鹿島郡の大洗《おおあらい》の磯前《いそざき》に、神の姿をした二つの恠《あやしき》（怪）石《いし》が寄り着き、「我は大奈母知《おおなもち》、少比古《すくなひこ》の神」と神託があり、東海より民を救わんがため、この地に再来したと告げられたという話を伝えている。

医療の神が東方より来ると伝えるのは、オオクニヌシノミコトやスクナヒコの神が薬師如来《やくしにょらい》の垂《す》迹《じゃく》と考えられ、その薬師如来の浄瑠璃浄土《じょうるりじょうど》が東方にあると説かれていたからである。

神功皇后の待酒の歌に対し、タケノウチノスクネ（武内宿弥）は、天皇に代って次のようにお返しの歌を歌われた。

「此《こ》の御酒《みき》を　醸《か》みけむ人《ひと》は　其《そ》の鼓《つつみ》　臼《うす》に立《た》てて　歌《うた》ひつつ　醸《か》みけれかも　舞《ま》ひつつ　醸《か》みけれかも　此《こ》の御酒《みき》の　御酒《みき》の　あやに転楽《うただの》し　ささ」

このすばらしい御酒を醸《か》みつくられた方は、鼓を臼のように立てて、歌舞しながらこの酒をつくられたのでしょう。この御酒は、わたくしたちを非常にたのしくさせますよ、という意味である。

『古事記』ではこれらを、「酒坐《さかくら》の歌」と称している。実は、この歌は『琴歌譜《きんかふ》』に「酒坐《さかくら》の歌《うた》」として採録されているが、平安時代でも酒宴の際に好んで歌われていたようである。

【第65話】

息長帯日比売

〈おきながたらひひめ〉

神功皇后はオキナガタラヒヒメ（息長帯日比売）と呼ばれるように、近江の息長の地の豪族の娘として、『記紀』の物語に登場する。

息長は、現在の滋賀県米原《まいばら》市（旧米原町や旧近江町）あたりの地域である。

この地域が注目されるのは、一つには、敦賀から都に至るルートの琵琶湖東岸の重要拠点を占めていたからである。

そのため、早くから、大陸文化をもたらした朝鮮の渡来系のひとびとと接触していた。ヤマト王権が朝鮮半島と交渉を深めるにともなって、この地の息長氏も、ヤマト王権から重要視されていったのである。

『日本書紀』の伝承によれば、オキナガタラヒヒメの御生母は、カツラギノタカヌカヒメ（葛城高額比売）と記されている。このことは、息長氏と葛城氏は姻戚関係にあったことを物語っている。

カツラギノタカヌカヒメは、大和国 葛下《かつらぎしも》郡高額郷《たかぬかちょう》の出身者であろう。高額郷は現在の奈良県葛城市染野《そめの》付近に比定されているが、ここは二上山の山麓である。この地域は、二上山の山麓を越えて河内にぬける交通の要衝の地を占めていた。

このようにみていくと、神功皇后をめぐる豪族が、共に大陸へ向かうルートと密接な関係にあったことが窺われる。もちろん、『記紀』が伝える神功皇后の物語は、そのまま事実とは考えられないが、伝承をつくり上げるにも、あるいは、系譜関係をめぐる話一つをとっても、これだけ周到な歴史的背景を考えて物語がまとめられていることは、注目されてよい。

ところで、神功皇后に関わる伝承として最も注目しなければならぬのは、神功皇后が巫女《みこ》的女王として描かれている点である。

神功皇后は政局の危機に逢遇すると、必ず神懸りして託宣する巫女として現われ、天皇家に政治的指針を与えている。

日本では、卑弥呼《ひみこ》は、典型的な巫女《みこ》的女王として耶馬台国《やまだいこく》に君臨していたと『魏志倭人伝《ぎしわじんでん》』に記されているが、『日本書紀』の編者は、神功皇后を暗にその卑弥呼に擬している。このことは、少なくとも神功皇后を卑弥呼的な人物とみなしていたことを示すからである。

例えば、「神功皇后紀」三十九年の条は、

「魏志《ぎし》に云《いわ》はく、明帝《めいてい》の景初《けいしょ》三（二三九）年六月、倭《わ》の女王《じょおう》、大夫《たいふ》難斗《なと》（升）米難斗米《めなとめ》等《ら》を遣《つか》わし、
郡《こおり》（帯方郡）に詣《いた》る」

と記し、『三国志《さんごくし》』の一つである中国の歴史書『魏志《ぎし》』をそのまま引用し、倭の女王卑弥呼を明らかに、神功皇后と同じ人物として取扱っている。おそらく、卑弥呼的な女王が活躍した時代がひとびとに記憶され、その姿が、そのまま神功皇后の物語にも投影されていたのだろう。

【第66話】

豊明の宮〈とよあかりのみや〉

応神天皇は、ホンダノワケノミコト（品陀和気命）と呼ばれていた。天皇が生誕された時、腕のところに鞆《ほむだ》のような贅肉《ぜいにく》があり、それに因んで「誉田《ほんだ》の皇子《みこ》」と呼ばれた。『日本書紀』には「上古《いにしへ》の時《とき》の俗《ひと》、鞆《とも》を号《い》ひて、褒武多《ほむた》と謂《い》う」と注されている。鞆《とも》は、弓を射る時、左手にはめる環状の皮袋である。古代の弓はいわゆる丸弓《まるゆみ》で、強く弦を引きはなつと、その弦の反動で、しばしば左手の手首を痛めた。そのため、これを保護するため、鞆を使用したのである。後には、わざと鞆の音で、悪霊を祓う儀礼が行われたようになった。『万葉集』には、「ますらをの　鞆《とも》の音《おと》すなり　もののふの　おほまへつきみ　楯立《たてた》つらしも」（巻一ノ七六）の元明女帝の御製に、「鞆の音すなり」という歌が収められている。

この鞆がとくに応神天皇の御名とされたのは、母君の神功皇后の雄々しき装い、つまり、鞆をつけられた勇姿を彷彿せしめたからだと一般には、説明されている。このように、鞆が皇后に結びつけられる話は、広島県福山市の鞆の浦の伝承にも見られる。

皇后が三韓征伐に赴く際に、この浦に寄港され、戦勝を祈ってこの地の沼名前《ぬなくま》神社に鞆を奉納されという。その故事にもとづき、この地を鞆《とも》の津と呼ばれたというのである。もちろん、この沼名前の由来は、泥沼の地に入江が深く屈曲して隈をなし、その大きく曲線をえがく入江が、鞆の形に似ていたので、一般には鞆の浦とも呼ばれたものと考えている。
「ホムタ」の字に「褒武多」をあえて当てるのは、文字通り「武勇を褒めそやすこと多き」ことを意識したものであろう。

しかし、誉田天皇《ほんだのすめらみこと》の尊号は、天皇の御陵が誉田の地に築かれ、誉田陵（「雄略紀」）と呼ばれたことによるものと一般には考えられている。ここが、おそらく、御陵の地に求められたのは、応神天皇の皇后、ナカヒメ（仲姫）の父がホンダマワカノキミ（品陀真若王）であったことに関係があろう。その名前からして義父は品陀（誉田）の地に縁りのある豪族と考えられるからである。誉田は、現在の大阪府羽曳野《はびきの》市誉田《こんだ》である。

ところで、応神天皇の皇居は、「軽島《かるしま》の明宮《あきらのみや》」とされている。そこは大和国高市郡久米郷《たかちぐんくめごう》の軽《かる》（奈良県橿原市大軽町）である。ここは、古代の大和盆地の幹線をなす下《しも》ツ道と上《かみ》ツ道が交差する要衝の地であった。とくに応神天皇の皇居は、「軽島の明宮」と称されるが、『摂津国風土記《せっつのくにふどき》』逸文には「軽島の豊明《とよあかり》の宮《みや》」とあり、『続日本紀《しょくにほんぎ》』宝亀三年四月条にも、「軽島豊明宮」と見えるから、「明宮」は「豊明宮」の意であろう。

豊明は、酒宴である。「明」は「赤」の意で酒で顔が赤らむことが、原義であった。とするところの宮の名は、天皇が神功皇后の待酒で歓迎された物語に大変ふさわしい名称だったといってよいであろう。

【第67話】

宇治の姫〈うじのひめ〉

応神天皇は二十六人の皇子や皇女をもうけられたが、そのうちオオヤマモリノミコト（大山守命）とオオササギノミコト（大雀命）及びウジノワキイラツコ（宇遅能和紀郎子）の御三方が、天皇の後継者の有力な候補とみなされていた。

応神天皇としては秘かに、年若く聡明なウジノワキイノラツコを皇嗣とお考えになられていたが、一応お二人の兄の皇子に、まず御意見をうかがうこととなった。

オオヤマモリノミコトに対しては、父親は、「息子のうち、兄と弟とのうち、どちらがよけいに可愛いいと思うか」とお尋ねになられた。するとオオヤマモリノミコトは「それは当然、兄の方です」と答え、長兄が皇位を継ぐことは、しごく順当だと主張した。

天皇は同じことを、オオササギノミコト（後の仁徳天皇）に尋ねられると、「早く生れて、ひとり立ち出来る兄たちよりも、年端《としは》もいかぬ弟に対し、親はいとしみを感ずるものです」とオオサザギノミコトはお答した。それをお聞になられた天皇は、「お前の意見は、まことに、わたくしの意見と同じだ」とお褒めになられたという。

そこで天皇はオオヤマモリノミコトを「山海《やまうみ》の政《まつりごと》」に命ぜられ、オオササギノミコトには「食《お》す国《くに》の政」を掌《つかど》らせ、ウジノワキノイラツコを「天津日継《あまつひつぎ》」に任ぜられた。

「山海の政」は、山川林野や、海洋の最高の管理責任者のことである。オオサザキノミコトが任ぜられた「食国《おすくに》の政《まつりごと》」とは、国家の行政の執政官のことである。「天津日継《あまつひつぎ》」は、いうまでもなく皇位継承である。日神《ひのかみ》であるアマテラス（天照）大神《おおみかみ》から代々うけつがれ天皇の御位をつぐことである。

このようにウジノワキノイラツコが皇太子となられたが、おそらく応神天皇がその御生母、ミヤヌシヤカワエヒメ（宮主矢河枝比売）をとくに愛されていたことが、大きく影響を与えていたのであろう。

応神天皇がある時、近江に行幸された際に、途中の宇遅野《うじの》（宇治野）に立ち寄られ、その地を大変気に入られて、次のような御歌を詠ぜられた。

「千葉《ちば》の　葛野《かづの》を見《み》れば　百千足《ももちた》る　家庭《やにわ》も見《み》ゆ　国《くに》の秀《ほ》も見《み》ゆ」

この歌の「千葉」は「葛《くず》」にかかる枕詞で、葛の葉が多くの葉を繁茂させることに由来する枕詞である。「百千足る」は、「大変多い」ことで、極めて充足していることを意味する。この歌は一種の国讃《くにぼ》めの歌であるが、この国の麗美《うるわし》き乙女への讃美の伏線ともなっている。

次いで天皇が、木幡《こばた》の村（京都府宇治市木幡）にさしかかると、麗美《うるわし》き乙女にお逢した。そこで天皇は乙女に名を尋ねられると、乙女は自ら「丸爾《わに》の比布礼能意富美《ひふれのおふみ》の娘なり」と答えたという。

翌日、乙女の実家を訪ねられた天皇に大御酒《おおみき》が献ぜられ、婚姻はめでたく成立することになった。

【第68話】

角鹿の蟹〈つぬがのかに〉

応神天皇は、結婚の式において、大御酒《おおみき》の盃をあげられて、次のような讃歌を歌われた。それは、

「此《こ》の蟹《かに》や　何処《いづこ》の蟹《かに》　百伝《ももつた》う　角鹿《つぬが》の蟹《かに》」

という角鹿の蟹が、横ばいに歩きながら、宴《うたげ》の開かれた木幡《こばた》にたどりつくというユーモアあふれる歌であった。角鹿の蟹が、琵琶湖の島々をたどり、湖水を鳰鳥《におどり》のように潜って、更には、坂道の狭々波路《さざなみじ》をたどると、思いもかけず、美しい乙女に逢ったという内容であった。

越前の敦賀（角鹿）から木幡の地まで、はるばる行幸された天皇が、結婚式の宴に出された角鹿の蟹に自らを擬されて、即興的に歌われたものである。

そして、木幡で幸運にも出逢った乙女は、天皇が、かねてから理想としていた女性であったと、手放しに嬉《よろこ》びを歌っているのである。

その乙女の後姿は、まことに楯のように背がすらりとしており、歯並びは椎の実を並べたように揃っている。櫟井《いちい》の丸爾坂《わにざか》の真ん中の良い土を採って、柔らかい日で乾して作った眉墨で、眉を三日月形に描いている。

そのように美しい女性は、いつも私は夢に思い浮かべていたが、まさしくその女性が私の目の前にいるという感激を歌としているのである。

この歌にみえる櫟井の丸爾坂は、現在の奈良県天理市櫟本《いちのもと》町の丸爾坂であるが、これはヤカワエヒメ（矢河枝比売）の実家が置かれていた所であろう。というのは、この乙女は、ワニノヒフレノオホミ（丸爾之比布能意富美）の娘とされているからである。

因みに、この地は、丸爾氏の一族である万葉歌人、柿本人麻呂の墓が存在しているのである。

ところで先の賛歌の一節には、

「初土《はつに》は　膚赤《はだあか》らけき　底土《しはに》は　丹黒《にぐろ》き故《ゆえ》　三《み》つ栗《ぐり》の　其《そ》の中《なか》つ土《に》」

を採って、眉墨にすると歌われているが、それは、上層の土や、下層の土よりも、中間層の土が最適だと歌っているのである。

このように、中間層が最高だとする考え方は、どうやら日本人好みによるといってよいであろう。

例えば、イザナギ（伊耶那岐）の神が黄泉《よみ》の国から帰られて、海で禊《みそぎ》をされた時も、

「上瀬《かみつせ》は速《はや》し、下瀬《しもつせ》は弱《よわ》し」

と述べられて中瀬《なかつせ》をえらばれて禊されているのである。

どうやら、古代の日本人は、中間層や中庸を好む傾向があったようである。顕著なものや極端なものを避け、むしろ穏和なものを選択していく好みである。このことは、現代でも、はっきりとした原色よりも中間色を愛好する趣好として伝えられている。

【第69話】

枕詞の多様性

〈まくらことばのたようせい〉

先の賛歌の中に「三《み》つ栗《ぐり》の」という枕詞があるが、『万葉集』にも、

「三栗《みつぐり》の　那賀《なか》に向《む》へる　曝井《さらしい》の　絶《た》えず通《かよ》はむ　そこに妻《つま》もが」（巻九ノ一七四五）

「松返《まつかへ》り　しひてあれやは　三栗《みつぐり》の　中上《なかのぼ》り来《こ》ぬ　麻呂《まろ》といふ奴《やつこ》」（巻九ノ一七八三）

などと、「中《なか》」に掛る枕詞として用いられている。

栗のいがの中には、三つの栗の実が、真中の栗に身を寄せ合うように仲良く向き合っている。この姿から、「中」の枕詞となったといわれている。

「百伝《ももつた》ふ　角鹿《つぬが》」と歌われる「百伝ふ」も、枕詞の一つである。これは、多くの土地を伝い過ぎて行くという意味から、遠隔の地にかかる枕詞と考えられている。

また、興味深いことに、この「百伝ふ」は、『伊勢国風土記《いせのくにふどき》』逸文に伝えられるように、伊勢の度会《わたらい》の枕詞としても用いられる。

オオクニタマ（大国玉）の神は、アマノヒワケノミコト（天日別命）を勢田川に梓弓《あずさゆみ》を橋として渡らせ、その地で逢遇したという話である。「度《わた》り会《あ》いつ」ということから、「度会」の名が起ったと説明している。おそらく、アマノヒワケノミコトが、いろいろな土地をめぐり渡り歩いた末、やっとオオクニタマの神に逢うことが出来たという意味で、「百伝ふ」が用いられたのであろう。

かなりの困難と危険をともないながら、目的地にたどりつくことが出来たという旅の実感が、「百伝ふ」の言葉に見事に凝結されていると思っている。

ただ、『万葉集』の、

「ももつたふ　磐余《いわれ》の池《いけ》に　鳴《な》く鴨《かも》を　今日《けふ》のみ見《み》てや　雲隠《くもかく》りなむ」(巻三ノ四一六)

の大津皇子《おおつのみこ》の挽歌に歌われる「百伝ふ」の場合は、先のものとは、やや意味合いを異にするようである。

この場合の「百伝ふ」は、「五十《い》」や「八十《やそ》」に係る枕詞である。つまり、五十、八十と順次に経て、最後に、百に達するからと説明されている。いうまでもなく、磐余の「イ」に掛る枕詞である。

「百伝《ももつた》ふ　八十《やそ》の島廻《しまみ》を　漕《こ》ぐ船《ふね》に　乗《の》りにし心《こころ》　忘《わす》れかねつも」(巻七ノ一三九九)

の「百伝ふ」は、「八十」が掛る枕詞である。

しかも「百伝ふ」という枕詞が係る言葉は、どうやらこれにとどまらぬようである。「顕宗紀」には、

「浅茅原《あさぢはら》　小谷《をだに》を過《す》ぎて　百伝《ももつた》ふ　鐸《ぬで》揺《ゆら》くも　置目来《おきめく》らしも」

という顕宗《けんそう》天皇の御製が収められている。この歌は、天皇が置目《おきめ》という老婆を呼び出される御歌であるが、ここでいう「百伝ふ」は、鐸《ぬで》、つまり駅鈴の鈴の音が遠くまで響き渡ることに係る枕詞である。

【第70話】

髪長媛〈かみながひめ〉

応神天皇は、日向《ひむが》《ひゆが》の諸県君《もろがたのきみ》の娘、カミナガヒメ（髪長媛）の美人の誇れが高い噂を耳にされて、宮廷に召されることになった。

上京したカミナガヒメが難波津に到着されると、迎えに赴《おもむ》かれたオオサザキノミコト（大雀命、後の仁徳天皇）は、カミナガヒメの美貌にすっかり心をうばわれてしまった。

そこで、ミコトはぜひ自分の妻にほしいと、タケノウチノスクネ（武内宿弥）を介して応神天皇に申し込まれた。

天皇は皇子の切なる願いを入れ、カミナガヒメをオオサザキノミコトに賜わることとなった。

ここに見える日向の諸県君は、日向《ひうが》国諸県《もろがた》郡の豪族である。

「仁徳紀」には「諸県君牛諸井《もろがたのきみのうしもろい》」と伝えているが、日向国の南部の地域の豪族であった。日向の地の豪族は、ヤマト王権に比較的早く服属していたといわれている。

宮崎県の西都原《さいとばる》古墳の男狭穂《をさほ》、女狭穂《めさほ》の前方後円墳の築造が象徴するように、少なくとも五世紀の頃までには、ヤマト王権の支配が及んでいたと考えられている。とくに、この日向の地は、大隈、隼人征圧の最前線基地として、中央政府からも重要視されていたのである。

ところで、天皇がカミナガヒメをオオササギノミコトに賜ったのは、豊明《とよあかり》の宴であったという。

その時ヒメは、「大御酒《おおみき》の柏《かしわ》」をミコトに捧げたと伝えている。この「大御酒の柏」とは、必ずしも明らかではないが、恐らく、柏の葉を浮べた大御酒のことではないかと思っている。なぜなら、「雄略記」にも、槻《つき》の葉が盞《さかずき》に落ちたのを吉祥とみなす話がみえるからである。槻は現在の欅《けやき》の一種であるが、古代であえて「ツキ」と呼ばれ、「神の憑《つ》く神木」であった。

それ故、「雄略記」に、

「新嘗屋《にいなめや》に 生《お》ひ立《た》てる 百足《ももだ》る 槻《つき》が枝《え》に」

と歌われている。柏の葉は、承知のように、昔から神饌をもる土器《かわらけ》に敷くものである。このことから、神饌を調理する者も、膳夫《かしわで》と呼んでいる。また、神を拝するとき手のひらで鳴らすのも柏手（カシワデ）と称するように、柏の葉は神事に関ってきた。

「雄略記」の歌には、天高くそびえる槻の上ツ枝の葉が中ツ枝、下ツ枝をつたわり落ちて、あたかもイザナギ（伊邪那岐）、イザナミ（伊邪那美）の神のオノコロ島の神話のように、「浮きし脂《あぶら》」となったと歌われている。この点に注目すれば、柏の葉をカミナガヒメがオオサザギノミコトに捧げるということは、イザナギ、イザナミの神のオノコロ島の神婚を再現し、天皇が二人の結婚を認められたことを暗に伝えられたものと、わたくしは想像している。

このように、神話は単に語り伝えられるものではなく、聖なる儀礼の場で、繰返し劇的に演出されてきたものだったのである。

【第71話】

こはだ嬢女

〈こはだおとめ〉

カミナガヒメ（髪長媛）をオオササギノミコト（大雀命）にめあわさられた応神天皇は、野蒜《のびる》を摘みに行けと、オオササギノミコトにうながされ御歌を詠われた。

その御歌の中で、道の途中の花橘《はなたちばな》の中《なか》つ枝《え》には、実が花蘂《かしん》にこもっている、そのようにかぐわしき乙女をお摘みなさいとすすめられたのである。

「皐月《さつき》まつ　花橘《はなたちばな》の香《か》をかげば

昔《むかし》の人《ひと》の　袖《そで》の香《か》ぞする」（『古今和歌集』巻三　夏歌）

と歌われるように、花橘は、昔より、香り高い清楚な花として日本人にこよなく愛されてきた花である。

天皇の御歌にお応えしてオオササギノミコトは、美しい乙女をえたよろこびを歌われた。

「道《みち》の後《しり》　こはだ嬢女《をとめ》を雷《かみ》のごと　聞《きこ》えしかども　相枕《あいまくら》まく」

「道《みち》の後《しり》　こはだ嬢女《をとめ》は争《あらそ》はず　寝《ね》しくをしぞも　麗《うるは》しみ思《おも》ふ」

「道の後」は、ここでは都より西国へ向う路の最もはずれの国という意味で、日向の国を指す。「こはだ嬢女」の「こはだ」は、一般には地名と解されているが、わたくしはむしろ、「小膚《こはだ》の美しい乙女」と解する方が、この御歌にはぴったりとした表現だと思っている。

る。「かみのごと」は、「神様のように」と解してもよいが、多くは「雷のように」の意味にとられている。雷鳴が遠い曇り空に鳴るように、乙女の噂ばかりを耳にしているという意味である。

そのように噂ばかり聞かされ、夢にも見た美しい乙女と、今まさに枕を共にすることが出来たと、手ばなしに歓喜された御歌である。続く御歌も、やっと掌中にした乙女はわたくしを素直にうけ入れ、少しもさからわずに寝てくれたという歌である。

ところでこのカミナガヒメの物語には、次のような不思議な伝承が付随していた。応神天皇が、淡路島で猟《かり》をたのしまれていた時、海上に数十頭の麋鹿《おおしか》が海に浮んで、播磨《はりま》の鹿子《かこ》の水門《みなと》に入るのを御覧になった。

早速、水門に使を遣わされると、それは角をつけ鹿皮で身をつつんだ諸県君《もろがたのきみ》の一行だと判明した。諸県君は、娘のカミナガヒメを、天皇に貢上せんとして、かかる姿で上京したと言上されたという(「応神紀」)。

その故事から、諸県君一行が上陸した水門を、「鹿子《かこ》の水門《みなと》」と呼ばれるようになったと伝えている。御存知のように「鹿子の水門」は、兵庫県加古川《かこがわ》市、高砂《たかさご》市の加古川下流の港である。

この『日本書紀』の物語では、その船をあやつる水手《かこ》たちが鹿皮を身につけていたので、あえて「かこ(鹿子)」に付会したのだろう。

【第72話】

吉野の国栖〈よしののくず〉

この婚礼の席に吉野《よしの》の国栖《くず》もまねかれて参加し、オオサザギノミコト（大雀命）に寿《ことほ》ぎの歌を献じた。

その歌はまず、ミコトの佩《はか》せる刀《たち》を誉めるものであった。

「品陀《ほんだ》の　日《ひ》の御子《みこ》　大雀《おほさざぎ》　大雀《おほさざぎ》　佩《はか》せる刀《たち》　本剣《もとつるぎ》　末《すゑ》ふゆ　ふゆ木《き》の　素幹《すがら》が下樹《したき》の　さやさや」

誉田《ほんだ》の天皇（応神天皇）の日継《ひつ》ぎの皇子《みこ》であるオオサザギノミコトが腰に帯びていらっしゃる太刀《たち》は、根元の方は鋭利であり、穂先の方は霊威でゆれ動く。それはあたかも、冬の木の葉の落ちた枝先のように、さやさやとゆれているというのが、大意であろう。

次に、吉野の国栖が白檮《しらかし》で横臼《よくす》を造り、そこで大御酒《おおみき》を醸《か》み、献る時、口鼓《くちづつみ》を打ち、「わざおぎ（俳優）」をしながら歌を歌った。

「白檮《かし》の上《ふ》に　横臼《よくす》を作《つく》り　横臼《よくす》に　醸《か》みし大御酒《おおみき》　美味《うまら》に　聞《きき》しもち食《を》せ　まろが父《ちち》」

白檮がはえている林に横臼を作り、そこで大御酒を醸造した。この美味しい御酒を、さあ召し上がってください。わたくしが父と敬意をあらわす人よ、というのが、歌の大意である。

古代には、「吉野の国栖」と呼ばれた山の民がいたようである。『日本書紀』（「神武即位前紀」）には、神武天皇が大和を目指して吉野を通られた時、「尾有《をあ》りて磐石《いわ》を打《お》しあけて」出てきた人物を、「吉野の国樔部《くすべ》」の始祖と記している。

『新撰姓氏録《しんせんしょうじろく》』（「大和神別」）の「国栖」の条では、川上に遊人有り、ひとが見れば穴にかくれ、しばらくすると、また、出て遊ぶという特殊な山の民としてえがかれている。

「応神紀」には「人となり、淳朴《じゅんぼく》なり。毎《つね》に、山菓《さんか》を取《と》りて食《しょく》す。亦《また》、蝦《えび》・蟆《かえる》を煮《に》て、上味《じょうみ》となす」とあり、土地の産物として、栗や菌《たけ》及び年魚《あゆ》を、朝廷に調《みつぎもの》としたと記している。

またこの国栖は、天皇の即位式には召されて「古風《こふう》」を奏したという（『延喜式』大嘗祭）。これがいわゆる国栖舞《くずまい》であろう。この舞いは、左手に榊をもち、右手に鈴をもって踊り、その終りにあたって口を打ち、笑ったといわれている。

ところで、先の国栖の歌で、わたくしが大変興味を覚える点は、国栖が、天皇に「まろが父」と呼んでいる点である。

「まろが父」の「マロ」は、一般には麻呂《まろ》、または「丸《まる》」と表記されるが、もともと「まり子」、つまり「愛子《まなご》」の略した呼び名である。とすると、「まろが父」と呼びかけるのは、「わたくしが敬愛する父」と親しみと、尊敬をこめて呼びかける言葉である。

このことは、とくに国家の創立期には、政治的に服属させられた者も、あくまで大家族の一員として遇され、人身支配されているという関係を表面的に避ける傾向にあったことを示しているのだ。

【第73話】

王仁〈わに〉

朝鮮半島南西部の百済《くだら》は、北方の騎馬民族国家、高句麗《こうくり》にしばしば圧迫されていたから、倭国とぜひとも友好関係を結び、その軍事的援助を期待せざるを得なかった。

一方、倭国は、国家体制が次第に整えられていくと、漢字に堪能な官僚の必要性に迫られていた。そのような事情から、四世紀の終り頃とみなされる応神天皇の時代に、百済から阿知吉師《あちきし》が来日し、倭国の要請で王仁《わに》（和迩《わに》）を母国から連れて来た。

王仁は、『論語《ろんご》』や『千字文《せんじもん》』などの書籍を携えて来日したという。『論語』はいうまでもなく儒教の教典である。しかし、現在伝わる『千字文』は、六世紀の頃、南北朝時代の梁の時期にまとめられた書であるから、それとは別種の『千字文』が伝わったと考えなければならないだろう。

それはともかくとして、『千字文』は四字ずつの句が二百五十綴られていた書であり、漢字を覚える入門書として珍重された。

例えば、初句の「天地玄黄《てんちげんこう》」「宇宙洪荒《うちゅうこうこう》」は、「黄《こう》」と「洪《こう》」が脚韻をふみ、記憶し易いように文字が配列されている。つまり、倭国のひとびとに、まず漢字を修得してもらうための、最適なテキストであったようである。

王仁の子孫は、「文首《ふみのおびと》」と称して倭国の事務官僚となり、阿知吉師の子孫も阿直史《あぢのふひと》として、同じく文書を管掌する官僚として、倭国に仕えた。

「文首《ふみのおびと》」の「文《ふみ》」は文書の意で、「首《おびと》」は、身分や職掌を示す「姓《かばね》」の一種である。「阿直史《あちのふひと》」の「史」は「文人《ふみひと》」の意で、文書を作成し、諸々の事件を記録としてとどめる職をいう。

ところで、王仁が「賢《さか》しき人《ひと》」として、とくに百済国内からえらばれたというが、明らかに、「王《わん》」姓を名告《なの》ることからも推測されるように、彼はいわゆる韓国系のひとではない。

かつて中国が朝鮮半島を支配していた時期に、平壌あたりに楽浪郡《らくろうぐん》を設け、ソウル一帯に帯方郡《たいほうぐん》を置いたが、後に中国の勢力が後退すると、そこには少なからぬ中国遺民が残されることとなった。これらの子孫の一部は、それぞれ高句麗や百済の王朝にそのまま仕えた者もいたようである。そのひとりが、「王仁」であったのだろう。

彼等は中国遺民として、中国の伝統文化を伝えていたから、王仁がウジノワキノイラツコ（宇遅能和紀郎子）の教師となり、古典を講じたのである。

王仁の子孫は、文氏《ふみし》と称されたが、その多くは河内国《かわちのくに》に居住していたので、一般には、「西文氏《かわちのふみし》」と呼ばれている。

「西」を「河内《かわち》《かうち》」と訓むのは、「東」の大和《やまと》に対しての呼称である。東文《やまとのふみ》は、倭漢《やまとのあや》氏を指す名称である。

【第74話】

ウジノワキノイラツコ〈うじのわきのいらつこ〉

応神天皇が崩御されると、オオサザキノミコト（大雀命）は皇位を弟宮のウジノワキノイラツコ（宇遲能和紀郎子）に譲られた。

だが、このことを心よく思わぬ長兄のオオヤマモリノミコト（大山守命）は秘かに兵を率いて、ウジノワキノイラツコを殺害せんと計った。このことをオオサザキノミコトから知らされると、ウジノワキノイラツコは直ちに対応の策をねられた。

オオヤマモリノミコトが軍隊と共に川を渡って攻めてくるのを察知されたウジノワキノイラツコは、船の上に葛《くず》の汁《しる》を塗り、すべり易くして船付き場に置いた。

ミコトは、賤しき檝取《かちとり》に身をやつし、オオヤマモリノミコトらが船に乗り、川の途中にさしかかると、急に船を揺らして、船に乗り込んだ兵卒らと共に水中に堕《おと》してしまった。それを見た川岸にかくれていたウジノワキノイラツコの軍隊は、川に浮き沈みゆく戦士に一斉に弓矢をはなって、射殺したという。

川に沈んだ兵士の死体を鉤《かぎ》で引き上げると、甲冑にかかりカラカラと鳴ったという。そのため、この地を「訶和羅《かわら》」と称したのである。この「カワラ」の地は、山城国綴喜《つづき》郡の河原《かはら》村、つまり現在の京都府京《きょう》田辺《たなべ》市河原である。ここで戦死したオオヤマモリノミコトの墓は、那良山（奈良山）

にあると伝えるが、その遺称地は奈良市法蓮町の境目谷という。

その事件の後、ウジノワキノイラツコとオオサザキノミコトは、三年の間お互いに皇位を譲り合ったため、ひとびとを心配させたと伝えている。

例えば、海人《あま》が調《みつぎ》として「海の幸」をオオサザキノミコトに献ずると、天皇はウジノワキノイラツコであるからそちらに運ぶように命ぜられたという。だが、おくられたウジノワキノイラツコもかたくなに拒否され、兄の皇子の許に持って帰るように命ぜられたという。そのため、お二人の間を、いったり来たりする内に、「海の幸」は、遂には腐りはててしまった。それを見て、海人は泣き出す有様であった。時の人は、「海人《あま》なれや、己《おの》が物《もの》から泣《な》く」と噂し合ったという。

もちろん、これは、もともと漁民たちが大漁をよろこんでも、鮮魚は腐り易いので、早く処理したり売らなくては宝の持ち腐れとなるということを諷刺した諺であろう。このようにしているうちに、遂にウジノワキノイラツコは、兄のオオサザキノミコトに皇位を譲られるために、自ら命を断つことを決意された。弟宮の死を聞かれ、止むなくオオサザキノミコトは即位され仁徳天皇となられた。

京都府宇治市の宇治神社は、ウジノワキノイラツコとその生母ミヤヌシヤカハエヒメ（宮主矢河枝比売）を合祀する社であるといわれている。

【第75話】

比礼の呪具
〈ひれのじゅぐ〉

ここで、『古事記』の物語から一転して、新羅《しらぎ》から渡来した「天《あま》の日矛《ひぼこ》」の話となる。

昔、新羅の国王の皇子に、「天《あめ》の日矛《ひぼこ》」と称する若者がいた。

彼が「阿具奴摩《あぐぬま》」という沼を散歩していると、そこに昼寝をしている女を見つけた。しばらく見ていると、日光が虹のごとく耀《かがや》き、その女の女陰《ほと》に差しこんできた。すると女は妊《みごも》り、赤玉《あかだま》を生み落した。女の夫は、その赤玉をいつも腰にさげて持ち歩いていたが、その玉をほしがっていた天の日矛に捕えられ、その玉を召し上げられてしまった。

その玉を自分のものにした天の日矛は、大切に床の上に飾って置くと、いつの間に、その赤玉は、美しい娘に変ったという。天の日矛は嬉んでその娘を妻に迎えたが、日がたつにつれて、天の日矛は妻に対し横柄な態度を見せるようになった。妻は遂に怒り出し、「自分は、汝の如き者の妻となるべき者ではない。すぐに、わたくしの故郷に帰ろう」といい出して、小船に乗り日本の難波に向ったと伝えている。

日本に渡った赤玉の娘を祀った社が、難波の比売許曽《ひめこそ》神社である。またこの姫神はアカルヒメ（阿加流比売）の神とも称されていた。

赤玉の伝承のように、日光をうけて身籠る話は、広く東アジア全般に広く語り伝えられ、学者は

「日光卵生の神話」と名付けている。

しかし、考えてみると『古事記』では、卵ではなく、あくまで赤玉となっている点が異なっている。赤玉の「赤」が「阿加流《あかる》」と訓《よ》まれるように、光り耀く日光、より端的にいえば、太陽そのもののシンボルとなっている。つまり、赤玉は、明るい玉であり、生命の源泉である日光の象徴であった。

さて、逃げ出した妻を追いかけて、夫の天の日矛も難波までたどりつくが、そこの「渡《わた》りの神」にさえぎられて但馬《たじま》の国に赴き、その地に留まったという。

そして、天の日矛は、この地の豪族の娘を妻にむかえて永住することとなる。その五代の孫が、先に登場したタジマモリ（多遅摩毛理《たじまもり》・田島守）である。

来日した天の日矛が新羅からもたらした玉津宝《たまつたから》は、「浪振る比礼《なみふるひれ》、浪切る比礼《なみきるひれ》、風振る比礼《かぜふるひれ》、風《かぜ》切《き》る比礼《ひれ》」の四種の比礼と、「奥津鏡《おきつかがみ》」「辺津鏡《へつのかがみ》」の二鏡と、羽太の玉《はぶとのたま》、足高の玉《たるたかのたま》の八種と伝えられている。これらの宝物は「伊豆志之八前の大神《いづしのやまえのおおかみ》」として、出石《いづし》神社に祀られている。

このうち、比礼は巫女《みこ》の頸にまく長いスカーフ状のものを指すが、古代ではもっぱら鎮魂の呪具として用いられてきた。天の日矛の比礼は、すべて海上航海に用いる比礼であるから、それは古代の漁民たちに伝えられていた呪具の類であろう。「浪振る比礼」や「風振る比礼」は、船足を速める呪具であり、「浪切る比礼」や「風切る比礼」は、いうまでもなく浪風を静める呪具である。

また鏡は神の依代であり、玉は神魂そのものとして、漁民が祀ってきたのであろう。

【第76話】

春山の霞壮夫〈はるやまのかすみおとこ〉

この赤玉の神の娘に、イズシヲトメ（伊豆志袁登売）の神がおられたという。この「イヅシヲトメ」は「出石《いずし》の乙女《おとめ》」で出石神社の祭神のうら若き姫神の意である。

この美しき姫神を妻にむかえんとして、多くの神々は競い合ったが、遂に皆、同意を得るに至らなかった。

しかし、秋山《あきやま》の下氷壮夫《したひおとこ》と、春山《はるやま》の霞壮夫《かすみおとこ》の異母の二人の兄弟が、最後までその望みを持ちつづけていた。それでも、兄は次第に不安になって、弟に「わたくしは、どうやらうまくいかないようだ。お前に、成算があるのか」とたずねた。すると弟は、「わたくしには、秘策がある」ときっぱりと答えた。

兄は弟に「お前がもし成功したら、上下の衣服を脱ぎ、身の丈に達するまでの甕酒《かめざけ》を醸造し、山や河のすばらしい獲物をお前に捧げよう」と賭《かけ》をした。弟がその旨を母に話すと、母は、一夜のうちに藤蔓《ふじづる》で上衣と下衣をつくり、弓矢を備えて、姫神の所へ赴《おもむ》かせた。

すると、いつの間にか、弟のすべての持ちものは、見事な藤の花に化してしまった。藤の花に化した弓矢を不思議に思いながら、姫神はそれを厠《かわや》に置くと、その藤の花はいつしか春山の霞壮夫に変身し、姫神と結ばれたという。

だが、そのことを知って羨み妬んだ兄は、どうしても賭けた品々を、弟に支払おうとしなかった。そのことを知った春山の霞壮夫の母は、出石川《いずしがわ》の川中《かわなか》の島の一節竹《ひとふしだけ》で八目《やめ》の竹籠を造り、その中に塩をまぶした川石をつめて、兄の秋山の下氷壮夫を呪詛した。そのため、八年の間、兄の体は、みるみるうちにしおれてしまい、病床に伏すようになった。そこで、しかたなしに、約束した賭物をすべて弟に支払い、やっと、もとの体に回復したという。

この物語でも、厠に置かれた弓矢によって娘と結ばれることになっているが、先の「丹塗《にぬ》りの矢《や》」の伝承と、その点、極めて類似している。

ただ、ここではあくまで藤の花やその蔓が主題となっている。

古代から、「藤波」とうたわれるように藤の花房は美しく、『万葉集』にも、「藤波《ふじなみ》は　咲《さ》きて散《ち》りにき」(巻十七ノ三九九三)と愛惜された花である。平安時代でも、しばしば藤の宴《うたげ》が催されて、謡曲でも、藤の花の精が美しく舞う曲がつくられているが、昔から、藤は日本人に親しまれた花の一つである。

『万葉集』に、

「春《はる》べ咲《さ》く　藤《ふじ》の末葉《うらば》の　うら安《やす》に　さ寝《ね》る夜《よ》ぞ　なき子《こ》ろをしぞ思《も》へば」(巻十四ノ三五〇四)

と歌われるように、藤は春の花と見なされていた。また『方丈記』の一節に、「春《はる》はふぢなみを見《み》る、紫雲《しふん》のごとくして西方《せいほう》に匂《にほ》ふ」と表現されるように、春霞に匂う花でもあった。

【第77話】

聖の帝〈ひじりのみかど〉

仁徳天皇（大雀命《おおさざきのみこと》）は、即位されると高山《たかやま》に登り、「国見《くにみ》」をされた。だが、国中の竈《かまど》から煙はほとんど立たず、国中のひとびとが、その日の食を欠く貧しい生活をしていることを知られた。

天皇は、早速、三年間の課役《かえき》の免除を、命ぜられた。天皇の住《す》まわれる宮殿も、一切の修理を遠慮されたので、日増しに雨漏りがひどくなったという。

やがて三年がたち、再び、天皇が国見をされると、国中の竈の煙は、一斉に各所から立ちのぼっていた。このような善政により、仁徳天皇を、ひとびとは、「聖帝《ひじり》」とたたえたと伝えている。

この「聖帝」を、ことさら「ヒジリ」と訓むのは、「日知《ひじ》り」、または「霊知《ひち》り」の意である。「日知り」とは本来、それぞれの農耕の時候に最も適した日を、よく知り尽くした人物をいう。つまり、村落の農耕生活の指針を与える村の長《おさ》である。しかし、国家の体制が確立するにつれて、諸国の村落がその支配下に入ると、天皇の許に、その「日知り」の権能が収斂《しゅうれん》され、天皇を「日知り」の君と称するようになったのである。

『万葉集』にも、

「畝傍《うねび》の山《やま》の　橿原《かしはら》の　日知《ひじり》の御代《みよ》ゆ」（巻一ノ二九　柿本人麻呂）

として、初代の神武天皇を、「日知り」と称している。

天皇の宗教的権威が一層高まると、「日知り」は、更に「霊知り」と認識されていくようになっていった。

「ヒ知り」の「知る」は、本来は、日の運行を知ることだが、この他に「知る」は、また、領有し支配する意であったから、日知りの帝は、君主を意味する。

もちろん、学者のなかには、これは天皇を美化するための文飾に過ぎないと、否定的見解をもらされる方もいられるが、この「聖帝」はあくまで儒教的理念ではなく、日本の「日知り」と解すべきだろう。

仁徳天皇の時代は、まだ日本古来の「日継《ひつぎ》の御子《みこ》」という考え方が一般的であって、儒教的な「聖帝」という意識はまだ確立していなかったといってよい。民に情けをかけるといっても、それはあたかも太陽が大地に暖かい日の光をふりそそぐことに準ずるものであった。

それゆえ、「日継の御子」に期待された能力は多産や豊穣の呪力であったといってよい。そのため数多くの女性に、皇子・皇女を多くもうけることが求められたのである。だから、この頃の天皇方は、数多くの御子に恵まれ、極めて長寿であると伝えているのである。

つまり、倫理的な模範の「聖帝《ひじりのみかど》」ではなく、生産力を保証してくれる「日知《ひじ》り」の君主がひとびとから期待されていたのである。

【第78話】

葛城の高宮〈かつらぎのたかみや〉

『古事記』は仁徳天皇を「ヒジリ」の帝《みかど》と記しているが、その筆の乾かぬうちに、天皇が多くの女性を愛され、皇后の激しい嫉妬になやまされる話が続くのは、聖帝とはみなされていなかったからである。聖帝観をもたれる方には奇異の気持をいだかれる方も少なくないであろう。仁徳天皇は恋の遍歴者なのである。

皇后、イワイノヒメノミコト（石之日売命）は、大豪族葛城《かつらぎ》氏《し》の出身であるだけに、宮廷で権勢をほしいままにしていた。天皇が愛された女性は、ひとり残らず皇后にねたまれて、宮廷にとどまることは、許されなかった程である。吉備《きび》の海部《あまべ》直《あたい》の娘、クロヒメ（黒日売）もいたたまれず本国に逃げ帰ったが、船出する時、天皇がひそかに見送られ、「真幸子我妹《まさづこあぎも》　国《くに》へ下《くだ》らす」と歌われたことを耳にされると皇后は大変激怒し、クロヒメの船を、直ちに追いはらわれたという。

しかし、天皇は恋しいクロヒメのことが片時も忘れられず、淡路島へ行幸されると、皇后を偽って、クロヒメの故郷まで追いかけらていかれた。天皇が都にお帰りになられる時に、クロヒメは別れを惜しみながら、

「倭《やまと》へに　西吹《にしふ》き上《あ》げて　雲離《くもばな》れ　退《そ》き居《を》りとも　我忘《われわす》れめや」

と、離別の歌を天皇に贈られた。

そのイワイノヒメも、相手が地方豪族出身の娘であれば、かかる横柄な態度で接することが出来たが、天皇の異母妹であるヤタノワカイラツメ（八田若郎女）に対しては、皇后自ら遠慮して身をひかざるを得なかった。

ある時、皇后が、豊楽《とよあかり》の節会《せちえ》のために、御綱柏《みつなかしわ》を採りに木《き》の国《くに》（紀伊の国）に赴《おもむ》かれたが、その留守中に、仁徳天皇はヤタノワカイラツメを急に宮中へ召された。ヤタノワカイラツメはウジノワキノイラツコ（宇遅能和紀郎子）の皇子《みこ》の妹君で、仁徳天皇の異母姉妹に当る皇女である。

皇后は、帰る途中、その噂を難波でお耳にされたが、途端に、せっかく船に載せてきた御綱柏を、すべて海中に投げ棄てられた。この「御綱の柏」は、「御角《みつ》の柏《かしわ》」とか「三津《みつ》の柏《かしわ》」とも表記されるが、葉の先が三つに裂けている柏を指す。これは、豊楽の節会に、神饌が供せられる器に敷き用いられるものである。

怒り悲しまれた皇后は、再び都にもどられようともせず、そのまま船を堀江づたいに北上させ、転々と住《すま》いを変えられた。「つぎねふや　山代河《やましろがわ》を　宮上《みやのぼ》り　我《わ》が上《のぼ》れば　青土《あをに》よし　奈良《なら》を過《す》ぎ　小楯《をだて》　倭《やまと》を過《す》ぎ　我《わ》が見《み》が欲《ほ》し国《くに》は　葛城《かつらぎ》　高宮《たかみや》　我家《わぎへ》の辺《あたり》」という皇后の御製は、皇后の足跡を伝える歌となっている。

山代川（淀川）を遡ったが、わたくしが最も見たいと願った所は、大和の先の葛城の高宮だ。そこは、わたくしのいとしい故郷だからだという意味である。

【第79話】

志都歌〈しずうた〉

皇后《おおきさき》の葛城《かつらぎ》のイワイノヒメ（石之日売）が山城国の筒木《つつぎ》にとどまっていることが知らされると、天皇はすぐにワニノオミクチコ（丸爾臣口子）を遣わされて、次のような歌を、皇后に贈られた。

「つぎねふ　山代女《やましろめ》の　木鍬持《こぐはも》ち、打《う》ちし大根《おほね》　根白《ねじろ》の　白腕《しろただむき》　枕《ま》かずばこそ　知《し》らずとも　言《い》はめ」

「つぎねふ」は、山城（山背）の枕詞で、次々と嶺が連なるところから着想された枕詞である。山背の娘が木の鍬を用いて、掘りおこした大根のような真白いお前の腕を、枕として、一緒に寝たことがないなら、お前のことを知らないなどと、決して言えないだろう、という意味である。このように美人の腕をたたえるのに、「大根のような白さ」というのは、現代では奇異な表現と思われるが、古代では、身近にあるものを、即興的に歌い込むことが好まれたようである。

ワニノオミクチコが必死に仁徳天皇の御歌を伝えたが、皇后は、一切面会を許されなかった。だが、クチコは、長い間庭に伏して、大雨が降ろうが最後までねばり、嘆願を続けたという。そのうち雨はしたたり降ち、クチコの腰まで及んだ。遂には、着ていた衣類の紅《くれない》の紐《ひも》の色は流れ、青摺《あおずり》の衣を染めてしまった。その時、クチコの妹は皇后にお仕えしていたが、兄のせつない姿を見て涙を流し、

「山代《やましろ》の　筒木《つつぎ》の宮《みや》に　物申《ものまう》す　吾《あ》が兄《せ》の君《きみ》は　涙《なみだ》ぐましも」

と歌い、皇后に兄との面会を乞うた。そのため、やっと皇后は、その願いを受け入れられた。

皆で相談して、皇后が宮中を出られたのは、クチコの妹が養っている不思議な虫を御覧になるためという口実を考え出し、それをクチコが、天皇に伝えることになった。

その不思議な虫とは「一度は這《は》う虫となり、次には蛹《さなぎ》となり、最後には飛ぶ虫となるが、そのたび毎に色を変る虫」であるという。

もちろんそれは、「蚕《かいこ》」を指すが、この頃、やっと養蚕が中国から伝えられ、まだ蚕は稀《めず》らしがられていたのだろう。クチコの報告を受けられた天皇は、とりもあえずに山城へ赴かれた。天皇をお迎えした皇后は、戸口に立って、「打《う》ち渡《わた》す　八桑枝《やがはえ》なす　来入《きい》れ参来《まゐく》れ」と歌って、天皇を請じ入れたという。

「八桑枝なす」は、桑の枝がこんもり茂る意で、天皇が仰山に大勢のお伴をつれて来られたことを揶揄《やゆ》された歌である。いうまでもなく、ここに桑の木が比喩として歌われるのは、養蚕にまつわる場面であったからだ。

『古事記』では、これらの歌を「志都歌《しずうた》」の歌返《うたかえ》しだと伝えている。志都歌は、一般には調子を下げて静かに歌うもので、「挙歌《あげうた》」や「宇岐歌《うきうた》」などに対する「沈歌《しずうた》」を原義とする。

『古事記』のこの場面に限っていえば、これらの歌は皇后の激しい嫉妬心を鎮める歌であろう。

【第80話】

名代部〈なしろべ〉

ヤタノワカイラツメ（八田若郎女）はウジノワキノイラツコ（宇遲能和紀郎子）の妹に当るから、仁徳天皇にとっては異母姉妹に当る女性である。

古代の婚姻法では、異母の兄弟姉妹の間で結婚することは、正式に認められていた。

当時、妻問《つまど》い婚《こん》が一般の風習であったが、生れた子は、生母の実家で、それぞれ育てられていた。

そのため、異母の兄弟姉妹でも、土地の離れた別々の家で育てられ成長し、お互いになかなか顔を合せる機会は極めて稀れであった。いわば、他人同士の関係にあったから、年頃になってやっと知り合うようになると、ふたりの間に恋愛感情が芽生えても決して珍しいことではなかったようである。

しかし、いかに自由だからといって、同母の兄弟姉妹の結婚だけはあくまで、タブー視されていた。

ところで、ヤタノワカイラツメは、敬慕していた兄のウジノワキノイラツコが若くしてなくなられていたから、ひとり寂しく生活をつづけられていたと思われる。

ヤタノワカイラツメのお住《すま》いは、大和国添下郡矢田郷、つまり現在の奈良県大和《やまと》郡山《こおりやま》市矢田町付近にあったが、そこに、仁徳天皇の次のようなプロポーズの御歌がとどけられた。

「八田《やた》の　一本菅《ひともとすげ》は　子持《こも》たず　立《た》ちか荒《あ》れなむ　惜《あた》ら菅原《すがはら》　言《こと》をこそ　菅原《すがはら》と言《い》はめ　惜《あた》ら清《すが》し

女《め》」

この御製は、ヤタノワカイラツメを八田野の淋しげな一本菅になぞらえて、独身生活をいつまでも続けていらっしゃるならば立ち枯れてしまいますよ。そんな清楚なお方なのに、本当に惜しいことです、と歌われたのである。

仁徳天皇の揶揄《やゆ》めいたプロポーズの御歌に対し、ヤタノワカイラツメは、

「八田《やた》の　一本菅《ひともとすげ》は　一人居《ひとりを》りとも　大君《おほきみ》し　良《よ》しと聞《きこ》さば　一人居《ひとりを》りとも」

の歌を返された。仁徳天皇が、それでよいと言われるならば、わたくしは、いつまでも独身を続けていきますよという意味である。もちろん、これはその言葉の裏に、天皇がすぐこいと言われるならば、わたくしは、すぐおうかがいしますよという気持を込めた歌である。

その後、仁徳天皇とヤタノワカイラツメは、人が羨む程、仲むつまじい生活を過されたが、残念なことに、遂にひとりの御子にも恵まれなかった。そこで天皇は、ヤタノワカイラツメのための名代《なしろ》の民《たみ》として、全国に「八田部《やたべ》」を設けられ、その名を、後世に伝えさせた。今日でも、八田《やた》部《べ》、矢田部《やたべ》あるいは、谷田部《やたべ》の遺称地が全国に少なからず伝えられるが、仁徳天皇のヤタノワカイラツメに対する想いの深さを、端的に示しているようだ。

因みに、「名代の民」というのは、后の血統が絶えるのを惜み、その名を後世に残すためにその名前を附した土地の部民である

【第81話】

倉橋山の歌垣〈くらはしやまのうたがき〉

仁徳天皇には多くの后《きさき》がいられたが、ある時、異母妹のメトリノオオキミ（女鳥王）を召されるために、同じく異母弟のハヤブサワケノオオキミ（速総別王）の王を遣わされた。

だが、メトリノオオキミは、皇后のイワイノヒメ（石之日売）の御気性が非常に強いので、后となられた方はすぐ不幸な結果になるのを理由に、入内《じゅだい》することを拒否された。

メトリノオオキミは、それよりもハヤブサワケノオオキミの妻となった方がましだといわれて、秘かに結ばれてしまった。天皇はそれを知らずに、メトリノオオキミの家を訪問されたが、丁度、メトリノオオキミは機織《はたおり》の最中であった。天皇はそれは誰のために織っているかと尋ねられると、メトリノオオキミは顔色も変えず、

「高行《たかゆ》くや　速総別《はやぶさわけ》の　御襲料《おすびがね》」

と歌で返答された。

そしてメトリノオオキミが、ハヤブサワケに向って、

「雲雀《ひばり》は　天《あま》に翔《か》ける　高行《たかゆ》くや　速総別《はやぶさわけ》　雀取《さざぎと》らさね」

と歌われたのを耳にされると、天皇はすぐに兵を興し、ハヤブサワケの許にむかわせたという。「雀取らさね」とは、「大雀命《おおささぎのみこと》」を、「速総別」がとらえて殺せという意味の歌であったからである。

天皇の軍に追われたハヤブサワケノオオキミとメトリノオオキミは、手をとりあって倉橋山《くらはしやま》に逃げこんだ。

その山を登って遁れようとした時、メトリノオオキミは、

「梯立《はしだて》の　倉橋山《くらはしやま》を　嶮《さか》しみと　岩懸《いわか》きかねて　我《わ》が手取《てと》らすも」

と歌われると、ハヤブサワケノオオキミは、

「梯立《はしだて》の　倉橋山《くらはしやま》は　嶮《さか》しけど　妹《いも》とのぼれば　嶮《さか》しくもあらず」

と答えたという。

しかしながら、このお二人は、宇陀《うだ》の蘇迩《そに》（奈良県宇陀《うだ》郡曽爾《そに》村）で遂に捕らえられ、天皇の兵によって殺された。

だが、この悲劇の物語は、登場人物の名前などからして、わたくしには、どうも演劇の一種のような気がしてならない。

なぜならば、第一に大雀とか女鳥とか隼《はやぶさ》の鳥がとりそろえられて主人公とされて、この物語の山場を構成する倉橋山の歌は、各地に伝えられている歌の類歌の一つであり、一種の歌垣の歌と思われるからだ。倉橋山とは、大和国十市郡倉橋郷の山、現在の奈良県桜井市倉橋のあたりの山である。「梯立の」は、倉にかかる枕詞であるが、「あられ（霰）ふる」は、霰の音が「軋む」ことからする霰の枕詞である。

【第82話】

枯野の船〈かれののふね〉

仁徳天皇の御代に、兎寸河《とのきがわ》の西に、一本の大木があった。

兎寸河は、現在の大阪府高石《たかいし》市富木《とのき》のあたりに流れる和田川である。

この大木は、非常に背の高い木で、朝日がさせば、その影は淡路島を覆い、夕日がさせば、高安《たかやす》の山を越えた。

そこで、この大木を切り倒して、船の材に用いることになったが、その船は非常に船足の速い船となったという。大きな船にもかかわらず、波間をすべるように軽く進む船であったから、枯野《かれの》(軽《かる》)の船と名付けられた。

朝廷では、この船を、専ら淡路島の寒泉を都まで運ぶ船と使用していたが、いつしかこの船も老朽化したので、塩を焼く燃料に払い下げられた。

その焼け残りの木材で琴を作ると、その音は七里の距離まで鳴りひびいたという。その時、次のような歌がうたわれた。

「枯野《かれの》を　塩《しほ》に焼《や》き　其《そ》が余《あま》り　琴《こと》に作《つく》り　搔《か》き弾《ひ》くや　由良《ゆら》の門《と》の　門中《となか》の海石《いくり》に　揺《ふ》れ立《た》つ　漬《なづ》の木《き》の」

「門中の海石に　揺れ立つ　漬《なづ》の木」とは、由良の瀬戸《せと》の岩礁にはえている海藻がさやさやと揺れるように、琴の音が鳴るという意である。

実は、これと同工異曲の話が、「応神紀」（三十一年条）に伝えられている。それによれば、「枯野」と呼ばれる船は、もともと伊豆の国から貢納された官船であった。しかし、年久しく使用し老朽化したので、塩を焼く薪とされた。焼かれた塩は五百籠《かご》にも及び、これらの塩は諸国に下賜された。

その代償として、諸国に五百の船を造らせることにした。これらの船が武庫《むこ》の水門《みなと》（兵庫県尼崎市の武庫川の河口の港）に結集させられたが、おり悪く、新羅の船の失火で、多くの船が焼失した。新羅の国王は、その賠償として、有能な船の匠《たくみ》を日本へ送ってきた。この船匠こそ猪名部《ゐなべ》たちの祖先であり、猪名部が住みついた地が、摂津国河辺郡為奈郷《いなごう》であると伝えられている。そこは、現在の尼崎市東北部に当る。

それより先、枯野の船の廃材で塩が焼かれた時、最後にどうしても燃えない木の一部が残されていた。不思議に思って、応神天皇にその木を献じさせ、天皇はそれで琴を造られたが、その琴の音はさやかにして遠くまで聞えたという。

この伊豆の船材とされたのは、「日金山《ひかねやま》の麓《ふもと》の奥野《おきの》の楠《くすのき》」であるという（『准后親房記《じゅんごうちかふさき》』）。

【第83話】

伊耶本和気（履中天皇）〈いざほわけ〉

仁徳天皇のあとを継がれたのが、履中《りちゅう》天皇である。

履中天皇は仁徳天皇の御長男の皇子であったから、〃大兄《おほえ》〃のイザホワケノオオキミ（伊耶本和気王）と呼ばれていた。

「伊耶本」の「いざ」は、ものを誘い出す掛け声であり、「本」は稲穂《いなほ》の「ホ」であるとすれば、春先の気候や、その気候を司《つかさど》る春の神を意味する。

履中天皇は、父君の仁徳天皇の皇位を継がれた当座は、しばらく難波《なにわ》の京《みやこ》におられたが、大嘗《だいじょう》祭《さい》の豊明《とよあかり》の宴で、ついお酒を飲み過ぎ、そのまま正体もなく寝込んでしまわれた。その隙を窺っていた皇弟のスミエノナカツノオオキミ（墨江中王）は、宮殿に火をつけて、天皇を焼き殺さんとたくらんだ。

宿直《とのい》の阿知直《あちのあたい》らは、あわてて寝こんでしまわれた天皇を馬に乗せ、多遅比野《たじひの》（河内国丹比《たぢひ》郡、現在の大阪府羽曳野市、松原市付近）まで逃げのびた。ここで天皇はやっと目を覚され、事件の顚末を知らされた。

そして、波迩賦坂《はにふざか》（藤井寺市野中の丘陵の坂）にさしかかり、難波の宮を御覧になると、まだ焼火が立ちのぼっていた。天皇は、その有様を次のように歌われた。

「波迩布坂《はにふさか》　我《わ》が立《た》ち見《み》れば　陽炎《かぎろひ》の　焼《も》ゆる家群《いへむら》　妻《つま》が家《いへ》の辺《あたり》」

この御歌は、履中天皇の物語の中にうまく転用されているが「陽炎」の言葉が暗示するように、本来は春の野における妻を想う恋歌であろう。後朝《きぬぎぬ》の別れをかわして帰る男が、妻の家を振り返りながら歌った妻恋の歌である。

やがて、二上山《ふたがみやま》《にじょうさん》の北を越える大坂（穴虫峠《あなむしとうげ》）に到達されると、ひとりの女性が、この峠はすでに多くの兵によって塞がれているので、当芸麻道《たぎまみち》越えで行ったらよいでしょうと教えてくれた。

天皇はまた、それについて、次のように歌われた。

「大坂《おほさか》に　遇《あ》ふや孃女《をとめ》を　道問《みちと》へば　直《ただ》には告《の》らず　当芸麻道《たぎまち》を告《の》る」

これは、「崇神記」に見えるオオビコノミコト（大毘古命）が山代《やましろ》（山城国）の幣羅坂《へらさか》で腰裳《こしも》をつけた乙女から、タケハニヤスノオオキミ（建波爾安王）の叛心を聞かされた場面と極めて似ているから、この大坂の山口の女も、同じく巫女《みこ》的女性であろうと考えてよい。

それはともかくとして、天皇が当芸麻道を抜け大和に急がれたのは、天皇の皇后クロヒメノミコト（黒比売命）の実家の葛城《かつらぎ》氏をたよられるためであろう。

クロヒメは、カツラギソツヒコ（葛城襲津彦）の孫娘に当り、また仁徳天皇の皇后、イワイノヒメ（石之日売）もまた、ソツヒコの娘で履中天皇の御生母であったから、天皇にとって逃げ込める場所を求めるとしたら、第一に葛城氏の許《もと》であった。

【第84話】

曽婆加理〈そばかり〉

難波によったスミエノナカツノオオキミ（墨江中王）の勢力はあなどり難く、容易に平定することは困難であった。履中天皇は、しばらく物部氏の本拠地、石上《いそのかみ》神社に居られて様子を窺っていたが、そこへ、皇弟のミズハワケノミコト（水歯別命）が訪ねてこられた。

しかし疑い深くなられた天皇は、実弟のミズハワケノミコトにも警戒心をつのらせ、お逢いしようともなされなかった。その代り、すぐにスミエノナカツノオオキミを殺してくるならば、そなたを信じようと、ミズハワケノミコトにつげられた。

ミズハワケノミコトは難波にお帰りになると、スミエノナカツノオオキミの近習である隼人《はやと》のソバカリ（曽婆加理）をだきこんで、これに暗殺させようと計画された。

その買収の条件は、もし成功したら、必ず、ソバカリを大臣《おおおみ》に任じようというものであった。有頂天になったソバカリは直ちに承諾し、スミエノナカツノオオキミが厠に入るのを窺い、矛で刺し殺してしまった。

ミズハワケノミコトは天皇の許へ参上するため、ソバカリを率いて二上山の大坂の山口を越えられたが、そこでしばらく考えこまれたという。「確かに、わたくしのために、約束を果し、スミエノオオキミを殺してくれたことには、感謝する。だが、自分の仕える主人を平気で殺すことはどう考えても許せない。この矛盾した感情を解決する唯一つの手段は、ソバカリを大臣に任じて、すぐに殺すことだ」と結論されたという。

そこで、ソバカリをその場で、直ちに大臣に任命する儀式をおごそかにとり行った。ソバカリが得意になって祝いの盃を飲もうとした時、ミズハワケノミコトは、席の下にかくしてあった太刀で、ソバカリの頸を切り落してしまった。

この「ソバカリ」の「ソ」は、隼人の地の「曽」（大隅国贈於《そお》郡）の意と解されているが、「ソバカリ」の「ソバ」は君主の「ソバ」、つまり「近習」を表し、「カリ」は剣の意であろう。

スサノオノミコト（須佐之男命）が八俣《やまた》の大蛇《おろち》を退治された時、その尾から発見された天叢雲《あめのむらくもの》剣《つるぎ》（草薙剣《くさなぎのつるぎ》）は、『古事記』では「都牟刈之太刀《つむかりのたち》」と称していたからである。この「刈」は、古代朝鮮語の「カール」（剣）にもとづく言葉であるという。

『日本書紀』では、「ソバカリ」は「刺領布《さしひれ》」という名前で登場しているが、この「領布」は古代においては鎮魂の呪具であるから、隼人独自の鎮魂を行う人物を表す名称であろう。

一般に、朝廷に仕える隼人は天皇の行幸に従い、「吠声《はいせい》」で奉仕したと伝えられるが、奇妙な声を発して道の巷で邪霊の鎮魂を行っていた。おそらく、近習隼人の大きな職掌の一つは、悪霊を主人に近付けなくすることにあったと考えているとすると、刺領布の「刺」は、鎮身用の太刀を腰に刺すことであろう。

【第85話】

若桜の宮〈わかざくらのみや〉

履中天皇は、旧暦十一月に、磐余《いわれ》の市磯《いちし》の池に、両枝船《ふたまたぶね》を浮べて遊宴された。カシワデノオミアレシ（膳臣余磯）が天皇に御酒を献じた時、どこからともなく桜の花びらが、天皇の酒盃の中に舞い落ちた。

季節はずれの花だけに不思議に思われた天皇は、モノノベノナガマイ（物部長真膽）に命じて、その花の木を探させた。

ナガマイは遂に掖上《わきがみ》の室山《むろやま》にその桜の木を発見し、桜の枝を手折って、天皇に献じた。この奇瑞を嬉ばれた天皇は、早速、宮居の名称を「磐余《いわれ》の稚桜《わかざくら》の宮《みや》」と改められたという。また賞与として、桜を探し求めたナガマイに、稚桜部造《わかざくらべのみやつこ》の姓を賜り、カシワデノオミアレシを、稚桜部臣《わかざくらべのおみ》と改めさせた。

この「磐余の稚桜の宮」は、現在の奈良県桜井市池之内《いけのうち》付近の稚桜神社の祀られているあたりに比定されている。

ナガマイが「非時《ときじく》の桜」を探し求めたという「掖上《わきがみ》の室山《むろやま》」は、市磯の池より直線距離四里ばかりはなれた大和国葛上郡牟婁《むろ》郷の脇上、現在の奈良県御所《ごせ》市御所掖上付近の山である。

また、孝昭天皇の宮居も、葛城の掖上宮《わきがみのみや》と称している。かかる伝承が、「履中記」に伝えられるのは、一つには履中天皇の御生母、及び皇后も共に、この地の大豪族葛城氏の出身であったことと関係があったのではあるまいか。

御存知のように、この五世紀の頃は、天皇家と葛城氏が姻戚関係で堅く結ばれ共に政治を領導していた時代である。

葛城氏は、カツラギソツヒコ（葛城襲津彦）の頃から政治の表舞台で活躍していた。ソツヒコはタケノウチノスクネ（武内宿祢）の子と伝えられるが、応神天皇、仁徳天皇の時代には、盛んに朝鮮の諸国と交渉をもった有名な将軍として語られている。

例えば、「神功皇后紀」六十二年条に引く「百済記」には、「沙至比跪《さちひく》」の名で登場し、新羅と戦った武将として記録されている。

『万葉集』には、

「葛城《かつらぎ》の　襲津彦真弓《そつひこまゆみ》　荒木《あらき》にも　憑《たの》めや君《きみ》が　吾《わ》が名告《なの》りけむ」（巻十一ノ二六三九）

とソツヒコの、神にまがうような強力な真弓と歌っているように、彼は卓越した武人であったようである。それ故、そのソツヒコの娘、イワイノヒメ（石之日売）は仁徳天皇の皇后に冊立され、仁徳天皇の後嗣の履中天皇もソツヒコの孫のクロヒメ（黒比売）を皇后に迎えている。

葛城の地は、二上山の山麓に位置し、河内、摂津に通ずる軍事上の要衝地をおさえていたから、ヤマト王権の対外交渉の権を、独占的に握っていたのである。

【第86話】

兄弟継承

〈きょうだいけいしょう〉

履中天皇のあとを継がれた天皇は、皇弟のミズハワケノミコト（水歯別命）、つまり反正《はんぜい》天皇である。

『古事記』によると、天皇の御身長は「九尺二寸半」という極めて御長身の天皇と伝えられているが、とくに天皇の歯は「長《なが》さ一寸《いっすん》、広《ひろ》さ二分《にぶ》」で、上下ともよくそろい、あたかも「珠《たま》を貫《ぬ》けるが如《ごと》し」であったと、記している。

そのような瑞々《みずみず》しい歯の持ち主の天皇という意味で、「水歯」と御名を呼ばれたという。

この時代では、歯の特徴で、その人の名を呼ばれることが少なくなかった。例えば、履中天皇の皇子のイチベノオシハノオオキミ（市辺忍歯王）も、歯ならびの特徴から「忍（押）歯」と呼ばれていた。イチベノオシハノオオキミの「御歯《みは》は、三枝《さえぐさ》の如《ごと》き押歯《おしは》に坐《いま》す」（「顕宗記」）と伝えられるように、いわゆる、八重歯で歯が重なり、奥の歯が前歯を押し出す歯形をされていたという。

ところで、反正天皇の御治世の伝承は『古事記』ではほとんど伝えられないが、「反正紀」や『新撰姓氏録《しんせんしょうじろく》』右京神別下の丹比宿祢《たじひすくね》の条には、天皇にまつわる「タヂヒ」の物語が記されている。

仁徳天皇の皇子のミズハワケノミコト（瑞歯別尊）が淡路《あわじ》の宮《みや》で生誕された時、淡路の瑞井《みずい》を産湯とされたが、そこに虎杖《いたどり》の花が舞い落ちたという。

その虎杖の古名は「たじひ」であったから、その祥瑞を記念して、多遅比《たじひ》の水歯別《みずはわけ》と称したという。それはともかく、反正天皇の宮居は、河内国の丹比の柴籬《しばがき》の宮《みや》である。その比定地は、必ずしも明らかではないが、わたくしは、大和道の要衝である大阪府松原市上田の柴垣神社説に、魅力を感じている。

松原市立部《たつべ》の名は、多遅比の訛った地名であり、また松原市三宅は、古代の皇室御領である屯倉《みやけ》の、「依網屯倉《よさみみやけ》」の遺称地であるからだ。

反正天皇のあとを継がれたのは、弟君のアサヅマワクゴノスクネノオオキミ（浅津間若子宿祢王）と伝えている。このように、御兄弟で次々と皇位を継承されているが、五世紀の頃、日本では、嫡子継承が必ずしも原則となっていなかったようである。

古代の豪族においても、氏《うじ》の上《かみ》は一族を束ねる能力と人望がなによりも要求されたから、長老が選ばれる場合が少なくない。そのため、氏の上の次の弟が、就任する方が望まれたからである。

天皇家の場合はとりわけ血統が尊重され継承者の範囲はそれなりに限られていたが、それでも、なるべく年長者が皇位を継承していかれたようである。その傾向が仁徳天皇以降きわだって顕著となっていくが、この時代はいわゆる「倭の五王」と呼ばれ、国際的にも国内的にもいろいろな困難な問題に直面せざるを得なかった時期に相当するからである。

【第87話】

衣通姫〈そとおりひめ〉

反正《はんぜい》天皇の皇弟、允恭《いんぎょう》天皇は、反正天皇の崩御によってすぐに天皇に推されたが、はじめは固く辞退されていた。

だが、『日本書紀』によると、允恭天皇の妃のオシサカノオオナカツヒメ（忍坂大中姫）は、強く皇位継承を天皇に勧められたという。しかしながら、天皇は病弱などを理由にいくども辞退された。

すると、オシサカノオオナカツヒメは、真冬の十二月、洗手水《おほみてみず》の器に水いっぱいみたし、烈風の吹きすさぶなか、鋺《まり》の水が凍るのにもかかわらず立ちつづけられた。最後には、余りの寒さに死にそうになって倒れ込んでしまわれた。それを御覧になられた天皇は、根負けして、遂に神璽をお受けになられることを決意されたという。

この話からも窺えるように、オシサカノオオナカツヒメは、御気性の激しい女性であった。

ところで、この皇后オオナカツヒメには、ひとりの非常に美しい妹君がおられた。

その容姿は世にならびき美しい処女で、「其《そ》の艶《うるは》しき色《いろ》、衣《そ》より徹《とな》りて晃《て》れり」と讃えられた。

そのため、ひとびとは「衣通姫《そとおりひめ》」とほめそやしたと伝えている。

天皇もソトオリヒメを妻に迎えたいと秘かに希望されていたが、気の強い姉の皇后にこのことを申し出ることを、ためらわれていた。しかし、丁度、新室《にひむろ》の宴が開かれ、思わぬところからチャンスはやって来ることとなった。

天皇が宴会で琴を撫《ひ》かれると、それに合せて皇后が舞を披露された。

ところが、当時の風俗では、宴席で舞う者は新室の宴の主催者に、必ず礼儀として「娘子《ひめ》奉《たてまつ》る」と言わなければならなかった。皇后はそのことを指摘されると、止むを得ず、妹のソトオリヒメを天皇に捧げることとなった。

それでも皇后の嫉妬心はやまず、ソトオリヒメは都からはなれた藤原の宮に置かれたが、天皇も皇后の手前、なかなか藤原京に行幸されることははばかられていた。

そこでソトオリヒメは、天皇を恋びて、次のような歌をつくられたという。

「我《わ》が夫子《せこ》が　来《く》べき夕《よひ》なり　ささがねの　蜘蛛《くも》の行《おこな》ひ　是夕《こよひ》著るしも」

天皇もソトオリヒメの切ないお気持の歌を聞かれ、早速御歌を贈られた。

「ささらがた　錦《にしき》の紐《ひも》を　解《と》き放《さ》けて　数《あまた》は寝《ね》ずに　唯一夜《ただひとよ》のみ」

また、ソトオリヒメを桜の花の美しさにたとえて、次のような歌を贈られたという。

「花《はな》ぐはし　桜《さくら》の愛《め》で　同愛《ことめ》てば　早くは愛《め》でず　我《わ》が愛《め》づる子《こ》ら」

ソトオリヒメは、まさに若桜のように、美しい女性であったのであろう。

【第88話】

恋の願い〈こいのねがい〉

「我《わ》が夫子《せこ》が　来《く》べき夕《よひ》なり　ささがねの　蜘蛛《くも》の行《おこな》ひ　是夕《こよひ》著《し》るしも」

のソトオリヒメ（衣通姫）の歌は後世まで愛唱されたと見え、『古今集』巻十四にも載録されている。

この歌の中で歌われる「ささがねの」は「蜘蛛」にかかる枕詞であるが、「ささがね」は「笹《ささ》蟹《がに》」または「細蟹《ささがに》」の意に解されている。蜘蛛の糸の上をはいまわる様《さま》が、小さな蟹の横歩きの姿を想わせたのであろう。

古代では、蜘蛛がいそがし気に糸をはり、その上をはい廻ると、必ず想うひとが訪ねてくるという俗信があった。

『万葉集』を繙くと、この他、恋の予兆や恋にまつわる俗信は少なからず歌われている。

「暇《いとま》なく　人《ひと》の眉根《まゆね》を　いたづらに

掻《か》かしめつつも　逢《あは》はぬ妹《いも》かも」（巻四ノ五六二）

この恋の歌は、眉がかゆくなるのは、想う人に逢う前兆と信じていた万葉びとの歌である。

「眉根《まゆね》掻《か》き　鼻《はな》ひ　紐《ひも》解《と》け　待《ま》つらむか

何時《いつ》かも見《み》むと　思《おも》へるわれを」（巻十一ノ二四〇八）

この歌には御丁寧に、眉を掻くこと、くしゃみをすること、自然に下紐が解けることなど、すべて想うひとに逢えるという前兆をかかげている。
額田王の、
「君待《きみま》つと　あが恋《こひ》ひ居《お》れば　わが宿《やど》の
簾動《すだれうご》かし　秋《あき》の風吹《かぜふ》く」（巻四ノ四八八）
というよく知られた歌は、簾を動かしてくる風も、ひとの訪れの予兆と秘かに期待されていた。それでもなかなか逢うことが出来なければ、せめて夢の中で恋しいひとに逢いたいと願うのは人情であろう。
「白栲《しろたへ》の　袖折《そでお》り返《かへ》し　恋《こ》ふればか
妹《いも》が姿《すがた》の　夢《いめ》にし見《み》ゆる」（巻十二ノ二九三七）
袖を折り返して寝ると、想うひとに、夢で逢えるという俗信がかつてあった。
恋にまつわる俗信といえば、枕もとに置かれた玉櫛笥《たまくしげ》を不用意に開くと、秘めた恋を他人に知られてしまうと考えられていたようである。
「我《わ》が思《おも》ひを　人《ひと》に知《し》れるか　玉櫛笥《たまくしげ》
開《ひら》きあけつと　夢《いめ》にし見《み》ゆる」（巻四ノ五九一）
この歌は、やや屈折した恋の気持を歌ったものである。

【第89話】

軽太子

〈かるのみこ〉

允恭《いんぎょう》天皇は、嫡子のキナシノカルノミコ（木梨之軽太子）を皇太子と定められた。だが、カルノミコは実妹のカルノオオイラツメ（軽大郎女）に通じて、皇太子の地位からおわれてしまう。

カルノオオイラツメは、「其《そ》の身《み》の光《ひかり》、衣《そ》より通《とほ》し出《い》づれば」と形容され、ソトオリヒメ（衣通姫）と称された艶好な美女であった（「允恭紀」）。

兄のカルノミコは、実妹を娶ることは法にてらして許されぬことは重々承知されていたが、だからといって、実妹を決してあきらめることも出来なかった。ミコは焦れ死にするよりは、罪は覚悟の上で、いっそ強引に結ばれてしまう方がよいと思われ、遂に実妹と通じてしまった。

「あしひきの　山田《やまだ》を作《つく》り　山高《やまたか》み　下樋《したび》を走《わた》し　下娉《したど》ひに　我《わ》が娉《と》ふ妹《いも》を　下泣《したな》きに　我《わ》が泣《な》く妻《つま》を　今夜《こぞ》こそは　安《やす》く肌触《はだふ》れ」

ミコのこの御歌は、山田を作ると山が高いので、下樋を引くように、人眼を忍んで泣きながら通う私は、いとしいお前を、今宵こそ、誰にもはばからず、肌に触れることが出来たという、不安と嬉びを交えた歌である。

ミコはカルノオオイラツメと通じられた後に、

「笹葉《ささば》に　打《う》つや霰《あられ》の　確々《たしだし》に　率寝《ゐね》てむ後《のち》は　人《ひと》は離《か》ゆとも」

と、開き直った歌を披露されている。

だが、御兄妹の密通の噂が世間に知れわたると、カルノミコの許から次々と多くの廷臣達が離反し、弟君のアナホノミコ（穴穂皇子）を新しい皇太子に望む者が多くなった。そこでたまりかねた軽太子は、オオマエコマエノスクネ（大前小前宿祢）の大臣《おおおみ》の許へ逃げ込まれた。しかし、大臣の邸宅には、アナホノミコ側の多くの兵士が取り囲み、やがて一戦を交えるまでに至った。

その時、カルノミコが備えた弓矢は、銅《あかがね》製の軽い矢であったから、「軽箭《かるや》」と呼ばれた。それに対し、アナホノミコ側は今時の鉄製の矢で、穴穂箭《あなほや》と呼ばれたという。

この「穴」は感動や感嘆の言葉で、「穂」は「秀《ほ》」ですぐれたことを示す。つまり、アナホノミコ方の弓矢は、カルノミコ側の弓矢よりはるかに優れていることを示唆《しさ》しているが、これはまた、アナホノミコがカルノミコより、はるかに皇太子にふさわしいことを暗示しているのであろう。

つまりカルノミコは、その名が示すように、皇太子としては「軽すぎる」と諷刺されているのだ。

カルノミコを一時、匿《かくま》ったオオマエコマエノスクネも最後には世論に抗し切れず、カルノミコを捕えてアナホノミコ側に引き渡してしまった。捕われたカルノミコは、カルノオオイラツメを想い、

「天飛《あまだ》む　軽《かる》の嬢子《をとめ》　甚泣《いとな》かば　人知《ひとし》りぬべし　波佐《はさ》の山《やま》の　鳩《はと》の　下泣《したな》きに泣《な》く」

と歌われたという。

【第90話】

皇位をすてる恋

〈こういをすてるこい〉

捕われたカルノミコ（軽太子）は、伊余《いよ》の湯《ゆ》（愛媛県松山の道後温泉）に流されることとなった。

ミコは流される時、

「天飛《あまと》ぶ　鳥《とり》も使《つかひ》そ　鶴《たづ》が音《ね》に　聞《きこ》えむ時《とき》は　我《わ》が名問《なと》はさね」

と歌われた。いうまでもなく、「鶴《たづ》」は「尋《たず》ねる」に係る言葉であろう。

この歌は「雁のたより」ではなく鶴の鳴く音が用いられているが、鶴の美しい夫婦愛が脳裏に描かれていたのであろう。

またミコは、

「王《おほきみ》を　島《しま》に放《はぶ》らば　船余《ふなあま》り　い帰《かへ》り来《こ》むぞ　我《わ》が畳《たたみ》ゆめ　言《こと》をこそ　畳《たたみ》と言《い》はめ　我《わ》が妻《つま》はゆめ」

と歌われたという。しかし、この歌もミコの御歌と考えるよりも、カルノオオイラツメ（軽大郎女）に同情を寄せるひとがミコに代って、決して諦めるなと慰めた歌であろう。「王《おほきみ》を　島《しま》に放《はぶ》らば　船余《ふなあま》り　い還《かえ》り来《こ》むぞ」は、ミコは島（四国の島）に追放の刑に処せられたが、ミコを輸送する船には余りに囚人の数が多いので、必ずミコはひとり許されてお帰りになるに違いないと歌っているが、これは明らかにミコ自身の歌ではあるまい。

ただそれに続く「我《わ》が畳《たたみ》ゆめ」云々は、ミコの御言葉をカルノオオイラツメにお伝えしたものであろう。この歌は、わたくしがいつも愛用している畳を、帰るのにそなえて潔斎して待ちなさい。ここで畳といっていますが、本当はわたくしがすぐに帰りたいのです。いとしい我が妻よ、潔斎して、わたくしを神に祈って待っていて下さいと歌っているのだ。

この歌に対し、カルノオオイラツメは、

「夏草《なつくさ》の　阿比根《あひね》の浜《はま》の　蠣貝《あきがひ》に　足踏《あしふ》ますな　明《あか》して通《とほ》れ」

と歌を返された。

右のオオイラツメの歌は、夏、御一緒に夜を過した浜には蠣貝が散乱していますから、妻問いの夜のお帰りの折は、ぜひお気をつけて下さい。そんなにあわてずにお帰りにならないで、せめて夜明けてからお帰りなさって下さいと歌っているのだろう。

これは、いわゆる後朝《きぬぎぬ》の別れの歌の一種である。『万葉集』には、御承知のように夫の帰りを気遣う歌がいくつか散見している。例えば次の歌もその一つである。

「信濃路《しなのぢ》は　今《いま》の墾道《はりみち》　刈株《かりばね》に　足踏《あしふ》ましむな　沓《くつ》はけわが背《せ》」（巻十四ノ三三九九）

カルノオオイラツメは都にひとりとどまることが出来ず、伊予までミコを訪ねていかれたが、遂に手をとりあってミコと心中したと伝えられている。

このように日本の古代にも、皇位を捨てて恋をとった悲劇があったのである。

【第91話】

眉輪王の変〈まゆわのきみのへん〉

アナホノミコ（穴穂皇子）は、即位されて安康《あんこう》天皇となられた。皇居は、石上《いそかみ》の穴穂宮《あなほのみや》と伝えられている。

その比定地は、必ずしも明らかではないが、現在の奈良県天理市周辺に置かれていたようである。このことは、安康天皇の時代にモノノベノオオマエコマエノスクネ（物部大前小前宿祢）が大臣《おおおみ》として権勢を振っていたことと無関係ではあるまい。

『日本書紀』では、安康天皇は弟君のオオハツセノミコ（大泊瀬皇子、後の雄略天皇）のために、反正天皇の皇女たちのなかから選んで妃とされようとしたと伝えている。だが、皇女たちは、口をそろえて反対したという。その理由は、オオハツセノミコは「恒《つね》に暴《あら》く強《こは》くましまし、忽《たちま》ちに怒《いか》りを発《はっ》し」、「夕《ゆうべ》に見《まみ》ゆる者《もの》は、朝《あした》には殺《ころ》されぬ」というものであった。

そこで、第二の候補者として、仁徳天皇の皇子、オオクサカノオオキミ（大日下王・大草香皇子）の妹、ワカクサカノオオキミ（若日下王・幡梭皇女《はたびのひめみこ》）をオオハツセノミコの妃《ひ》と考えられた。

そこで、坂本臣《さかもとのおみ》の祖、ネノオミ（根使王）をオオクサカノオオキミのもとに遣わしたが、オオクサカノオオキミは謹んで天皇の御命令に従いますと言上され、家宝の一つである押木《おしき》の珠縵《たまかづら》を、信契として天皇に献じた。

「押木の珠縵」とは、おそらく、木の枝の型を金属板から押し出して作り、そこに玉を飾り、冠につけたかぶりものをいうのであろう。

だがネノオミは、その押木の珠縵が余りにも見事な造りであったので、これを秘かに自分のものにしようと計り、天皇にオオクサカノオオキミを讒言《ざんげん》した。

それを耳にされた安康天皇は、オオクサカノオオキミの無礼をとがめ、直ちに兵を遣わし、オオクサカノオオキミを殺してしまった。

安康天皇はオオクサカノオオキミの誅殺の後、オオクサカノオオキミの妻、ナカシヒメを無理に迎えて皇后に立てられた。おそらく皇后は、夫の死を悲しみ恨んでいられたが、遺子のマユワノキミ（眉輪王）が罪をのがれるため、情をしのんで皇后となられたのであろう。

当時、マユワノキミはまだ幼く、事情を少しも理解されず、宮中に迎えられた。マユワノキミは、しばらくは安康天皇をまことの父君と信じられていた。

だが、マユワノキミが七歳の時、ふとしたことから実父と思っていた安康天皇が、本当の親であるオオクサカノオオキミを殺した秘密を知ってしまった。そこでマユワノキミは、安康天皇が昼寝をされているのを見て、とっさに傍《かたわら》に置かれた太刀で天皇の御頸を切りおとし、すぐさま、はカツラギノツブラ（葛城都夫良）の大臣の宮に逃げ込み、援《すく》いを求めた。

【第92話】

億祁、袁祁の二王子〈おけ、をけのにおうじ〉

安康《あんこう》天皇暗殺事件の報がオオハツセノミコ（大泊瀬皇子）の許《もと》にとどけられると、オオハツセノミコはいそいで兄、クロヒコノキミ（黒日子王）を訪ね、直ちに仇を討てとすすめられた。だが、クロヒコノキミはためらって態度を明らかにされなかった。なぜ兵をあげずぐずぐずしているのかと怒り出し、オオハツセノミコは刀を抜いて、クロヒコノキミを切り殺してしまった。ついでオオハツセノミコは、クロヒコノキミの兄に当るシロヒコノオオキミ（白日子王）も、ぐずぐずしていたので穴を掘って埋め殺してしまった。

オオハツセノミコは兄弟のふがいなさに大いに腹を立て、自ら大軍を率いてカツラギノツブラ（葛城都夫良）の邸を取り囲み、攻撃を加えた。

そして矛を杖として「この家の内に、わたくしが言い交した女性がいるか」と大声で問われると、ツブラはそれに答えて、次のように返事をした。

「先日、お話があった娘のカラヒメ（訶良比売）は、確かに私と一緒にいます。このカラヒメと五ヶ所の屯倉《みやけ》を、オオハツセノミコに謹んで献上しましょう。ですが、家臣の家に逃げ込んだ皇子は、嘗《かつ》ていませんので、私のところに逃げ込んだマユワノキミ（眉輪王）を殺すわけにはいきません。ですからわたくしは、負けることは承知の覚悟でマユワノキミを最後までお守りして戦う所存です」

と答えたという。そして、ツブラは矢尽きるまで戦い自殺して果てたが、マユワノキミもツブラと死を共にしたという。

このようにして、多くの皇族や大豪族葛城氏を滅ぼしたが、オオハツセノミコにとってまだ最大のライバルが残されていた。

そのお方は、履中《りちゅう》天皇の長子のイチベノオシハノオオキミ（市辺忍歯王）であった。履中天皇の御長男であったから、いわば仁徳天皇の直系の皇族で天皇の最有力候補であったからである。

そのイチベノオシハノオオキミを近江の多久綿《たくわた》の蚊屋野《かやの》（滋賀県蒲生郡日野町鎌掛《かりかけ》）に鹿狩を口実に誘い出し、オオハツセノミコはうしろから弓矢で射殺してしまわれた。

父君のイチベノオシハノオオキミがオオハツセノミコに射殺されたことが知らされると、イチベノオシハノオオキミの御子たち、つまりオケノミコ（意祁王）、ヲケノミコ（袁祁王）の御兄弟は、身の危険を感じて身をかくした。

山城《やましろ》の苅羽井《かりはゐ》（京都府城陽市水主《みずし》付近）まで、やっとのがれて休息されているところに、面黥《おもさけ》る老人《おきな》がやって来て御兄弟の食糧をうばった。それでも皇子たちは、そこより必死の覚悟で播磨国に脱出し、志自牟《しじむ》の豪族の家にたどりつき、身分を隠して、馬飼い、牛飼いという賎業についたという。

【第93話】

『記紀』と『万葉』〈ききとまんよう〉

オオハツセノミコ（大泊瀬皇子）は雄略天皇として、長谷《はつせ》の朝倉宮《あさくらのみや》で即位された。

この宮は、現在の奈良県桜井市初瀬付近に置かれていたと考えられている。

雄略天皇は、『古事記』では「大長谷《おほはつせ》の若建命《わかたけるのみこと》」と表記され、『日本書紀』においては「大泊《おほはつ》瀬《せ》幼武《わかたけの》皇子《みこ》」と記されているが、この御名前は、埼玉県行田市の埼玉古墳群の稲荷山古墳や、熊本県玉名郡の江田船山《えだふなやま》古墳出土の太刀銘に見える銘文には、「獲加多支鹵大王《わかたけるおおきみ》」として表わされている。

また、宮が置かれた朝倉の地の長谷は〝泊瀬《はつせ》〟とも書かれるように、難波の港から大和川を遡り、幾つかの支流を介してこの都の地まで船が導かれ、ここで船が泊せる拠点でもあった。このように軍事的ないしは交通上の配慮のもとに、宮は設置されたのと考えてよい。

御存知のように『万葉集』に現われる雄略天皇のイメージは、権力をほしいままに振った『日本書紀』の雄略天皇像とは全く異っている。

『万葉集』の冒頭に置かれる雄略天皇の御製は、まさに、青春を謳歌する、おおらかな妻問いの歌である。そこにはあくまで若菜摘む乙女に、素直にプロポーズする純なる青年として描かれている。だが『日本書紀』では、「大《はなは》だ悪《あ》しくまします天皇《すめらみこと》なり」と評されるように、一貫して悪逆の天皇として描かれている。

かかる変り様は、『万葉集』の巻二の巻頭に置れるカツラギノイワノヒメ（葛城磐姫）の御製との密接な関連があると、わたくしはひそかに考えている。

というのは、『万葉集』の巻一と巻二はほぼ同時期に編纂され、構成もパラレルの関係にある。巻一の冒頭が雄略天皇、巻二のそれが、皇后磐姫の御歌である。『日本書紀』に登場する磐姫は、後宮を独り占めにし、異常な嫉妬心で、夫君の仁徳天皇を苦しめつづけた悪妻の典型と描かれている。

しかるに、『万葉集』では、夫の帰りをひたすら待ちつづける純情可憐な女性として登場する。

磐姫が『万葉集』でこのように変身させられるのは、一つには、聖武天皇の時代に一般の臣下の家から藤原夫人（光明子）を皇后に冊立された時、仁徳天皇が磐姫を皇后とされたという『記紀』を先例に弁明されていることと関係があるのだろう（『続日本紀《しょくにほんぎ》』天平元年八日詔）。

この苦しい弁解がなされたのは、この当時、立后される方はほぼ皇女に限られ、人臣の家から皇后になられる例は断えて見られなかったからである。そこで三百年以前の磐姫の旧例を無理にひき出し、その例証とされたのだ。

だが、そのため、イワノヒメを光明子にふさわしい純情の妻に変身させ、それを当時の愛唱歌に結びつけ、『万葉集』の巻二の皇后の御歌としたとわたくしは考えているのである。

【第94話】

日下の直越

〈くさかのただごえ〉

雄略天皇の最も愛された女性は、ワカクサカノオオキミ（若日下王）であった。『日本書紀』では、クサカハタビヒメ（草香幡梭姫）の皇女《ひめみこ》と表記されるが、仁徳天皇の皇女のおひとりである。

この皇后は『日本書紀』では、天皇が「誤《あやま》りて人《ひと》を殺《ころ》したまうこと衆《おほ》し」（「雄略紀」二年十月条）と評されるのに対し、無辜《むこ》の人を常に庇《かば》われ、天皇をしばしば諫め、慈悲深い女性として描かれている。

例えばある時、天皇が葛城山で狩りを愉しまれた時、急に怒り狂った猪が目の前に飛び出し、ひとびとを襲った。天皇の護衛に当る舎人《とねり》も慌てふためいて、真先に樹にのぼり危険をさけようとした。荒々しい猪は、次に天皇に襲いかかったが、やっとのことで、天皇は弓で射殺された。だが、天皇は役目を放棄した舎人を決して許されず、これを即座に処刑されようとした。

しかし、皇后は舎人を憐れみ、天皇に釈放を歎願されたという。その時、皇后は「嗔《いか》れる猪《しし》が原因で舎人を斬られるのは、天皇が全く豺狼《さいろう》、つまり恐しい猛獣と等しいと非難されますよ」と天皇を諫められたという（「雄略紀」五年二月条）。粗暴と評される雄略天皇も、さすがにワカクサカノオオキミの御言葉に対しては、素直に従われたようである。

ワカクサカノオオキミがまだ日下《くさか》にお住みになられていた時、天皇は日下の直越《ただごえ》の道より、河内国に下り訪問された。

この「日下の直越」というのは、難波の海が草香邑《くさかむら》の白肩津《しらかたのつ》のあたりまで流れ及んでいた頃、ここより直ちに生駒山を越えて大和に入る道が開かれていたからである。草香邑は、現在の東大阪市日下《くさか》町付近である。『万葉集』にも、

「直越《ただごえ》の　この道《みち》にして　おし照《て》るや　難波《なには》の海《うみ》と　名《な》づけけらしも」（巻六ノ九七七）

と直越の歌が、載せられている。

この歌は、生駒山から見ると日下の難波の海が日に照《かが》やいていることを歌っているが、草香を「日下」と表記するのは、日の光りに輝く難波の海を眼下に見る山麓にあったからであろう。

それはともかく、雄略天皇が、この日下の直越から河内国を見わたされると、堅魚木《かつおぎ》を屋根に麗々しくならべた立派な邸宅を発見された。

天皇は、地方の一豪族に過ぎない者が、不遜にも天皇の御殿を真似て、自らの館を飾るのはけしからんと咎められ、志幾《しき》の大県主《おほあがたぬし》の邸宅に火をかけ焼かれようとした。

志幾の大県主は、ひたすら平身低頭してその非を認め、布を白い犬にかけ、これを献上して許しを乞うている。これを「能美《のみ》の御幣《みまい》」という。「能美」は「祈」で、乞い願いひれ伏すことである。幣は「まいない」の「まい」である。

【第95話】

三輪の神杉

〈みわのかみすぎ〉

雄略天皇はワカクサカノオオキミ（若日下王）の宮におつきになられると、志幾《しき》の大県主《おほあがたぬし》が献じた白い犬を妻問《つまど》いの物として、ワカクサカノオオキミにおくられた。

これは、ワカクサカノオオキミに対する恋が「白《し》ら」「純」であることを、天皇が示されたものだ。

その時ワカクサカノオオキミは、日の御子である天皇が、わざわざ日の昇る東の大和の地から日の沈する西に位置する日下《くさか》まで下られることは本当にもったいないことですから、わたくしが、日下の地から大和の都まで参上しましょうと、お答えになったという。

天皇は、お帰りに日下の直越に立たれて、愛妻の家を見下し、

「い隠竹《くみだけ》　い隠《く》みは寝《ね》ず　た繁竹《しげだけ》　確《たし》には率寝《いね》ず　後《のち》も隠《く》み寝《ね》む　其《そ》の思《おも》ひ妻《つま》　あはれ」

と歌われた。

この歌は、いままでは人目を忍ぶ秘事であったが、これからはひとから何と言われようとも、しっかりとお前をこの腕に抱きしめようと歌われたものである。

またある時、天皇は三輪川《みわがわ》のほとりを逍遥《しょうよう》されたが、その川で衣《きぬ》を洗う童女《おとめ》に逢われた。

童女はヒキタベノアカイコ（引田部赤猪子）と名告《なの》った。天皇は、アカイコに迎えに来るまで誰にも嫁ぐなといわれて宮に還られた。だが、そのことを、天皇はいつの間にかすっかり忘れられ、

遂に八十年もたってしまった。

アカイコは天皇の御言葉が忘れられず、「百取《ももとり》の机代《つくはしろ》の物《もの》」を持って、宮中に参上した。そして天皇にアカイコは、既にわたくしの容姿も耆《お》いて痩せ萎《しお》れてしまったが、今に至るまでお約束を守り通したことだけをお知せするため、参上しましたと奏上した。

天皇は大変びっくりされ、アカイコを憐まれて、

「御諸《みもろ》の　厳白檮《いつかし》がもと　白檮《かし》がもと　忌々《ゆゆ》しきかも　白檮原童女《かしはらをとめ》」

と歌われた。

この歌は、三輪山の境内に神木として植えられている白檮の木は、余りにも神聖な木であるから、俗人は手を触れることが出来ないという歌である。この歌は、アカイコが三輪神社の巫女《みこ》である故に、神女である彼女と結ばれることは許されないという意味がこめられている。

「御諸《みもろ》の　築《きつ》くや玉垣《たまがき》　斎《つ》き余《あま》し　誰《たれ》に　誰《たれ》にかも依《よ》らむ　神《かみ》の宮人《みやびと》」

の御製も、神の社に、長い間隠って奉仕していた巫女は、老いたら誰に頼ったらよいのかという歌である。これらの歌は天皇の御製と考えるよりも、八十歳を過ぎても孤閨を保たざるを得なかった巫女の嘆きと、それに対するあわれみと揶揄《やゆ》の気持がこめられた民謡の歌と見るべきであろう。

【第96話】

五節の儛〈ごせちのまい〉

またある時、雄略天皇は吉野《よしの》の宮《みや》に行幸されたが、吉野河のほとりで美しい童女《おとめ》に逢われた。天皇は御呉床《みあぐら》に坐し、自ら琴を弾《ひ》かれた。童女に儛《まい》を命ぜられたが、その儛は常世の儛を思わせる程、すばらしいものであった。

そこで、天皇は、

「呉床座《あぐらゐ》の　神《かみ》の御手《みて》以《も》ち　弾《ひ》く琴《こと》に　儛《まひ》いする女《をとめ》　常世《とこよ》にもがも」

と歌われ、その儛を讃歎されたという。

もともと、吉野は、古代から「常世の処女《をとめ》」の出現する聖なる地と考えられていた。

例えば、『万葉集』には「仙《やまひとつみのえ》柘枝の歌」として三首があげられているが、そこには「吉野《よしの》の人《ひと》味稲《うましね》の柘枝《つみのえ》の仙媛《やまひめ》に与《あた》へし歌《うた》なり」と注されている。これは、今は失われた『柘枝伝《つみのえでん》』という吉野の奇説にもとづく歌である。

「この夕《ゆう》べ　柘《つみ》のさ枝《えだ》の　流《なが》れ来《こ》ば　梁《やな》は打《う》たずて　取《と》らずかもあらむ」（巻三ノ三八六）

吉野のウマシネ（美稲）という男が吉野川に魚梁《わな》をしかけ、そこに柘《つみ》の枝《え》がかかり、家に持ち帰ると美しい乙女に化した。ふたりは夫婦の契りを結び、手をたづさえて常世の国に飛び去ったという話である。

『古事記』にみえる雄略天皇の物語も、このような常世の処女の伝承と関るものではなかろうか。つまり、聖《ひじ》りの天子の前に、常世の処女が現れ、寿《ことほ》ぎの儛いを演じたというストーリーである。

この伝承は、一般には、天武天皇の吉野行幸の際の話として伝えられている。『続日本紀』の天平十五（七四三）年の五月五日に依れば、皇太子（後の孝謙女帝）が、「五節《ごせち》の儛《まい》」を内裏で舞われたが、それは天武天皇が、吉野宮で仙女とお逢いになった際、仙女は五たび衣をひるがえして舞われた儛に由来すると述べている。

この「五節の儛」は、豊明《とよあかり》の節会《せちえ》に行われるようになるが、公卿《くぎょう》から二人、殿上人《でんじょうびと》や国司から三人の合計五人の美しい処女が、儛姫として選出された。この儛姫の優雅な姿をたたえた僧正《そうじょう》遍照《へんじょう》（昭）の歌が『古今和歌集』や『百人一首』に伝えられていることは、周知のことと思う。

「天津風《あまつかぜ》　雲《くも》のかよひ路《ぢ》　吹《ふ》き閉《と》ぢよ　乙女《をとめ》の姿《すがた》　しばしとどめん」

この歌は、五節の儛姫を、舞いながら天上界に消える仙女にたとえた歌である。

雄略天皇の御製は「神の御手以ち」と歌われるように、これは天皇の御歌と考えるよりも、むしろ天皇を神とあがめる近臣などによって天子に献ぜられた歌と見るべきであろう。天武天皇の「五節の儛」の起源伝承にも、天武天皇を「聖《ひじり》の天皇《すめらみこと》」と讃仰しているからである。

【第97話】

葛城の一言主の神

〈かつらぎのひとことぬしのかみ〉

恐れを知らない荒々しい天皇と、『日本書紀』では雄略天皇を描くが、『古事記』では逆に怒り狂う猪に慌てふためく天皇を登場させている。

それは葛城山《かつらぎやま》に狩りに出かけられた話であるが、天皇が鳴鏑《なりかぶら》の矢で大きい猪を射られると、猪は大いに怒り、逆に天皇めがけて突込んで来た。

天皇はびっくりされて榛《はり》の木にのぼり、難をさけられたという。その時、

「猪《しし》の　病猪《やみしし》の　唸《うた》き畏《かしこ》み　我《わ》が逃《に》げ登《のぼ》りし　在丘《ありを》の　榛《はり》の木《き》の枝《えだ》」

と歌われた。

この御製の「うたく」は怒ってうなることで、この「ウタク」から現在の「ウナル」の語が派生したという。「在丘」は「あり合せの丘」で、特別の丘ではなく、普段見かける平凡な丘の意味である。榛の木も日頃見なれた木であるから、この歌の背景や主人公も、むしろ平凡な人物にふさわしいものといわなくてはなるまい。この『古事記』の一節は、『日本書紀』の雄略天皇像とは、明らかに齟齬《そご》をきたしている。

葛城山といえば、ある時、天皇が行幸された際に、天皇御一行とすっかり同じ行列を見かけて驚かれた話も伝えている。

その時、天皇の行幸に従う百官は、すべて紅《くれない》の紐《ひも》をつけ、青摺《あおずり》の衣を身につけていたが、葛城山に登られると天皇の鹵簿《ろぼ》とすべて同じ恰好の一行に逢遇された。天皇は、「わたくしをのぞいて、この国にまた王《きみ》たるべきものはいないのに、お前は一体誰か」と詰問されると、相手の方は、全く同じ言葉を返してよこした。そこで、無礼な奴だと天皇に従うひとたちは一斉に弓矢をつがえると、相手方もすかさず同じように、弓矢をかまえた。そこで、天皇は、まず名告《なの》りを上げてから矢を射ることにしようと提案されると、相手の方は、「吾《われ》は、悪言《まがごと》なれども一言《ひとこと》、善事《よごと》なれども一言《ひとこと》」の葛城《かつらぎ》の一言主《ひとことぬし》の神と名告《なの》られた。

天皇は、それを聞かれると恐縮され、「宇都志意美《うつしおみ》」(現《うつ》し御身《おみ》)とは知らず、不礼を働いたと平謝りに謝り、従う者全員の衣服を脱がして、神に献じさせたという。

だが、『日本書紀』ではお互に讃え合い、終日共に狩猟を愉しまれ、一言主神は天皇をわざわざ来目水《くめがわ》まで見送られたと記している。

『古事記』では、未だ葛城の一言主の神への畏敬の念を伝えているのである。

だが、時代がたつにつれて、一言主神は役《えん》の行者《ぎょうじゃ》によって呪縛され、労役に酷使されたり(『今昔物語』)、あるいは、罪によって土佐に流されたりする神と描かれるようになるが、雄略天皇の時代では、まだ一言でもって、善悪の託宣をする神として怖れられていたのであった。

【第98話】

豊明の宴

〈とよあかりのえん〉

長谷《はせ》の百枝槻《ももえのつき》のもとに、雄略天皇は豊明《とよあかり》の宴《うたげ》を催された。

その時、伊勢国の三重《みえ》の采女《うねめ》が、大御酒《おおみき》を盞《さかづき》に満して天皇に献じたが、百枝の槻《つき》の葉が、盞に散り浮んだ。采女は緊張の余り、そのことを全く知らずに、大御酒を天皇に捧げたが、天皇は不礼とばかり、やにわに采女を組み伏せ、頸に刀を当てて切り殺そうとされた。

采女は必死になって「しばらくお待ち下さい。申し上げることがありますから」と許しを乞い、次のような歌を天皇に献じた。

「上枝《ほつえ》の　枝《え》の末葉《うらば》は　中枝《なかつえ》に　落《お》ち触《ふ》らばへ　中枝《なかつえ》の　枝《え》の末葉《うらば》は　下枝《しもつえ》に　落《お》ち触《ふ》らばへ
下枝《しもつえ》の　枝《え》の末葉《うらば》は　蟻衣《ありぎぬ》の　三重《みへ》の子《こ》が　捧《ささ》がせる　瑞玉盞《みづたまうき》に　浮《う》きし脂《あぶら》　落《お》ちなづさひ
水《みな》こをろこをろに」

もちろん、この歌は三重の采女が歌ったものではあるまい。なぜなら「三重の子が　捧がせる　瑞玉盞」と歌われているからである。おそらく、この一節は神聖な演劇のコーラスの台詞の一部であろう。また「浮きし脂　落ちなづさひ　水こをろこをろに」と歌われた部分は、明らかにイザナギノミコト（伊耶那岐命）が、天《あめ》の浮橋《うきはし》に立たれ、天《あま》の沼矛《ぬぼこ》で、塩海を「塩許々袁々呂々《しほこをころころに》」と画き鳴し、淤能碁呂島《おのごろじま》を造られたという国土生成の神話を想起せしめる。

もともと豊明の宴は新嘗《にいなめ》の直会《なおらい》である。年の再生を祝う酒宴であったから、その場で常に、国土生成の始源伝承が、回想されたのであろう。

それ故、天の浮橋の天の沼矛から塩がしたたり落つるように、新嘗屋に立てる高槻《たかつき》の上の枝の葉が、中枝、下枝と伝り落ちて盞に浮かぶと歌ったのである。その盞の大御酒を飲まれることは、まさに国土の新しい君主として再生することの願いを表している。その君主こそ、「日代《ひしろ》の宮《みや》は朝日《あさひ》の　日照《ひて》る宮《みや》　夕日《ゆうひ》の　日駈《ひか》ける宮《みや》」にふさわしい国主として、新しく誕生されると歌っているのだろう。

また、ここに登場する伊勢の三重の采女は、伊勢国三重郡采女郷の出身の采女であるが、この場面では、「神風の伊勢国は　常世《とこよ》の浪《なみ》の重浪帰《しきなみよ》する　可怜《うま》し国」とたたえられる、日向《ひむか》の采女でなければならなかった。

また「日向」の名には、纒向の日代の宮の景行天皇と密接な関係があった。景行天皇が、子湯《こゆ》の県《あがた》(宮崎県西都市)に行幸され、「是《こ》の国《くに》は、直《なほ》く日《ひ》の出《い》づる方《かた》に向《む》けり」(「景行紀」十二年十二月条)として、「日向」と名付けられたと伝えられたことを、思い出していただきたい。

「雄略記」の伝承は、以上のように「日《ひ》の御子《みこ》」の継承をたたえるものであったと、わたくしは、考えている。

【第99話】

白髪の皇子〈しらがのみこ〉

雄略天皇の皇位継承者は、御子の清寧《せいねい》天皇であった。

「天皇《すめらみこと》生《あ》れしながら白髪《しらかみ》」（「清寧紀」）と伝えるように、生れながらの、白髪《しらが》の皇子であった。病弱の体質のためか、「皇后《おほきさき》も無《な》く、亦《また》御子《みこ》も無《な》し」（「清寧記」）と伝えられている。

そのため御子孫に恵まれなかったので、「名代《なしろ》の民《たみ》」として白髪部《しらがべ》を、諸国に設けられた。

因みに、白髪部は桓武天皇の時代に、光仁天皇の「白壁《しらかべ》」の諱《いみな》をさけるために、真髪部《まかべ》（真壁《まかべ》）に改められている（『続日本紀《しょくにほんぎ》』延暦四年五月条）。

後嗣を欠く清寧天皇は、皇位をイチベノオシハワケノオオキミ（市辺忍歯別王）の遺子、オケノオオキミ（意祁王）及びヲケノオオキミ（袁祁王）に譲られることを決められた。

おそらく、清寧天皇の父君、雄略天皇が、皇位継承者の第一候補であったイチベノオシハワケノオオキミを暗殺されたことへの、お詫びの意がこめられていたのだろう。

オケノオオキミとヲケノオオキミの幼い御兄弟は、父のイチベノオシハワケノオオキミが近江で雄略天皇に射殺された時、帳内《とねり》のクサカベノムラジオミ（日下部連使主）と、その息子、アタヒコ（吾田彦）にまもられて丹波国を経て、播磨国の縮見屯倉《しじみのみやけ》まで逃れた。

もちろん、両皇子は身分を隠さなければならなかったから、「丹波小子《たんばのわらわ》」と詐り、そこの馬甘牛《うまかいうし》甘《かい》となった。

ある時、ヤマベノムラジヲダテ（山部連小楯）が、播磨の国宰《みこともち》となって赴任し、播磨の国の志自牟《しじむ》という男の館の新築祝いにまねかれた。

酒宴が酣《たけなわ》になるに従い、ひとびとは次々と立って舞った。竈《かまど》の火焼《ほた》きに使われていたオケ、ヲケの二兄弟も、遂に余興のために駆り立たされ舞うことを命ぜられた。

二人の御兄弟はお互に順番を譲り合ってぐずぐずしていると、皆にからかわれたという。兄のオケノオオキミの舞いの後、弟のヲケノオオキミが続いて舞われたが、ヲケノオオキミは自分たち兄弟は、「天下所治《あめのしたしろし》め賜《たま》ひし、イザホワケ（伊耶本和気）の天皇《すめらみこと》（履中天皇）の御子《みこ》、イチベノオシハワケノオオキミ（市辺忍歯別王）」の子であると、はっきりと身分を明かされた。

それを知り播磨の国宰のヤマベノムラジヲダテは、駆使《はゆまのつかい》を遣して、天皇に御報告申し上げた。

清寧天皇はお嬉びになり、直ちに、この御二人の御兄弟を後嗣と定められたという。

弟君は、先に皇太子に立たれ、清寧天皇の後嗣として顕宗《けんそう》天皇となられたのである。「顕宗」という中国風の諡《おくりな》は、「祖先の名を顕《あらわ》わす」の意であろう。顕宗天皇のあとに立たれた兄君、オケノオオキミの仁賢天皇という諡は謙譲《けんじょう》であり、なさけ深い意が含められている。因みに、天皇の中国風の諡は、奈良時代の後期に、淡海三船《おうみのみふね》によって定められたといわれている。

【第100話】

置目の老媼

〈おきめのおみな〉

清寧《せいねい》天皇が後嗣を決められるまで、イチベノオシハワケノオオキミ（市辺忍歯別王）の妹君、オシウミノイラツメ（忍海郎女）が、一時期、葛城《かつらぎ》の忍海《おしうみ》の角刺宮《つのざしのみや》で、政治を執られていたという。オシウミノイラツメは、またの名を「飯豊皇女《いいとよのひめみこ》」とも称された。オシウミノイラツメの名は、忍海の角刺宮にいられたことに由る御名であろう。この角刺宮は、現在の奈良県葛城市忍海に置かれていたと、考えられる。

『日本書紀』によれば、イイトヨノヒメミコ（飯豊皇女）は、「角刺宮《つのざしのみや》に、与夫初交《まぐはひ》したまう。人《ひと》に謂《かた》りて曰《のたま》はく、一女《ひとはしをみな》の道《みち》を知《し》りぬ。又《また》、安《いづく》にぞ異《け》なるべけむ。終《つひ》に男《をとこ》に交《あ》はむことを願《ほり》せじ」と言われたと、記されている。

この文章の一節は必ずしも明らかではないが、要するに、一生独身を決意されたことを述べられたのだろう。つまり、「夫《ふ》壻《せい》無《な》し」（『魏志倭人伝《ぎしわじんでん》』）といわれた卑弥呼《ひみこ》に類する巫女《みこ》的女性であったと考えてよい。古代では、皇位継承の空位をうめるため、中継ぎの天皇に、このような皇女が選ばれることがあった。

「顕宗紀」には、オケノオオキミ（意祁王）、ヲケノオオキミ（袁祁王）の二兄弟が互に皇位の継承を譲られている間に、イイトヨノヒメミコが「臨時秉政《りんじへいせい》」したのである。

「秉」は執《と》る、あるいは握る意である。

一生、独身を通されたイイトヨノヒメミコに、ひとびとは敬慕の念と、心からの同情を寄せていたようで、

「倭辺《やまとべ》に　見《み》が欲《ほ》しものは　忍海《おしうみ》の　おの高城《たかぎ》なる　角刺《つのさし》の宮《みや》」

と歌ったと伝えている（「顕宗即位前紀」）。

皇位につかれた顕宗天皇は、近飛鳥《ちかつあすか》の八釣《やつり》の宮《みや》で即位された。

「近飛鳥」は、「遠飛鳥《とおつあすか》」に対する名称で、恐らく、仁徳天皇の難波の高津宮を基点として、近い飛鳥と、遠い飛鳥を区別したのであろう。「近飛鳥」は、現在の大阪府羽曳野市飛鳥であり、遠飛鳥は、奈良県の明日香《あすか》村を指すといわれている。

顕宗天皇は即位されたが、亡き父君の遺骨を探し出し供養したいと願われていた。その噂を耳にした近江の国の老婆が、イチベノオシハワケノオオキミの亡骸《なきがら》を埋めた所をおぼえていると申し出て来た。そして、イチベノオシハワケノオオキミは、その名の示す通り忍歯（押歯）であったから、遺骨の識別が容易であると老婆が語ったと伝えている。

その言葉通り、遺骨が発見されると、天皇は老婆に「置目《おきめ》の老媼《おみな》」の名を賜い、宮の近くに館を造り住わせたという。

【第101話】

父の仇〈ちちのあだ〉

顕宗天皇は、父のイチベノオシハワケノオオキミ（市辺忍歯別王）の遺骨を探し出し、一応供養をすますことが出来たが、逃亡生活中、なけなしの自分たちの食糧を強奪した男のことは、決して忘れてはいられなかった。

その猪甘《いかい》の老人《おきな》を探索させると、これを斬殺させたという。それでも恨みは消えず、その一族たちの膝の筋を断ち切られた。

そのため、今に至るまでこの一族の子孫は、倭《やまと》の京《みやこ》にのぼる時は、必ず跛行《はこう》の姿で上番したと伝えている。かかる刑を、中国では刖（臏《ひん》）刑《けい》と称すが、果して、日本でも課せられたかは、疑問である。

もちろん、「神功皇后摂政前紀」の「一書」には、新羅の王を捕虜とし「王《こしき》の臏《あはたこすじ》筋を抜《ぬ》きて、石《いは》の上《うへ》に匍匐《はらば》はしむ」と記しているが、中国の史書に倣った文飾と見るべきであろう。

この「臏」は、ひざがしらの骨で、「臏刑」は中国で脛《はぎ》の骨を割断する刑である。事実、兵法家で有名な孫子は「臏脚」に処せられている（『史記』）。

わたくしは、今のところ、猪養部《いかいべ》の服属儀礼に跛行の真似をすることが行われ、それが中国の「臏刑」に付会されたのであろうと、想像している。

顕宗天皇は、父のイチベノオシハワケノオオキミをだまし討ちにされた雄略天皇に対し怨みを忘れられず、父に代って報復を考えられ、雄略天皇の御陵を破壊されることを決意された。

雄略天皇陵は、『延喜式』の諸陵寮の条に「丹比《たじひ》の高鷲原陵《たかわしはらのみささぎ》」とみえるが、大阪府羽曳野市の丸山古墳ないしは平塚古墳が、それに擬定されている。いずれともあれ、顕宗天皇の近飛鳥の宮からは、雄略陵は近くに築かれていたから、天皇にしてみれば、その御陵をいつでも御覧になることになり、そのたびごとに、父君の無念さを想い出されたのであろう。

だが、温厚な兄のオケノオオキミ（意祁王）は、自ら雄略天皇の御陵の傍《かたわら》の土をわずかに掘りかえし、それですませるように考えられた。

顕宗天皇は、兄のオケノオオキミの行為には不満であったが、オケノオオキミは「父の霊《みたま》に報《むく》いることは、子として当然の行為である。だが、雄略天皇は私たちにとっても叔父であり、その上、天皇につかれた方である。この方を、父の仇としてかりそめにも報復し、御陵を破壊するならば、必ず、ひとの誹謗《そしり》をうけるだろう」と諌められたという。

気性のはげしい顕宗天皇は、あくまで、「父《ちち》の讎《あだ》は、ともに天《てん》を戴《いただ》かず。兄弟《けいてい》の讎《あだ》は、兵《つわもの》を反《かへ》さず。交遊《とも》の讎《あだ》は、国《くに》を同《おな》じうせず」という中国の『礼記』の精神を、そのまま遵奉しているように描かれている。それに対しオケノオオキミは、自分たちを後嗣とした雄略天皇の皇子清寧天皇の御恩を強調し、「恩《めぐみ》有《あ》りて報《こた》へざるは、俗《ひと》を敗《やぶ》ること深《ふか》し」（「顕宗紀」）と戒められたという。

【第102話】

海柘榴市の歌垣〈つばいちのうたがき〉

弟宮の顕宗天皇のあとを継れたのが、兄君仁賢《にんけん》天皇である。天皇は、石上広高《いそのかみひろたか》の宮《みや》で即位された。現在の奈良県天理市内に置れた皇居である。

天皇の皇后はカスガノオオイラツメノヒメミコ（春日大娘皇女）であり、后《きさき》はワニノオミヒフレ（和珥臣日触）の娘、アラキミノイラツコ（糠君娘）であると記されている。

皇后のカスガノオオイラツメノヒメミコは、雄略天皇とワニノオミノフカメ（和珥臣深目）の娘、ヲミナギミ（童女君）との間に生誕された皇女といわれるから、皇后、后共、和珥《わに》（和爾）氏系の姫ということになる。この和珥氏の本拠地の近くに皇后は置かれたのであろう。

『古事記』や『日本書紀』には、仁賢天皇の御事蹟は、ほとんどといってよい程、伝えられていない。ただ、『日本書紀』には、「是《こ》の時《とき》、国中《くにのうち》、事無《ことな》くして、吏《つかさ》、其《そ》の官《つかさ》に称《かな》ふ。仁《うつくしび》に帰《おもむ》き、民《おほみたから》、其《そ》の業《わざ》を安《やす》す」と記し、「仁賢」の諡《おくりな》にふさわしい天皇と描かれている。

その仁賢天皇の後嗣となられたのは、御子のヲハツセワカサザキノミコト（小長谷若雀命）、つまり武烈《ぶれつ》天皇であった。

武烈天皇は父君仁賢天皇とは全く様変り、「頻《しき》りに諸悪《もろもろのあしきこと》を造《し》たまふ」（「武烈紀」）と酷評され、悪逆の天皇の名をほしいままにした天皇と描かれている。

だが、武烈天皇が、かかる人間不信におちいられたのは、カゲヒメ（影媛）の恋に敗れたためであるらしい。

皇太子時代の武烈天皇は、秘かに、モノノベノアラカヒ（物部麁鹿火）の娘、カゲヒメを妃に迎えたいと望まれていた。だが、カゲヒメは既にヘグリノシビ（平群鮪）と通じたから、武烈天皇の求婚に対しては、ただ、海柘榴市《つばいち》の巷《ちまた》の歌垣でお逢いしたいと曖昧な返事をされただけであった。

武烈天皇は、いそいそと歌垣の場にのぞみ、早速、カゲヒメの袖をとらえてたが、そこにシビが現れ、二人の間に割って入って来た。

シビはカゲヒメに代り、

「大君《おほきみ》の　御帯《ひおび》の倭文服《しつはた》　結《むす》び垂《た》れ　誰《たれ》やし人《ひと》も　相思《あひおも》はなくに」

と、とどめを刺した。

このシビの歌は、「結び垂れ」の「たれ」が「誰」に係る歌で、私（影媛）は、誰か他の人に心を通わせませんと言って、武烈天皇に、はっきりした拒否の言葉を伝えるものであった。大勢ひとの集る歌垣の場で決定的にダメージを与えられた武烈天皇は大いに怒り、シビをなきものにしようと決心されたのである。

【第103話】

呪詛の塩

〈じゅそのしお〉

歌垣の満座で恥をかかされた武烈天皇は、オオトモノカナムラ（大伴金村）と共に兵を率い、ヘグリノシビ（平群鮪）を寧楽山《ならやま》に待ち受けて殺した。

その悲報を耳にしたカゲヒメ（影媛）は、寧楽山にかけつけたが、そこには、ただ無慚な姿のシビの死体がころがっているばかりであった。

カゲヒメは、悲しみにうちひしがれて、次のように歌った。

「石《いそ》の上《かみ》　布留《ふる》を過《す》ぎて　薦枕《こもまくら》　高橋過《たかはしす》ぎ　物多《ものさは》に　大宅過《おほやけす》ぎ　春日《はるひ》　春日《かすが》を過《す》ぎ　妻隠《つまごも》る　小《を》佐保《さほ》を過《す》ぎ、玉笥《たまけ》には　飯《いひ》さへ盛《も》り　玉盌《たまもひ》に　水《みづ》さへ盛《も》り　泣《な》き沾《そぼ》ち行《ゆ》くも　影媛《かげひめ》あはれ」

この歌は、『日本書紀』では、影媛が悲嘆にくれて歌ったと記すが、「泣《な》き沾《そぼ》ち行《ゆ》くも　影媛《かげひめ》あはれ」と結ばれるように、カゲヒメが、シビを埋葬するあわれな姿に同情したひとの歌であろう。

カゲヒメの実家がある石上の布留（奈良県天理市布留町）から、高橋（奈良市杏《からもも》町）、大宅《おおやけ》（奈良市白毫寺《びゃくごうじ》町）、春日《かすが》（奈良市春日山の西部）及び小佐保《をさほ》（奈良市佐保《さほ》町）を通り、寧楽山に至る道筋を、それぞれの枕詞を冠して歌っている。この道筋は、石上布留《いそのかみふる》から北上し、現在の奈良市の東部地区を抜けて寧楽山に至る古道であるが、ここでいう寧楽山は、更に大和から山城に抜ける丘陵地帯に当る。

この歌は、古代の路筋を歌ったものとして注目されるが、平群氏の本拠が、奈良県生駒郡平群町ないしは三郷町付近にあったとすれば、シビの帰り路としては、やや遠回りしたことになろう。おそらく、武烈天皇がヘグリノシビを寧楽山にまち伏せたという話が考え出されたのは、寧楽山は、昔から、敵を邀撃するのに最もふさわしい地と考えられていたからではなかろうか。

ついでオオトモノカナムラは、直ちにシビの父、ヘグリノマトリ（平群真鳥）を、討つことを天皇に進言した。天皇は、「天下《あめのした》乱《みだ》れなむとす。世《よ》に希《すぐ》れたる雄《たけきひと》に非《あら》ずは、済《ことな》すこと能《あた》はじ」と告げられ、カナムラにマトリ討伐を命ぜられた。

カナムラは大軍を率いて、マトリの邸を囲み、これに火をつけてマトリを殺した。

その時、マトリは天皇に禍いあれと呪詛し、一際の塩を用いることを禁じた。ただ、その時、呪詛した塩のなかで、唯一ヶ所、角鹿《つぬが》の塩を忘れてしまった。それ以後、天皇は角鹿の塩だけが用いられることが許されたと伝えている。

このような呪詛の例は、「雄略紀」にも見えており、イチベノオシハワケノオオキミ（市辺忍歯別王）の弟君、ミマミコ（御馬皇子）が捕えられて刑死された折にも、皇子は傍の井戸を指して、「この水《みづ》は、百姓《おほみたから》のみ唯《ただ》飲《の》むことを得《え》む。王者《ひとのきみたるひと》は、独《ひと》り飲《の》むこと能《あた》はじ」（「雄略即位前紀」十月条）と、天皇を呪詛したと記している。

【第104話】

大伴金村の陰謀

〈おおともかなむらのいんぼう〉

武烈天皇は、カゲヒメ（影媛）に対する情愛をすげなく拒否されたショックで、極度の女性不信に落ち込んでしまわれた。

そして、一生残虐な行為を行い、非道の生活を過されたと伝えている。

例えば、孕《はら》める婦《をみな》の腹《はら》を剖《さ》きて、其《そ》の胎《このかた》を観《み》られたり、女性を裸にして、馬と遊牝《つるび》させたりしたという。

それのみならず、人の指の甲をはがして、暑預《いも》を掘らせたり、髪毛をはがし、高い樹に登らせてその樹を切り倒し、ころげ落して死なせたりしている。

更には、ひとを池の樋に押し込み、流れ出るところを三刃《みつは》の矛で刺し殺された、と伝えている。

これらは、すべて『日本書紀』の「武烈紀」に伝えられる天皇の悪逆伝承である。

このように、武烈天皇の悪逆無道を『日本書紀』が、ことさらに書き連られるのは、一つの王統の断絶を、必ず、悪逆無道の王の出現で結ぶという中国流の史観にもとづくものだと、よく説明されている。

確かに、仁徳天皇系の天皇は、武烈天皇で一応断絶し、傍系の継体天皇が、その後をつがれている。

司馬遷《しばせん》の『史記』によれば、賢帝禹《う》にはじまる夏《か》王朝は、暗愚の桀王《けつおう》に至って、商（殷《いん》）の湯王《とうおう》によって滅ぼされている。殷の初代湯王は、伊尹《いいん》を用いて善政を行ったが、その子孫の紂王《ちゅうおう》に至っては、いわゆる「酒池肉林」の贅を極めて、周の武王《ぶおう》によって討伐されている。

司馬遷の史観には、暗愚、悪逆をほしいままにした王をもって、その王朝の断絶と説くが、その中国史観にならって、『日本書紀』では武烈天皇を悪逆の天皇として描いたという。

わたくしは、武烈天皇の皇統が断絶されたのは、むしろ武烈天皇の女性不信、強いては人間不信に落ち入られたことに端を発する、狂気的な非行行為ではないかと推察している。

更には、そのことを好機とばかりに利用し権力を握ったオオトモノカナムラ（大伴金村）の策動が、輪をかけることになったと考えている。

カナムラは、時の最大の権力者、ヘグリノマヒト（平群真鳥）、シビ（鮪）の父子を惨殺し、一躍、政権の中枢におどり出た。これを境にしてヤマト王権の執政官は、武内宿祢系と称する「大臣《おおおみ》」から、大伴氏の「大連《おおむらじ》」系に変る時代が出現する。

女性不信の武烈天皇が、遂に御子に恵まれなかったのは、当然であろう。武烈天皇が崩ぜられた時も、カナムラが主導者となって、越前から継体天皇を擁立し、権力の維持をはかることとなった。

【第105話】

入婿の天皇〈いりむこのてんのう〉

武烈天皇のあとをつがれた天皇は、継体《けいたい》天皇であった。

継体天皇は、応神天皇の五世孫と称するヲホドノミコト（袁本杼命）である。

天皇の父君のヒコウシノオオキミ（彦主人王）は、越前の三国《みくに》の坂中井《さかない》から、フルヒメ（振媛）という女性を迎えてヲホドノミコト（男大迹《をおど》の皇子《みこ》）つまり、継体天皇をもうけられたという。

だがヒコウシノオオキミは、ヲホドノミコトがまだ幼い頃に歿せられたので、母のフルヒメは夫の家の近江の高嶋郡三尾《みを》を離れ、実家のある越前の三国に帰られた。因みに、父の故郷の近江国高嶋郡三尾は、琵琶湖の西岸の、現在の滋賀県高島市である。母、フルヒメの里の「三国」は、福井県坂井市三国町である。

ヲホドノミコトは五十七歳に達せられるまで、この三国で成長されたが、武烈天皇の崩御のあと、オオトモノカナムラ（大伴金村）によって天皇に擁立された。

それは、ヲホドノミコトが、「性《ひととなり》　慈仁《めぐみ》ありて孝順《おやにしたが》ふ」（「継体紀」）人物であるという選考の規準に適合したためであった。

早速、カナムラは迎えの者たちを三国へ派遣すると、ヲホドノミコトは、全く王者の貫禄を示して接したという。

だが、余りにも急な話なので、ヲホドノミコトは少々ためらっていられると、河内《かわち》のウマカイノオビトアラコ（馬飼首荒籠）が、宮廷の真相を秘かに伝えた。そこで、ヲホドノミコトはやっと決意されて、河内の樟葉宮《くすはのみや》で継体天皇として即位されることになった。樟葉宮は、現在の大阪府枚《ひら》方《かた》市楠葉である。

樟葉宮で即位されると、仁賢天皇の皇女、タシラガノヒメミコ（手白香皇女）を皇后に迎えられた。いうまでもなく、タシラガノヒメミコは、武烈天皇の姉妹に当られる方である。

このことは、むしろ仁賢天皇の皇女、タシラガノヒメミコが、継体天皇を迎えて入婿とされたという方が適切な表現であろう。ヤマト王権を構成する豪族たちも、継体天皇をタシラガノヒメミコの入婿として認め、その間に生誕される次の天皇を、仁賢天皇の血筋を引かれる天皇として期待していたのである。

その遠慮もあってか、継体天皇は、タシラガノヒメミコとの間に生誕された皇子（欽明《きんめい》天皇）が、二十歳の成人に達せられるまで、ヤマト王権の中枢の地、大和の磯城郡に宮を置くことを遠慮されていた。即位されて五年目に、都を山背《やましろ》の筒城《つつき》に移された。筒城は山城国綴喜《つつき》郡である。十二年目には、弟国（山城国乙訓郡）に都を移し、二十年目にして、はじめて磐余《いわれ》の玉穂宮《たまほのみや》に宮居を置かれている。玉穂宮は、奈良県桜井市池之内である。この二十年間は、つまり欽明天皇が成人されるのを、確認するための期間であったといってよい。

【第106話】

磐井の乱

〈いわいのらん〉

継体天皇は、かくして即位されたが、この時代は決して、平安無事な時代ではなかった。朝鮮半島においては、政治的問題が次々と起り、ヤマト王権も、干渉の手をさしのべざるを得なかった。それは、一つには、朝鮮半島の新羅《しらぎ》が国力をにわかに強め、隣国の百済《くだら》を圧迫してきたことである。

百済は、北からは高句麗《こうくり》に攻められ、東の隣国新羅からも勢力を浸透されたのである。そこで百済は、失った土地の代りに、日本が従来朝鮮半島の足がかりとしていた伽耶《かや》（任那《みまな》）の四つの県《こおり》の割譲を朝廷へ願い出て、南に領土を確保しようとはかった。

その時、オオトモノカナムラ（大伴金村）は、百済との友好関係を口実に、多くの廷臣たちが反対するのにもかかわらず、この四つの県を百済に譲ることを決めた。

この間にも、新羅は伽耶の地を攻めとり、勢力を着々として南に浸透せしめていった。

そこで継体天皇は、遂に、オオミノオミケヌ（近江臣毛野）に六万の兵をさずけて、伽耶の地の回復を命ぜられた。

オオミノオミケヌが率いる大軍が筑紫に結集すると、筑紫の大豪族、ツクシノキミイワイ（筑紫君磐井）が突如として反乱を起し、オオミノオミケヌの軍隊を、この地に足どめにしてしまった。

ひとびとは、イワイは、新羅から賄賂をもらったのだろうと、話しあったという。

ツクシノキミイワイは、筑後国の八女《やめ》（福岡県八女市一帯）に本拠を置く九州最大の豪族であった。

彼は早くから、博多湾の東の多多良川《たたらがわ》流域の糟屋《かすや》の地を領有し、この港を介して朝鮮半島と交渉を持っていたから、新羅とも利害関係で結ばれていたようである。

その上、九州北部は、この遠征軍の朝鮮出兵の兵站《へいたん》基地とされたから、この地域のひとびとは、いやおうなしに兵事の負担が重くのしかかってくることになった。その不満は、イワイにとって恰好の口実となったに違いない。

イワイの反乱は筑紫にとどまらず、たちまち、火《ひ》の国（肥前、肥後の二国）、及び豊《とよ》の国（豊前、豊後の国）に及んだ。

継体天皇は、イワイの乱の平定に、モノノベノアラカヒ（物部麁鹿火）を大将軍に命じ、筑紫への軍政の大権をアラカヒに委ねられた。だが、アラカヒは容易にイワイの乱を平定することは出来なかった。

翌年に至って、やっと筑紫の御井郡《みいぐん》の決戦でイワイに勝利し、これを殺すことが出来た。

敗れたイワイの息子のクズコ（葛子）は命乞をして、贖罪《しょくざい》のために糟屋の多多良の地を朝廷に献じ、糟屋の屯倉《みやけ》としたと伝えている。

【第107話】

屯倉〈みやけ〉

継体天皇の後嗣《こうし》は、天皇の御長子の安閑《あんかん》天皇である。

継体天皇は即位される以前に、地方豪族のオワリノムラジクサカ（尾張連草香）の娘メノコノヒメ（目子媛）を娶《めと》られ、その間に生誕された御子が、安閑天皇と宣化天皇である。

継体天皇と、仁賢天皇の皇女、タシラガノヒメミコ（手白香皇女）との間に生誕された御嫡子の欽明天皇がまだお若かったから、その中継ぎとして、年長者の安閑天皇が、まず即位されたのである。

安閑天皇は、大和の勾金橋《まがりのかなはし》の宮《みや》（奈良県橿原市曲川《まがりがわ》町）で即位されると、すぐに仁賢天皇の皇女、カスガノヤマダノヒメミコ（春日山田皇女）を皇后に迎えられた。

父君、継体天皇と同じく、安閑天皇も仁賢天皇系の皇女を娶ることが、皇位継承の際の、最大の条件とされたのだろう。そのため、カスガノヤマダノヒメミコの朝廷における権威は、極めて強かったようである。

ある時、カシワデノオミオオマロ（膳臣大麻呂）が伊甚《いじみ》の国造《くにのみやつこ》に命じて、真珠の献上を命じたことがあった。伊甚の国造は、上総《かずさ》国夷灊《いづみ》郡、つまり、現代の千葉県夷隅《いづみ》郡の国造《こくぞう》である。ところが、伊甚の国造は限られた日をはるかに過ぎても、真珠を献ずることが出来ず、弁明のために宮中に呼び出された。伊甚の国造は返答に窮して、こともあろうに、カスガノヤマダノヒメミコの寝殿に逃げ込んでしまった。そのため闌入罪《ちんにゅうざい》にとわれたが、その贖罪として伊甚屯倉《みやけ》を皇后に献ずることとなった。

また天皇は、皇后のために河内の大豪族の、オオカワチノアタイノアジハリ（大河内直味張）に、肥田の雌雉田《きじた》を差出すことを命ぜられた。だがアジハリは、その地は水田に適せぬ悪田といつわり、献上を免れようとした。

これに対して、ミシマノアガタヌシイイボ（三島県主飯粒）は、すすんで竹村《たかふ》の地、四十町を天皇に献じた。

三島の竹村《たかむら》は、摂津国島上《しまがみ》郡高上《たかう》郷で、現在の大阪府茨木市の南部地区に当るが、これがいわゆる三島竹生屯倉《みしまたかうのみやけ》である。

イイボの積極的な忠節心に較べて、オオカワチノアタイノアジハリの先の不誠実の行為は目立ち、早速オオトモノカナムラ（大伴金村）より強く叱責され、結局は郡毎に钁丁《くわよぼろ》を春、五百人、秋、五百人を三島竹村屯倉に奉仕せしめることを誓わされることとなった。

このようにして、皇后、カスガノヤマダノヒメミコのもとには、少なからぬ屯倉が献納されたが、それは皇后の皇統の嫡流に連なるという御立場が自ずとそうさせたのであろう。

【第108話】

武蔵国造の争い

〈むさしのくにのみやつこのあらそい〉

安閑天皇の時代の最大の政治的事件といえば、武蔵《むさし》の国造《くにのみやつこ》《こくぞう》をめぐるカサハラノアタイ（笠原直）一族の争いである。

カサハラノアタイは、武蔵国埼玉《さきたま》郡笠原郷（埼玉県鴻巣《こうのす》市笠原付近）の豪族であるが、その一族のオミ（使主）とヲギ（小杵）の二人が、この地位をめぐって激しく争った。

その時、ヲギはカミツケヌキミヲグマ（上毛野君小熊）を後楯とし、オミをなきものにしようと謀った。

カミツケヌキミは、その名の示す通り、現在の群馬県一帯に君臨した、屈指の大豪族である、群馬県太田市の郊外にある天神山《てんじんやま》古墳は、この豪族の一族を被葬者とする東日本で最大級の古墳といわれ、五世紀中葉の全長二一〇メートルに及ぶ前方後円墳である。

地図をひろげて御覧になるとお判りのように、群馬県太田市は、笠原直の本拠地の西北部に位置し、その間の距離は、利根川をはさんで五キロほどであったから、ヲギが上毛野氏の援助を期待したのは当然であろう。

そのヲギが上毛野氏をたのみとして、一族のオミを殺そうと謀ったが、オミは辛うじて脱出し、朝廷へ訴え出た。

朝廷は、この事件を、カミツケヌキミを圧えつける絶妙のチャンスとしてとらえ、ヲギを罰した上で、更に、上毛野君も事件の関与者として追及した。カミツケヌキミは、抗弁することも許されず、朝廷に四つの屯倉《みやけ》を献じて、謝罪したという。

その四つの屯倉とは、横渟《よこぬ》、橘花《たちばな》、多氷《たひ》、倉樔《くらす》である。このうち横渟は、武蔵国横見《よこみ》郡で、現在の埼玉県比企《ひき》郡吉見《よしみ》町や、東村上市付近とされる。橘花は、武蔵国橘《たちばな》郡御宅《みやけ》郷（神奈川県川崎市中原区木月住吉付近）である。多氷は、多摩《たま》の誤記で、武蔵国多摩郡の地域であろう。倉樔も、同じく倉樹の誤りで、武蔵国久良《くら》（岐《き》）郡（横浜市内）とみなされている。

これらの屯倉は、ほぼ多摩川沿いの要衝地である。内陸部の毛野氏が海を求めて進出しようとするならば、この多摩川を下るルートが、彼等にとって貴重な路線であったから、ヤマト王権は、まず、この多摩川ルートを圧《おさ》える必要があった。

因みに古代においては、相模国から武蔵国の西部を流れる多摩川を遡って、上毛野（上野《こうずけ》）の国に至る道が幹道となっていた。そのため武蔵国は、奈良時代の終りの宝亀二（七七一）年十月になってやっと、東山道より東海道に編入されている（『続日本紀《しょくにほんぎ》』宝亀二年十月条）。

それはともかくとして、安閑天皇の時代に至って、上毛野氏はやっとヤマト王権によって完全に傘下に収められたが、上毛野氏の本拠も、太田市から前橋市、高崎市などへ移転を余儀なくされたのである。

【第109話】

褶振の峯〈そでふりのみね〉

安閑天皇のあとをつがれたのは、天皇の皇弟、宣化《せんか》天皇である。

宣化天皇も、同じく仁賢天皇の皇女、タチバナノナカノヒメミコ（橘仲皇女）を皇后に立てられている。ただ即位されて四年目に、七十三歳で崩じられたと記されているから、天皇は、老齢で即位されたことになる。

そのため、御事蹟と伝えられるものは、ほとんど限られているが、対朝鮮の重要な拠点であった那《な》の津《つ》（現在の博多港）に、各地から食糧を運ばせたという。

河内国の茨田《まんだ》の屯倉《みやけ》（大阪府寝屋川市、守口市一帯）の穀物を、ソガノイナメ（蘇我稲目）を責任者とし、那の津にはこばせたのを始めとし、尾張国内の屯倉の穀を、尾張氏に命じて那の津へ送らせている。ついで、モノノベノアラカヒ（物部麁鹿火）に、新家《にいのみ》の屯倉（三重県津市〔旧一志郡久居町〕新家町）の穀を、阿倍臣には、伊賀国の屯倉の穀を、それぞれ那の屯倉に収めさせている。これらの輸送の責任者は、宣化天皇時代の大臣《おおおみ》、大連《おおむらじ》の最高の執政官が当てられている。

新羅が次第に勢力を強め、任那《みまな》、つまり伽耶《かな》（伽羅《から》）の地を侵し、国際的な緊張がいちじるしく高まったことに対応する処置であろう。

その翌年には、任那の援軍の将として、オオトモノカナムラ（大伴金村）の息子のイワ（磐）とサデヒコ（狭手彦）が、那の津に派遣された。サデヒコはここより兵を率いて任那に赴《おもむ》いている。

この時のサデヒコをめぐる悲恋の物語が、『肥前国風土記《ひぜんのくにふどき》』松浦《まつら》郡の条に伝えられている。

それによると、オオトモノサデヒコは、朝鮮出兵のため天皇の命をうけて肥前国に赴いたが、その地の豪族、クサカベノキミ（日下部君）の娘、ヲトヒメコ（弟日姫子）と恋に落ちた。

だが、サデヒコの出兵命令がとどくと、ヲトヒメコは鏡山《かがみやま》に登って、褶《そで》を振って別れを惜んだ。

そのため、この地は「褶振《そでふり》の峯《みね》」と呼ばれるようになったという。

しかるに、その五日後、サデヒコとそっくりの人物が、ヲトヒメコの許《もと》に夜毎にかよって来るようになったが、朝になるとかき消すように去っていった。ヲトヒメコは不思議に思って、秘かに男の襴《すそ》に続麻《うみを》の糸を結びつけ、その糸をたぐりながらあとを尋ねていった。たどりつくと、その峯の頂の沼に蛇が横たわっているのが、発見された。その蛇は、ヲトヒメコを見ると、

「篠原《しのはら》の　弟媛《をとひめ》の子《こ》ぞ　さ一夜《ひとゆ》も　率寝《ゐね》てむ時《しだ》や　家《いへ》にくださむ」

と歌ったという。だがヲトヒメコの親族たちが、この沼にたどりつくと、ヲトヒメコは白骨の姿となって残されていたという。

おそらく都から、朝鮮出兵に赴く若者の兵士たちのなかには、九州に一時とどまっている間に、現地の娘と恋に落ちる者も少なくなかったのであろう。そのため、サデヒコの悲恋物語は、多くのひとから同情をよせられ、口から口へと語りつがれ、色々と潤色されていったのだろう。

【第110話】

仏教伝来

〈ぶっきょうでんらい〉

宣化天皇が崩御されると、継体《けいたい》天皇とタシラガノヒメミコ（手白香皇女）の間に生誕された、嫡子の欽明《きんめい》天皇が皇位につかれることになった。欽明天皇は皇位をつがれると、先帝、宣化天皇の皇女、イワヒメ（石姫）を皇后に立てられた。このことは、欽明天皇が異母兄の安閑、宣化両帝を尊重され、血縁関係においても、結びつきを強めたことを物語っている。

戦後の学界では、いわゆる「継体、欽明朝の内乱」説がもてはやされたが、わたくしはむしろこの時期の天皇は、それぞれの皇女との婚姻を通じて、一族の結束を強められたと考えている。内乱を起こしてまで、政権奪取を行ったという事態は、想像することすら出来ないと思う。とくに、対朝鮮問題が重大な時期を迎えていた時代においては、皇室の不和は、心して避けなければならなかったのではなかろうか。政権の争いをいうなら、天皇の間ではなく、執政官の蘇我氏や物部氏の間におこったというべきであろう。

欽明天皇は、大和《やまと》の磯城《しき》郡の磯城嶋《しきしま》の宮《みや》で政治をとられた。その宮は、奈良県桜井市金屋の付近に置かれていたという。

欽明天皇は、やがてソガノイナメ（蘇我稲目）の娘、キタシヒメ（堅塩媛）とその妹のヲアネギミ（小姉君）を后《きさき》とされたが、この関係を通じて、ソガノイナメが、いままで、継体、安閑、宣化の三朝において、絶大な権力を振ってきたオオトモノカナムラ（大伴金村）に代り、政局の中枢に立つこととなった。

天皇がかわられた時期に、対朝鮮政策の失敗を口実に、オオトモノカナムラは失脚においこまれてしまうのである。

一方、百済《くだら》の聖明王《せいめいおう》は、日本の一層の援助を期待して、蘇我氏と友好関係を強固にする政策を推し進め、その一貫として仏教伝来の計画を立てていた。

それは、欽明天皇十三年、つまり西暦五五二年のことである。聖明王は、釈迦の金銅像《こんどうぞう》や仏教の経論を欽明天皇に贈り、「この法《みのり》は、諸《もろもろ》の法《のり》の中《なか》に、最《もと》に殊勝《すぐ》れています」と仏教の功徳を説いた。

この仏教伝来に対して、ソガノイナメは積極的に仏教の導入に賛同の立場を表明したが、日本の伝統的な神を奉斎するモノノベノオコシ（物部尾輿）や、宮中の神祇の祭りを司《つかさど》ってきたナカトミノカマコ（中臣鎌子）は、それに真っ向から反対した。それは、「今改《いまあらた》めて、蕃神《あたしくにのかみ》を拝《をが》みたまはば、恐《おそ》るらくは、国神《くにつかみ》の怒《いかり》を致《いさ》したまはむ」という主張にもとづくものであった。

だが、最高の執政官間の争いを避けるために妥協案が出され、ソガノイナメが個人として仏教をまつることが認められ、イナメはとりあえず、飛鳥の小墾田《をはりだ》の家を浄めて寺とした。だが疫病が蔓延すると、仏教導入の反対者を勇気づけ、その仏像はモノノベノオコシらによって、難波の堀江に流されてしまった。

【第111話】

物部氏の滅亡〈もののべしのめつぼう〉

仏教伝来をめぐる蘇我《そが》氏と物部《もののべ》氏の争いは、崇仏派と排仏派の争いというよりも、両者の政権ないしは政策をめぐる争いと考える方が、わたくしは、より妥当な見方だと思っている。

それは、第一に大臣《おおおみ》系を代表する蘇我氏と、大連《おおむらじ》系の物部氏の執政官の主導権をめぐる争いであった。

大臣系というのは、葛城《かつらぎ》氏や平群《へぐり》氏及び蘇我氏の氏の名からもお判りのように、大和の盆地の地名を氏の名に冠している大豪族たちである。ということは、大和盆地の各地の土着の豪族たちの代表者であったのである。

これに対し、大連系の大伴《おおとも》氏や物部氏は、「伴」とか「部」を名に含むように、古くから天皇家に直属していた氏族である。

天皇家は、大和の豪族たちから推戴され王位につくが、もともと天皇家に仕えていた、大伴氏や物部氏もそれにつれて身分を上昇させて、大和の各地出身の豪族と肩をならべるに至った。彼等は、「連」（職業集団）の代表として、「大連」と称し、執政官の一翼を荷うことになったのである。

このようにして、大臣と大連が執政官に並び立ったが、やがて執政官の間で、激しい主導権争いが起こるようになった。この争いは欽明朝頃を境にして激化し、やがて、大臣系の蘇我氏が勝利を収め、蘇我氏の独占体制が出現することになる。このプロセスの一貫として、仏教伝来の問題もみていくべきだと思っている。

蘇我、物部の争いの決着がついたのは、用明天皇が崩ぜられた時であった。

天皇の継嗣問題がとりざたされる間に、ソガノウマコ（蘇我馬子）は、用明天皇の皇子、ウマヤドノミコ（厩戸皇子＝聖徳太子）や、阿倍《あべ》氏、平群氏などの諸豪族を率いて、モノノベノモリヤ（物部守屋）を渋河《しぶかわ》の家に攻めることになった。

渋河は河内国渋川郡で、現在の大阪府寝屋川市一帯である。モリヤは渋河の衣摺《きぬずり》の朴《えのき》の枝にまたがり、弓矢で盛んに応戦を試みた。その射る矢は、次々と蘇我側の兵を倒したために、蘇我側の軍はその勢いにおされて、一歩も前に進むことが出来なかった。それどころか、三たびまで退却を余儀なくされる有様であった。

この味方の劣勢を御覧になったウマヤドノミコは、白膠木《ぬりで》を削った四天王像を頂髪《たぶさ》に置き、軍の先頭にたたれて戦われた。勇気づけられたトミノオビトアカヒ（迹見首赤梼）は前進し、モノノベノモリヤを射殺する大功を立てたという。

この決戦の終了後、ウマヤドノミコは四天王の御加護に感謝され、摂津に四天王寺を創建された。その費用の多くは、物部氏のかつての財産が流用され、滅罪の費とされたと伝えている。

また、戦勝を記念して、ウマコも、早速、飛鳥に法興寺《ほうこうじ》（飛鳥寺）を建てている。

【第112話】

厩戸皇子の外交政策

〈うまやどのみこのがいこうせいさく〉

乱後、ハツセベノミコ（泊瀬皇子）は即位され、崇峻天皇となった。天皇は、ソガノウマコ（蘇我馬子）の権勢に強く反撥された。だがウマコに指嗾《しそう》されたヤマトノアタイコマ（東漢直駒）によって暗殺されてしまったという。天皇暗殺という前代未聞の変を収めたるために、先の敏達天皇の皇后が推戴され、推古《すいこ》天皇として皇位をつがれたのである。

推古女帝は、ウマヤドノミコ（厩戸皇子）を皇太子に立てられ、大臣ソガノウマコの三者で政治をとられることとなった。ウマヤドノミコは、用明天皇とその皇后アナホベノハシヒトノヒメミコ（穴穂部間人皇女）との間に生誕された皇子である。ウマヤドノミコの御名は母のハシヒトノヒメミコが、馬官《うまのつかさ》の戸の前で急に産気をもよおされ皇子を誕生されたのに因むといわれている。

このユニークな伝承は、かつて一部の学者から、キリストの馬小屋誕生の伝承が、中国の景教《けいきょう》というキリスト教一派のひとびとの手によってひろめられ、これが更に日本にも伝わり、ウマヤドノミコ生誕の物語に付会されたのであろうと、説かれたことがあった。

現在では、太子誕生の寺と伝える橘寺《たちばなでら》の近くに、「厩戸」という地名があり、この地で生誕されたのではないかともいわれている。

それはともかくとしても、ウマヤドノミコは「生《あ》れましながら能《よ》く言《ものい》ふ。聖《ひじり》の智《さとり》あり」と評された聡明な皇子であった。

「一《ひとたび》に十人《とたり》の訴《うたへ》を聞《き》きたまひて失《あやま》ちたまはずして、能《よ》く弁《わきま》へたまふ。兼《かね》て未然《ゆきさきのこと》を知《し》ろしめす」と評判が高かったので、用明天皇は「上宮厩戸豊聡耳尊《かみつみやうまやどとよさとみみのみこと》」と名付けられたという（「推古紀」元年四月条）。

皇子は、皇太子に立たれると積極的な平和外交路線をすすめられ、極力、朝鮮出兵を避止される方針を立てられた。

例えば、太子の弟君、クメノミコ（来目皇子）は新羅遠征を名目にして、二万余の軍を率いて筑紫の嶋郡《しまのこほり》（博多湾西側の糸島半島）に進駐したが、駐留している間に、クメノミコはこの地で薨じ、これを理由に新羅遠征軍はとめられている。

その翌年には、クメノミコの兄君のタギマノミコ（当麻皇子）が征新羅の将軍に任命されたが、皇子の妻が赤石（明石）で病死したので、またもや遠征軍は朝鮮半島に渡ることが断念されている。

おそらくこれは、当時百済との友好関係を重視するソガノウマコが、強硬に征新羅軍派遣を主張していたから、太子はウマコの顔を一応たてて、弟君たちを征新羅軍の大将に任じたのだろう。しかし、常に口実を設けて中止せしめることに努力している。

太子としては、朝鮮半島のトラブルに引き込まれるよりも、当時中国に久し振りで誕生した統一国家の隋に文化使節を迎り、先進的文化を導入せんとする政策を秘かに立てられていたのである。

【第113話】

厩戸皇子の理想

〈うまやどのみこのりそう〉

太子は、いよいよオノノイモコ（小野妹子）を遣隋使として派遣することを決意された。

当時、隋の皇帝は煬帝《ようだい》であるが、中国の『隋書《ずいしょ》』によれば、日本からの国書に、

「日出《ひい》ずる処《ところ》の天子《てんし》、書《しょ》を日没《ひぼっ》する処《ところ》の天子《てんし》に致《いた》す。恙無《つつがな》きや」

という挨拶文が冒頭にのべられていた。

もちろん、中華思想にこりかたまった煬帝は、これを見て激怒したが、隋は、当時高句麗《こうくり》遠征で苦戦を重ねていたから、とりあえず、日本の現状を知るために、隋帝は裴世清《はいせいせい》を送ることになったという。

当時、隋の煬帝は、高句麗遠征のしばしばの敗北にもかかわらず、国内に大規模な土木工事を起こし、人民を疲弊させ、その怨みをかっていた。

このような情勢を考え、煬帝は日本が高句麗と結ぶことを阻止するため、やむをえず、特使を日本に派遣したようである。

裴世清《はいせいせい》を中国へ送り帰す時、またオノノイモコは大使を任命されたが、その時、高向玄理《たかむくのくろまろ》、南淵請安《みなみぶちしょうあん》や僧旻《みん》など八人の優秀な留学生、留学僧を同行せしめている。

これらの留学生たちは、二十年近く中国に勉学し、隋が滅んで新興国の唐の建国する模様をつぶさ

に体験して帰朝している。これらのひとたちは、やがて大化の改新のブレーンとして活躍し、律令国家の基礎を築上げていくのである。これも太子の先見の明として、評価されるべきであろう。

太子は、また従来の門閥制度を改めるため、冠位《かんい》十二階を設けられている。才能のある人物を門閥にかかわらず、抜擢することを可能にするためである。冠位十二階は、徳《とく》、仁《じん》、礼《れい》、信《しん》、義《ぎ》、智《ち》の六階を更にそれぞれ大小に別け、冠に用いる衣の色で識別している。それぞれ、紫、青、赤（朱）、黄、白、黒の六色を濃淡で、大小を区別していた。

この徳、仁などは儒教の徳目であり、青、赤などは五行説にもとづくものである。大陸の新知識を積極的に取り入れたものである。

太子の十七条憲法も仏教尊崇の念が濃厚ではあるが、儒教や老荘思想など中国で盛んに行われていた当時の思想も積極的に活用している。これも太子の自由闊達な精神の現れというべきであろう。

因みに、この憲法は、ひとびとを治める役人の心得を説いたものである。

このように、太子は中国の律令体制の導入に極力努力されたが、末年の頃に至ると、斑鳩《いかるが》の里に精舎を建てられ、皇位よりも次第に仏教に生きられることを願われたようである。天寿国曼陀羅《てんじゅこくまんだら》繍帳《しゅうちょう》の「世間虚仮《せけんけこ》、唯仏是真《ゆいぶつぜしん》」の御言葉は、太子の最後の到達した心境を示すものといってよい。

終りにのぞんで

わたくしは、前著『古事記のことば』で、『古事記』の伝える神話時代の物語を一三四の話にまとめたが、本書では、一応、神武天皇から、推古朝の厩戸皇子（聖徳太子）に至るまで、述べてきた。

もちろん、『古事記』には、継体天皇から、推古天皇に至る歴史の物語は、残念ながらほとんど記されていない。

しかし、継体天皇から、推古天皇に至る六世紀から、七世紀にかけての時期は、日本の古代国家にとって、極めて重要な時代であった。

言葉を換えていえば、日本の古代国家の政治体制が、次第にかためられる時期なのである。その意味からも、継体天皇から推古天皇の歴史の物語を欠かせては、日本の国家成立のもっとも面白い物語が、尻切れに終ってしまう。

そのため、わたくしはあえて『日本書紀』の歴史の物語を参考にして、その欠落部分を補うと試みたのである。

といっても、『古事記』の文章と『日本書紀』の記事のスタイルは、基本的に異るから、多少、わたくしの本でも、継体天皇以外の内容は、やや難しくなっているかも知れない。その点は、お許し願いたいと思っている。

前にも述べたように、『古事記』は、物語の書であって、厳密な意味の歴史書ではないと考えている。

この本も、その意味から、前著『古事記のことば』同様に物語の内容やスタイルをたのしんでいただきたいのである。本をお開きになるごとに、一つづきの話でまとめるスタイルをとっているから、どの話から読みはじめても、結構である。

少しでも、みなさんが『古事記』に興味をもたれたら、わたくしとしても、これ程うれしいことはないのである。取りあげかた次第で『古事記』は、わたくしたち日本人の精神の無尽蔵の宝庫と化し、生命の源泉となると、信じているからである。

最後に、この本をまとめるにあたって、水野肇さんに読者の立場にたった編集を施していただいた。この小書が、平易にまとめられたのも、水野さんのお蔭である。ここにあらためてお礼を申し上げたい。

井上　辰雄（いのうえ・たつお）
1928年生れ。東京大学国史科卒業。東京大学大学院（旧制）満期修了。熊本大学教授、筑波大学教授を経て、城西国際大学教授を歴任す。筑波大学名誉教授。文学博士。
著書等　『正税帳の研究』（塙書房）、『古代王権と宗教的部民』（柏書房）、『隼人と大和政権』（学生社）、『火の国』（学生社）、『古代王権と語部』（教育社）、『熊襲と隼人』（教育社）、『天皇家の誕生―帝と女帝の系譜』（遊子館）、『日本文学地名大辞典〈散文編〉』（遊子館、監修）、『日本難訓語大辞典』（遊子館、監修）、『古事記のことば―この国を知る134の神語り』（遊子館）など。

遊子館 歴史選書 10

古事記の想像力
神から人への113のものがたり
2008年10月30日　第1刷発行

著　者　　井上　辰雄
発行者　　遠藤　茂
発行所　　株式会社 遊子館
107-0062　東京都港区南青山1-4-2八並ビル
電話 03-3408-2286　FAX 03-3408-2180
編集協力　有限会社 言海書房
印刷・製本　　株式会社 シナノ
装　幀　　中村　豪志
定　価　　カバー表示

ISBN978-4-946525-94-0 C0021